一流本科专业建设

山东艺术学院本科优秀教材

影视编剧理论与实践

于晓楠 编著

西南大学出版社
国家一级出版社 全国百佳图书出版单位

图书在版编目(CIP)数据

影视编剧理论与实践/于晓楠编著.-- 重庆：西南大学出版社，2024.5
ISBN 978-7-5697-2052-5

Ⅰ.①影… Ⅱ.①于… Ⅲ.①电影编剧②电视剧—编剧 Ⅳ.①I053.5

中国国家版本馆CIP数据核字(2023)第240495号

一流本科专业建设教材·戏剧影视文学

影视编剧理论与实践
YINGSHI BIANJU LILUN YU SHIJIAN

于晓楠 编著

总 策 划	龚明星 王玉菊
执行策划	鲁妍妍 戴永曦
责任编辑	李 君
责任校对	张 庆
封面设计	闻江文化
排　　版	王 兴
出版发行	西南大学出版社（原西南师范大学出版社）
地　　址	重庆市北碚区天生路2号
网上书店	https://xnsfdxcbs.tmall.com
印　　刷	重庆紫石东南印务有限公司
成品尺寸	210 mm×285 mm
印　　张	7.5
字　　数	301千字
版　　次	2024年5月 第1版
印　　次	2024年5月 第1次印刷
书　　号	ISBN 978-7-5697-2052-5
定　　价	58.00元

本书如有印装质量问题，请与我社市场营销部联系更换。
市场营销部电话：(023)68868624 68253705

西南大学出版社美术分社欢迎赐稿。
美术分社电话：(023)68254657 68254107

一

绪 言

首先要感谢本书的读者们,没有你们就不可能有今天这本书。然而,十年磨剑未竟功。虽迭经修改,无奈疏漏仍多,谬误依然不免,如蒙赐教,感激不尽!既然遵循了学术的风格,总得拾人牙慧,东施效颦,差堪告慰的是尚能依据自身多年的创作实践,保有几分浅显的见解和主张。

就笔者个人的创作经历来看,无论是影视剧还是舞台剧的剧本创作,都是一场深入人心的冒险和体验,我们要设计的绝不是只有巧妙的误会和紧张的悬念!平时大家在学习写作影视剧或舞台剧剧本的时候,会得到各种各样的建议,老师们、前辈们会告诉你如何掩盖真相,又如何解开谜底;如何使用各种"精密仪器""秘密武器",又如何掌握各种追踪方法;如何暴露人心最深处的那个不为人知的秘密,又如何让这个秘密成为人性的闪光点或阴暗面,等等不一而足,让你误以为只要将所有这些招数、方法、规则加在一起用力搅拌,充分混合,就会让整个剧情产生意想不到的剧烈反应,给读者或者观众留下深刻的印象!可是,事实上往往事与愿违。

那么,《影视编剧理论与实践》这本书其实就是一本教你洞察人心,观察生活,体会人生的经验交流之书。不管是书中的技巧和方法,还是书中列举的具体事例,都将成为你将身边生活进行戏剧化呈现的重要渠道。

本书针对各种常见疑问,例如剧情的节奏如何掌控、叙事观点怎样选择、故事素材如何进行取舍,等等,整理出一套实用的规则,相信在剧本创作道路上披荆斩棘、摸爬滚打的你们不会错过。彻底摸透笔下人物,才能创作出超棒的剧本,剧中人物的行为反应取决于他的生理特质、成长背景与社会环境等因素,你必须写下他从小到大的完整传记,了解他一言一行背后的心理,才能创造出让人信服的角色。

一
写作前的准备工作

我们先来谈一谈在真正开始写剧本之前，需要做的几件事情，也是作为编剧应最先要注意的几件事。

当开始写一个剧本的时候，你会很容易陷入其中。你感到很兴奋，觉得自己已经做过调研了，已经在脑海中、纸上、软件上完成了这过程中你觉得最重要的东西，完成了概述和组织主要故事以及勾勒角色性格弧线的前期工作。

那么，在正式开始写剧本之前，你需要记住以下几件事，如果你能记住它们，并在每个剧本开始前告诉自己这些事情，就能节省几个小时令人沮丧的重写时间。

一、写作不仅仅是打字

你一天只有几个小时坐在电脑前打字并不意味着你一天只有几个小时的写作时间。你生命中每一个醒着的时刻都是你写剧本的机会。

如果你只是在电脑或记事本前处理你的剧本，那么你一定错过了很多。在街道上行走的时候，在健身房锻炼的时候，在认真学习和工作中的时候，在早晨的闹钟响起即将开始一天工作的时候，在洗澡洗衣服的时候，等等，都可以成为你构思剧情的时间。

作为编剧工作者，你应该养成一个习惯性动作，常问自己，你笔下的故事到底想说什么？想表达什么？而那个帮你去实现想法的主人公是个什么样的角色？其实，当开始这些思考的时候，你的潜意识就开始工作了，去默默地帮你完成你的这些想法。

"我的主角是如何找到这些线索的？"

"我如何从激动人心的开场过渡到第二幕？"

"我的角色想要什么？需要什么？"

"我怎样才能为最终被暴露的真相埋下种子？"

你的大脑是一个强大的系统，仅仅是提出问题就会开启一扇门，为你提供答案，并创造出成功的公式来回答你的问题。

作为编剧，在动笔之前，应该将场景可视化。如果你不先在脑海中看到它，你怎么描述它呢？编剧们常犯的一个错误，是没有事先在脑海中看到画面的情况下，就一头扎进文字中去，这是导致剧本糟糕的主要原因。

请记住,写作不仅仅是在纸上写字、在电脑上打字,而是尽可能在醒着的每一刻都在创作!

二、尽早确认好你的目标字数

目标字数是剧本创作中最容易被忽视的准备要素之一。大多数新手编剧只是写、写、再写,没有终极目标。当然,你可能知道故事的结局,但是你想要写到多少字才结束呢?

有多少次你写完一个剧本后发现自己写得太长了,甚至超过了五万字?有多少次写作伙伴、经理或剧本顾问告诉你,剧本太长需要删减?

当你在开始写作前,应该先设定一个目标字数,并且你要非常清楚滴答作响的字数"时钟"是如何运作的。如果你在写到两万字的时候,还在介绍角色,而且核心冲突还没有严重影响到你的主人公,那么这个时刻警告字数的"时钟"就在滴答作响了。

如果你已经写了三万字,都还没有接近故事的高潮,那么字数"时钟"就会开始提醒你了。这个时候字数"时钟"让你觉得你的剧本在等着你去完成。

在开始写作之前了解你的目标字数有助于你调整节奏和结构,目标字数将成为你的剧本中这些元素的指南针。

注意三万到四万字的剧本对大多数编剧来说是一个比较好的长度。当然,如果你写得稍微短了点,不用担心;如果你写多了一点,也没有问题。

三、这是你自己的剧本,而不是模仿别人

文艺圈尤其是编剧行业想要的是原创的声音,这也是它们在新编剧身上和新剧本中寻找的东西。它们已经有了能写出大作品的人,已经有了能够写出好的戏剧或影视作品的工作室或专业编剧。

它们不需要任何新人,除非你与众不同,除非你有一个它们还没有听过的原创声音,除非你写的是独特的影视作品或舞台作品,除非你有它们还没见过的概念。

模仿成功的电影是一个很容易掉进去的陷阱。刚开始写的时候,我们会想:"好吧,如果我写影视圈正在热映热播的东西,我的胜算就会增加。"

事实上,你成功的概率只会降低,因为以前就有过这样的先例,一些知名编剧已经有过尝试。而当你开始尝试模仿写作时,已经太晚了。

所以要记得提醒自己,你在写的是你自己的剧本,而不是以前别人写过的剧本。这将帮助你创作出更有创意的作品,而不是仅仅遵循传统工作室的模式。

不要害怕做你自己,做个"怪人",与众不同,才是你脱颖而出的原因。《模仿游戏》的编剧 Graham Moore 获奖时曾说"Stay Weird, Stay Different"(保持神秘离奇,保持与众不同)就是这个意思。

四、你是为"读者"而写,不是为自己

在开始编写一个剧本之前,还要记住另一件重要的事情。剧本和你无关,它是为"读者"(剧本审读员、制片人、导演、剧本大赛评委、观众等)创造一种视觉上吸引人的体验。

这些特殊的"读者"其实掌控着你的命运。在写作之前或者过程中,你最好是考虑他们的感受,不然你的一些新奇想法或感人故事就将被搁置或封存。为他们写作意味着你要展示,而不是讲述——你要向他们展示一个

引人注目的、视觉上吸引人的故事。为"读者"写作意味着你信奉"少即是多"的信条,意味着你要把一切都放在屏幕上,而不是放在背景故事或字里行间里。

每一个场景描述的句子都必须是有原因的,每一句对白都是有原因的,每一个单独的场景、每一个时刻、每一个镜头都必须有原因。不能仅仅是因为你觉得这很有趣或者是你觉得它很酷,不能仅仅是因为你喜欢这个或那个。是的,你应该写你享受和喜欢的东西。但它必须在故事和剧本的背景下服务于某种目的。

你应该为"读者"写作。如果你记得这样做,你将带着这个重点进入剧本编写过程。你必须吸引他们,引起他们的反应,让他们保持兴趣,娱乐他们,给他们惊喜。

是的,你也可以写你热爱并享受的剧本。作为一个编剧和电影爱好者,你可以而且应该让自己感到有吸引力、开心和惊喜。但最终,"读者"才是最重要的。

如果只是为自己写剧本不会给你的职业生涯带来任何帮助,只会给你带来一堆自我娱乐的甚至自恋的东西。对一些人来说,这可能没什么问题。但如果你想把这当成一种职业,你就必须时刻把"读者"放在心上。

五、扬长避短

大纲不是剧本,字数有限,总要有所取舍。标准很简单——在不影响故事流畅性的前提下,扬长避短。

何谓长?就是那些其他电影里没见过的、你已经想好的、十分有看点的内容。

何谓短?就是其他电影里常见的、你自己都没想清楚的内容。

譬如,你写的是跟梦境有关的题材,那么对于梦境细节的新奇展示,就是大纲要突出的亮点。而梦境里的打斗场面,若非视觉革命(如《盗梦空间》),只是惯常拳脚,你就可以略写成"经过一番激烈搏斗"。如此一来,大纲的详略程度和电影可能不完全匹配。譬如某一场戏,可能拍出来只有5分钟,却占了大纲十分之一的字数,这实属正常。

六、突出主线

剧本的使命是指导拍摄,而大纲的使命则是吸引导演、投资方等一众读者。所以,大纲不求"全",而求"精彩"。

完整的电影剧本,很可能有主线副线之分。但倘若双线互动性不高,拿掉副线对于主线故事的影响不大,则可考虑删去,避免在有限的字数里,干扰主线叙事。对配角的处理,同样遵循上述原则。

七、画面化

电影是通过声画来讲述故事的,所以优秀的剧本几乎全部是台词和画面,这和夹叙夹议甚至还有心理描写的小说有巨大区别。

新手在写大纲时,最常犯的错误就是,不能用画面展示内容。当故事讲到一半时,硬生生地开始解释——详细介绍某种概念、技术原理,某个机构的职能,某个角色的性格、信仰(一向是沉默寡言、有信仰的人)等,某个幕后真相(以"原来""其实"等字眼为标志),等等。

这种写法,除了画面难以表现之外,还打断了阅读节奏,很容易让观众出戏。究其原因,是插叙的内容,都不是在"当下发生的",逼迫观众去切换对时空的想象,甚至切换左右脑的感性或理性思维。

经验表明,如果你需要大段阐释,很有可能你没有把这个问题想清楚。一般来说,复杂的问题也可以用一句简单的话来表达大概意思。如果你想不到这句言简意赅的话,那就再好好想想。

八、发生两次

已有之事，势必再有，这是客观规律。因此，想要让观众相信人物的举动，减少刻意的"编造感"，不妨提前铺垫——这是大多数编剧非常喜欢的手法。

举个老旧的例子，某一个反复出现的铁质酒壶（或是打火机或者ipod），在前半段以信物的身份担当了推进角色情感的功能，到最后则有可能拯救了主角的性命，如在胸口的衣兜里默默挡下一颗子弹。

适当的铺垫，会让观众有一种前后呼应的感觉，当然也会让故事有一种完整感。

九、惜字如金

大纲字数有限，所以容不得半点浪费。但我们在创作过程中，却很容易展开来写，让场景细节清晰地呈现在眼前，有时候甚至会细化到譬如A和B谁先上计程车，主角在餐厅吃的是龙虾还是扇贝，等等。在发散思考的过程中，这些细节有助于我们去具象化每一个画面，激发更多的灵感，但当我们回头检视时，会发现很多细节对于主线故事是没有帮助的，甚至因为过于冗杂，而干扰阅读。实际上，细节是我们"过河"的工具，当我们跨过了河，就应该狠心"拆桥"。

另外，角色的名字应尽可能简单好记，若是三个字的名字譬如"陆焉识"则不妨用"陆"字代替，以减轻读者阅读负担。若角色姓名出现一百次，你就省下了200字，而大纲有时候甚至只有2000字。

十、逻辑关系

在剧本和电影中，一些不相关的场景可以通过剪辑生生地拼在一起，平行叙事，强迫观众去接受，但在大纲阶段，读者很少有这种耐心，对于"一气呵成"的要求远甚于剧本本身的有趣程度。这意味着我们要加强每一场戏、每一个段落之间的关联性。

好的关联性，就是紧扣时间先后顺序，以及因果关系。次之，就是空间和声、光效应上的呼应，譬如从喧闹的演唱会现场切至夜店现场。在段落与段落之间，要加强文字上的呼应，譬如"自那之后"。

以上介绍的大多是纯粹的写作技巧，并不完全是故事创作技巧。关于"主题""人物"等永恒问题的讨论，以后再撰文细谈。

总之，这不是一本告诉你按照这样的步骤写，剧本就能卖出去的独门秘籍，而是几句提醒你写作时应该不断思考和练习哪些事情的经验之谈，并帮你指出现代剧作深深吸引大众的关键所在，值得圈内的你我自省精进。

好吧，那么咱们就开始吧。

> 编剧要遵守一条很重要的规则：在处理每一事件的时候，都必须仔细地思考和选择它的视觉形象；必须记住，每一个概念、每一个思想都可能有几十种几百种造型表现的方法。而编剧的责任就是要从中挑选最明确和最生动的一种。
>
> ——普多夫金

目录

001 第一章 视觉的造型
- 002 第一节 人物的视觉造型
- 003 第二节 场面的选择
- 003 第三节 布景、道具、服饰、发型和妆容
- 004 第四节 画面的构图

006 第二章 剧作的语言
- 007 第一节 电影中语言的地位
- 007 第二节 对白的使用
- 013 第三节 闪回与旁白

018 第三章 时空的构成
- 019 第一节 电影里的时间
- 019 第二节 电影里的空间
- 020 第三节 时空的结合
- 020 第四节 时空的体验

022 第四章 故事的创作
- 023 第一节 一切的开始
- 024 第二节 故事DNA
- 025 第三节 一句话故事
- 026 第四节 寻找故事的点子

028 第五章 主题的表达
- 029 第一节 故事线的设置
- 029 第二节 寻找主旨
- 030 第三节 从结尾到主题
- 036 第四节 撰写故事大纲

043　第六章　人物的塑造
- 044　第一节　为何要塑造人物
- 044　第二节　研究人物
- 045　第三节　刻画一个有性格的人物
- 046　第四节　剧情与人设

055　第七章　情节的铺设
- 056　第一节　什么是情节
- 056　第二节　情节设计师
- 063　第三节　节奏的把握
- 066　第四节　情节推进器
- 070　第五节　英雄之旅

073　第八章　结构的搭建
- 074　第一节　情节的先后
- 074　第二节　剧作的结构
- 075　第三节　万用神话结构
- 077　第四节　关于结局
- 078　附：剧本诊断实例

080　剧本实例

CHAPTER 1

一

第一章

视觉的造型

其实，我们很容易就会被剧本的结构、故事和人物所吸引。但你必须记住，你所讲述的故事应该是一种视觉媒介。

有句老话说："展示，不要阐述。"这是首要的，因为大多数新编剧常犯的错误就是试图通过场景描述和对白来讲述一个故事。

要记住，作为一个编剧，你并不是要讲一个伟大的故事，而是在试着展示一个很棒的故事，试着用场景展现人物动作和语言，用精心安排的结构来呈现这个故事。如果你的场景描述不能在屏幕上直观地展示出来，那么它就不应该出现在剧本里。如果你的对白不仅仅是强调所显示的视觉效果，那么就应该把它删除掉。

当一个角色疯狂、快乐或悲伤时，不要只通过他们的对白或者其他角色的对白来告诉我们。为什么？因为影视是一种视觉媒介，没有什么比通过对白来展示情感更无聊的了。

如果角色愤怒了，让他们"嘭"的一声关上门，打碎一个玻璃杯或者掀翻一张桌子；如果角色是快乐的，让他们控制不住地大笑，眼中饱含幸福的泪水或者以某种身体形态表现出他们的快乐；如果角色很悲伤，让他们眼睛里含着悲伤的泪水凝视着远方，或者因为过度悲伤瘫倒在地。

记住，你在剧本中写的每一个字都要专注于视觉效果，要让读者读完剧本之后，眼前呈现出故事的整个画面甚至某些细节。

第一节　人物的视觉造型

人物的视觉造型是指影视作品中，能够表达人物性格特征的一切外在物理状态，包含妆容、服饰、动作、语言、道具等，它是一种具有隐喻或象征意义的视觉形象，是一种传达人物视觉信息的基本单位。在《编剧理论与技法》一书中，作者陆军教授强调了道具对于人物塑造的重要作用，认为可以将道具作为揭示人物心灵奥秘和寄寓人物命运的象征物，这种手法既符合影视作品的造型思维，又有利于强化人物的性格特征。同时，还能体现出人物的视觉造型。

电影是通过视觉造型来进行叙事的视听语言艺术，简单来说一部电影想要讲出精彩的故事就需要具备完整的视觉造型，电影的视觉造型既能体现一部电影的主要风格又能表现出电影的内部含义，它主要包括色彩、光线、构图、空间及运动等元素，这点与美术绘画造型中的视觉原则是相通的。而在电影视觉造型中最基本的特性往往离不开运动性、逼真性和综合性，更多地表现在布景、实景、道具与服装化妆上。

视觉和听觉是人类最重要的感觉，而电影兼顾视觉与听觉。视觉艺术离不开造型，某种意义上我们可以理解为，在电影的创作过程中，整部影片的构思及其最后所形成的电影美学风格都离不开造型的支撑，电影作品要有了视觉造型才能形成自己独特的艺术风格。而人物一旦具备了一定的视觉造型，整个影视作品的辨识度便会提升。

人物是电影叙事功能的核心，是影片视觉造型的基础，能推动故事情节的发展。随着人类社会的发展，越来越丰富的精神需求使人的思维活动更加活跃，所需要的情感也越来越丰富，这种丰富的情感就可以依靠视觉造型中的意象塑造来进行表达。就镜头语言来说，镜头之间的分切组合形成电影艺术的媒介，是将书面形象转变为可见的、鲜活的艺术形象传达给受众，满足观影者的情感需求。

不同的情感表达需要不同的镜头排列组合来展示。在拍摄电影作品的过程中通过推镜头、拉镜头、摇镜头、移镜头、跟镜头及甩镜头等镜头运用方式来传递电影所要表达的情感，传递出一个个特殊的，而又意味深长的意象。

意象在人物的视觉造型中可以理解为靠主观意识的映射所产生的形象，这个形象具有强烈的艺术情感同时也有理性成分，其产生需要"外师造化"才能够"中得心源"，将自身的情感象征或隐喻运用到具体的影视作品创作中去。

比如，在霍建起的影片《暖》中，主人公暖的视觉形象就塑造得很成功。十年前，年轻的暖天真烂漫，能歌善舞，是全村人的焦点，所以，鲜亮的花布衣裳和梳理整齐的两条大辫子，整天欢乐地蹦蹦跳跳就成了暖的标志，而那双心心念念的黑皮鞋也就成了剧情发生转变的一个隐喻或者一个暗示。十年后，暖背着几乎超过其身体负荷的一捆干柴，一瘸一拐地出现在井河面前的时候，观众似乎一下子就明白了这十年，暖为何不再联系井河，井河为何不敢回乡再见暖一面。搭在暖头上的白色头巾，头上的几缕湿透的头发，蹲在河边用手随意擦洗身上的汗，还有说话时，眼睛都不抬一下的状态，以及那句"啥叫好？不知道你们城里人啥叫好？"都把这个当年全村人的焦点一下子拉回了现实。导演霍建起在主人公暖的视觉造型上下足了功夫，让观众很容易通过人物的外在表现,去感受和把握其复杂的内心和往昔的经历。

其实,任何一部作品在前期筹备时,都可以通过对大量文献的阅读总结并梳理电影视觉造型的中外研究成果,通过观看大量视觉造型类影片,去观察片中导演镜头语言的运用,意象塑造的表现手法,剧情片的叙事方法,发现并总结优秀导演在对人物造型时所使用的镜头语言,然后慢慢凝练出自己作品中人物原型的视觉造型。

第二节　场面的选择

对于任何电影作品来说,把握好场面都是至关重要的。场面选择的好与坏、恰当与否也许直接影响整部作品的成败。影片《黄土地》选择的是那片茫茫无际的黄土高坡,人们走在上面步履维艰,尘土飞扬,那几乎铺满整个画面的"黄土地"既渲染着整部作品的压抑氛围,又通过生活在这片黄土地上的人们思想意识的变化,勾勒出人们对新生活的渴望和对自由的向往。所以,选择或设计一个典型场面,对于一部电影来说,至关重要,而如何才能把握住选择场面的要领,就需要从以下几个方面来入手。

一、地点

一位著名的导演曾经提道:"如果你有一个双人对白场景,并且认为任何地点都可以进行拍摄,那么请你再认真考虑一下,真的是这样吗?"假如一对恋人在吵架,那么,让他们在麦当劳和在教堂进行一段或激烈或俏皮的对白,效果真的一样吗?地理位置、所在环境能够帮助导演或剧作者表现角色意图和故事的主题。让我们一起想一想,如果对白发生在犹太教堂或清真寺的时候又会有什么不同?在迪士尼乐园呢?在教室或者汽车里呢?其实,同样一个故事,如果改变了发生地点,也许故事的走向就会随之改变,至少产生的效果千差万别。

我们可以以张艺谋的《大红灯笼高高挂》为例,分析一下地点的选择对整个剧情推进的重要性。

当然,在选择地点时,整部影片的预算经常会起到一定的作用。在剧本分析阶段,就需要我们深入研究电影的预算,仔细参考现实生活中的数据,权衡各种可能性,确定拍摄地点。

二、色彩

如果一个导演认为色彩是次要的,认为那是美术设计或后期主管的事,那么这个导演将会承担巨大的风险。自电影从黑白升级为彩色之后,颜色就成为影片中最能吸引观众的重要因素之一,在电影艺术中,颜色的使用具有非常强的可塑性和主观性,它在引导情绪或创造效果方面的作用不能忽视,实际上它在任何一种艺术中的作用都不能被低估。

红色代表着热情、激情、爱情、欲望、血腥等;蓝色蕴含着犹豫、冷峻、凄冷、忧伤等;白色则象征着纯洁、孤寂、平静与无力等。在著名电影导演克日什托夫·基耶斯洛夫斯基的心中,红色、蓝色、白色又是另外一种表达,他在20世纪90年代创作的电影作品《蓝红白》三部曲里,将蓝、红、白用到了极致。在《蓝》里,蓝色的天空,蓝色的水晶,蓝色的水面以及蓝色的光亮;在《红》里,红色的大衣,红色的广告牌,红色的口香糖,红色车灯以及红色的樱桃;而在《白》里,主人公身穿的白色衣服,洁白的雪地,洁白的鸽子,还有满眼白色的圣洁婚礼,一切的一切都用纯洁的白色反衬与彰显出主人公饱含着复仇与阴暗的心理。可以说,导演通过色彩深刻的内涵和无尽的变化,充分挖掘了生命的内在价值,同时探讨了人性的深层意义。

比如,在电影《逃狱三王》里,主人公的故事发生在"沙尘暴"肆虐的南方,但任何一个在夏天来到南方的人都知道这里应该是郁郁葱葱的绿色,而不是特别多沙尘。《逃狱三王》是首批使用数字色彩校正的主流好莱坞电影之一,它的色彩技术为《猎杀本·拉登》、《21克》、《天使爱美丽》和《毒品网络》等影片奠定了基础。

色彩是导演的重要工具,是艺术表达的重要手段。你必须要懂得欣赏它,特别是在后彩色电影时代,色彩已不再是后期的事情。

电影设计的主要元素是什么?色彩始终是排在第一位的。在电影中,色彩使场景地点、人物情绪甚至影片的现实主义更加突出。

第三节　布景,道具,服饰、发型和妆容

一、布景

从电影时代开始,布景就对故事中的世界起着至关重要的作用。

像《阿甘正传》里那样简单的长椅，或者像《哈利·波特》系列电影里那样宏大的奇幻场景，都可以为塑造故事世界和塑造角色起到巨大的帮助。

如果《哈利·波特》的魔法学校设在一所美国公立学校，那将是一部截然不同的电影。布景能帮助导演向观众传达时间、地点和故事剧情。

二、道具

道具作为场面调度的一个组成部分，通常会与布景集中在一起。但在某种程度上，道具值得单独考虑。

无论是一件具有重要意义的物品，比如《泰坦尼克号》中的海洋之心，还是一件引人注目的物品，比如《绿野仙踪》中桃乐丝的红宝石舞鞋，都是重要的电影道具，甚至可能成为整部电影的焦点。

想象一下，如果桃乐丝在《绿野仙踪》中被追赶，穿的是一双乔丹鞋或一双乐福鞋，而不是那双神奇的红宝石舞鞋，这将是一部完全不同的电影，这个不同源于道具。

如果《V字仇杀队》、《月光光心慌慌》和《黑色星期五》中的面具互换，那么这三部电影的基调都会发生微妙而有意思的变化。

将画面中的人物与场景中的元素相互对应，无论导演是否意识到这一点，观众都会这样做。即使角色没有直接举起、穿上、绊倒或砸碎道具，仅仅是将道具放在画面中，那它也是故事的一部分。

三、服饰、发型和妆容

服装是场面调度时的另一个关键部分。

角色的穿着反映了他们所居住的世界，他们在这个世界里是谁，他们的感受，以及他们如何表现自己。

在《乱世佳人》中，服装帮助观众理解故事的时间背景、人物的社会阶级、人物动作和场景组成。

《早餐俱乐部》里的服装是电影的关键元素，它表现出了真实的高中生形象，同时也使每个角色展示了自己独特的个性。服装能传达很多关于整体和细节的信息。

发型和妆容与人物角色有着密切的联系。

《爱丽丝梦游仙境》、《绝代艳后》和《指环王》三部曲展示了发型和妆容在塑造角色中的重要性。通过放大和外化人物特征，发型和妆容成为电影的重要元素。发型和妆容可以让观众熟悉的角色重新焕发活力，消除对他们的先入为主的观念，让他们变得有意义。《蝙蝠侠：黑暗骑士》三部曲中的小丑就是这样。全新版的小丑以全新的发型和妆容打破了人们对原著的印象，帮助希斯·莱杰赢得了奥斯卡奖。

第四节 画面的构图

电影构图就是对现实空间的分解和组合。单一画面构图是对空间的分解，众多画面构图是对空间的组合。电影构图作为表现某一特定内容和视觉美感效果的语言要素，通过对每一帧画面中各部分的布局和安排，按照时间顺序和空间位置有重点地分布、组织表述着对现实空间的省略与暗示，画面内的空间、元素是对画面外的空间、元素的省略，同时也是一种暗示。

画面内可以看到的空间是具体的空间，看不到的需要用想象去补充，而构图的画面恰恰是观众想象与现实的边缘及界限。电影构图有强烈的表达功效，有助于观众领悟被表现对象的外在形式、形象和内在品质，富于创造性地表现出被表现对象外在和内在的一些特点，并引导观众由表及里地感受、挖掘更深刻的内在情感，展示创作者本人的情感和风格。

构图就是按照视觉美感的方式对进入画面的各视觉元素进行有效排列与组合。这是一个选择和组织的过程，是从无序到有序的影视画面创作过程，要在每一个镜头画面中体现一种画面布局、一种画面结构。由于电影作品的题材、内容、风格、样式的不同，创作者的立意和关注点不同，所创造的构图形式与构图手法也不尽相同。电影画面的创作，就是将具有视觉价值的形、光、色汇集于画面中，使影视作品的画面构图有形式感和美感。

照明帮助电影实现一种"看见和看不见"的反差，是电影的关键元素之一，是完成场面调度的关键。照明同地点一样，最好在剧本分析阶段就考虑。

黑色电影风格的特点是在色彩或色调上有强烈的对比，许多经典的黑色电影都是用黑白胶片拍摄，同时通过灯光来实现的。

鲜明的黑色与空灵的白色形成对比，昏暗的灯光，看得见和看不见的亮点，这些结合在一起，告诉我们这个时期作品的主题和人物在世界上的位置。使电影不需要使用强烈的灯光来设置情绪、基调或主题。

《戴珍珠耳环的少女》是一部十分讲究色彩和光线的电影。模糊的灯光,就像房间里的蜡烛。在《戴珍珠耳环的少女》中,灯光在诠释绘画和艺术的同时,也照亮了整部电影。

练习作业:

请用简短的词汇或语句,分别展现一个破败的自然环境和萧条的人文环境。

最缺乏色彩的就是那些言之无物的人所用的语言。和现实有直接的、多方面的接触的人,必须创造一种能表现这种接触的说话方式。由于语言来自生活,所以说话缺乏内容的人必然是对生活的印象十分淡薄和不具体的人。至于那种"强有力的、不声不响的、有行动能力的"神话式英雄又是怎么回事呢?这种人(假如剧本中出现这种人的话)只是上层阶级的理想人物而已,他们对一切像是无动于衷。

——约翰·霍华德·劳逊

CHAPTER 2

一

第二章

剧作的语言

电影语言作为构成影视作品的关键,与影视的叙事有着不可分割的关系,电影语言利用视听艺术来表现影视的主题内涵,而叙事则是影视作品主题的具体表现。因此,电影语言不但是构成影视作品的基本单位,同时也服务于叙事。《心理叙事的影像建构——电影〈盗梦空间〉解读》探讨电影的视听语言并以《盗梦空间》为例分析了影像建构,其精致的叙事结构是以心理学理论为基础,围绕"梦"的解构以图像声音对观众的心理活动和视觉感知直接产生作用。《浅谈影视语言的表意方式——叙述:以电影〈唐山大地震〉为例》一文,分析影片《唐山大地震》中影像还原技术的运用对影片叙事及情节设计的作用,以及电影语言的表意手法对影片的贡献。

第一节　电影中语言的地位

电影是将摄影机拍摄到的画格以秒速运转,从而使被摄物体运动呈现在电影的胶片上。投影在屏幕上的影像是胶片通过放映机以同样的速度连续运转的结果,并且因为人的视觉拥有"滞留"特征,观众从而看到了通过放映机放大后投射到屏幕的活动影像。《略论电影语言之象征和隐喻的辨别》一文通过对"象征和隐喻"手法的分析,认为"电影语言象征和隐喻的辨别"是观者通过电影语言恰当辨别以及合理理解影片思想的前提。《好莱坞的"电影语言"》中提及的"细节"问题,成为"好莱坞式"的美国电影风靡全球的原因——靠"细节"传递信息和引导观众。

大多数文献资料是以一部电影或是某位电影导演作为研究探讨的对象,例如《影片〈末代皇帝〉电影语言读解》、《〈杀手莱昂〉视听语言艺术分析》和《〈公民凯恩〉影像元素浅读》等都是从电影入手,通过对一部电影中视听语言的全面分析,探讨以电影为研究对象的电影语言。或是如《宫崎骏电影之影视语言分析》以导演独特的影像风格为研究对象探讨电影语言。

谈及电影语言特性研究,《论电影语言的特性》中有较为完整的阐释,利用影视作品的艺术创作与人类自然语言结合的性质,总结简洁、个性化的电影语言。探讨视听语言的象征和隐喻在电影中的作用,《略论电影语言之象征和隐喻的辨别》认为象征和隐喻蕴含在导演利用电影表意的效果中。尤其是对表达感受、欲望、心灵状态等的探讨。《关于数码影视画面表意特性的思考》和

《电影语言的诗性研究》对电影语言这一特殊"语言符号"的表意特性做出阐释。

第二节　对白的使用

"若以两人对白作为开场,电影难免会有些空洞",这是电影界的一个原则。但是如果处理得当,就不会如此。

对白是电影最直接的表现方式,观众的大部分注意力都汇聚在对白上,所以处理好对白便显得尤为重要。

一、说明性对白

一般来说,为保证故事的连贯性需要确定以下几个要素:

(1)人物的过往;
(2)事件的目前情况;
(3)说明性对白。

所有这些要素,一定程度上都推动了故事的发展,而其中最有效的要素就是说明性对白。

拍摄对白场景时有一个最大的问题,就是很难把对白编写得令观众相信片中人物真的会这么说。因为在现实生活中,任何关系下的两人对白都不会向对方过多说明彼此已经知道的事情。

好的对白需要精妙的设计,让人物有充分的理由向观众传递必要信息,而不是让人物复述已知事实。

从本质上讲,对白仅为观众提供了一定信息,但只要观众相信此时传递出的信息是合理的,便可加深对影片的理解,不会对故事将信将疑。

但需要注意的是,编剧失衡的表现之一就是整个剧本全被说明性对白占据,这样片中人物就不是在说话而是在做解释。比如无意义的说明性对白、解释性的说明性对白。

当然有些概念需要更多地解释说明,才能引起观众的关注。例如,对白的另一个作用是表现人物个性,它是情节推动的关键,这也是对白最重要的艺术职能。

行为决定人物,如果你的角色栩栩如生,那么他们的言语就能向观众表现个性。冲突是对白的关键要素,也是戏剧的要义所在。它让人物得以对其他人物做出回应,同时揭示各种人物的缺点与特质。

对白的精彩并不是因为台词很少或很多,而是它的恰如其分,知道何时该说,何时该沉默。《社交网络》就是

一个完美的典范，做到了恰到好处的对白处理，这就是为什么这部电影的场景能引发这么多人的共鸣。

当精彩的对白出现时，我们一听就知道，从听到它的瞬间，这些对白就已经被镌刻在了时间里。运用对白本该成为一个简单的事，但为了让它运作得有条理，对白也需要规则。因为我们需要通过对白去填补那些镜头语言无法填补的空白。

对白是故事当中非常重要的要素，能推动情节的进展。有些小说家如科幻小说家阿西莫夫的作品中对白几乎占了大半，其他的场景或角色描述则只有一小部分。另外，剧本主要也是靠对白在支撑，至于什么舞台、表演或画面等，说实在的，那都是设计师、演员与导演的工作，剧作家最需要掌握、最神圣不可更改的，往往是台词。因此，如何设计让读者或观众印象深刻的对白，让他们情不自禁地越陷越深，就是一个很重要的功课。其实，与其要说如何写得好，倒不如说要如何避免写得烂，效果会比较好。什么是烂对白呢？请见下面这段我自创的例子：

春娇：我肚子好饿。

志明：我也是饿。

春娇：真的饿。

志明：我知道，那怎么办？

春娇：你去买。

志明：买什么？

春娇：我不管，你不买你就不爱我。

志明：那算了，我不饿了，这总可以了吧！

如果这一段有意义，那就是他们都饿了，还有，他们很饿，但依旧不忘打情骂俏。但说实在的，这些对白很浪费空间与时间，因为到了第三句话，我们就知道他们很饿，但到了结尾，还在这个话题上打转，没有任何进展。要避免坏的对白，就是不要直接回答对方的问题，不要变成单调的一问一答。一问一答是日常生活对白，可是在故事里，那些看似自然的对白，其实都经过设计。

例如，小明说："你明天要去哪里？"小王说："我要去台南。"小明说："你搭高铁吗？"小王："我坐客运。"这时候，你应改写成如下：

小明说："你明天要去哪里？"小王说："你看，天空好蓝，小时候台南的天空也是这样的。"小明说："你要去台南？可是明天晚上不是约了小绿吗？你要是赶不回来，她会生气的。"小王说："我的巴士票都买好了！我会再单独为她庆祝生日。抱歉，没你的位置。"

譬如武侠片里，张有忌找到杀父仇人华帮主，他飞身进入屋子，用剑抵住帮主的脖子说："今天我终于找到你了，在我取你性命之前，还有什么话说？"这时候，帮主通常不会说："拜托，别杀我。"也不会说："去你妈的，随便你啦！"而是会采取不直接回答的迂回对白。如果那时候他在修剪盆栽，这时整个过程应该是这样——张有忌找到杀父仇人华帮主，他飞身进入屋子，用剑抵住帮主的脖子说："今天我终于找到你了，在我取你性命之前，还有什么话说？"华帮主并没有回头，继续修剪他的盆栽，冷冷地回答："这盆兰花我种了有十年了，昨天我发现它的叶子开始枯萎，心想或许今天修剪一下，就可以救活它，没想到一早醒来，还是都死光了。有生有死，有死有生。你要带走什么，就尽管拿吧！"

所以诀窍在哪里呢？就是对白不要像乒乓球，很死板地根据前者的问题，两人一来一回，一问一答，对白要在观众意料之外。回到前面的春娇与志明对白，现在修改如下：

春娇：我肚子好饿。

志明：我们早上不是才吃了一顿早餐。

春娇：都是你，说要省钱，住什么青年旅馆，那一点稀饭根本撑不久。

志明：现在怎么办，步道都走了一半了，距离目的地还有半小时。

春娇：你背包不是有食物？

志明：不行，这是三天的存粮，如果现在吃了，我们就没办法抵达城堡了。

春娇：我早就知道，你只顾着自己的研究，根本没想到我。

志明：这样吧！你先吃我那份，我可以忍，如果瑞克可以照约定明天跟我们在山顶会合的话，应该就没问题了。

所以诀窍很简单，就是对白要一修再修，一开始时，你可以用你的直觉与感觉，根据角色写对白。但写完第一遍，你就要回过来看你的对白会不会太理所当然，有没有超越观众或读者的期待。

有时，话不能讲太直白，不然就会失去张力。当然，当话从直白变迂回时，原来的直接回答就变成潜台词，于是你的对白就会有层次、有深度。

讨论作业：

两人一组，时间二十分钟。设计一组两人对白，共八次往返对白（与前面春娇与志明的对话结构一样），先用直觉写一个初版，接着再回头，用间接回答的方式，重新修改原有的对白，形成一个新的版本。

亚里士多德提到悲剧的六大要素是情节、角色、对白、主题、音乐动作与景观。我们可用这六个要素更进一步地讲对白的功能，就是用来表达其他五个要素。对白能推动情节、表达角色、论说主题、歌唱或说明动作、描述景观。顺带提一下，对白除了表达亚里士多德提到的五大要素，还有一种功能，就是逗观众或读者笑。

所以好的台词，通常会同时结合两个功能，例如春娇说："我其实是僵尸。"这句话同时增加了我们对角色的理解（春娇是僵尸）与推动了情节（快跑）。当然，要能做到每句对白都这样，并不是太容易，也会对观众或读者造成负担，因为每句话都要想一下。我们要知道，对白本身是没有意义的，它得表达其他的东西，而你有五个方向可以去分配，即使每句对白只表达一个方向，也可以用亚里士多德的六要素，在修改台词时检查一下，是不是太多对白都在同一层次，例如在主题上的长篇大论可以略微调整、稀释一下，偶尔也讲一下景观。

例如志明说："春娇，你看，前面的草原像海一样，还有好多羊在吃草，好可爱。我们就在这里定居，等你肚子里的孩子生下来，你跟宝宝就不怕没食物了。"

最后快速提醒一下，对白内容不牵涉情节（角色心理）、社会条件（政经与历史背景）与哲学观点（善恶对立或理想与现实的冲突等），且必须有效分配，才能达到最佳效果。最好不要全篇讲道理，而是让读者自己从故事中找到答案，一些重要的想法或话语，画龙点睛、略微提到，反而效果更佳。建议分配比例是情节占65%（约2/3）、社会条件占25%（即1/4）、哲学观点占10%（即1/10）。

二、对白创作技巧

当然，创作对白不是只有我们前面提到的方法，还可以用更积极的方法，去设计一段对白，让整段对白带有一种节奏感，并能打动观众的心。

一段完整的场景对白，势必会有一个话题。但你不能一开始就讲这个话题，否则就会过于直接。最好的做法是先有一小段闲话家常，或是次要主题，我们可以称之为A，紧接着这段次要话题开始进入主要讨论，这时候双方会各持针锋相对的立场，不然就没有戏剧张力了，我们称这一段为B。最后是结尾的高潮，在这时候，最开始的A话题会被引进来，接着变成B，但赋予了新的意义，像是一个隐喻，然后话题结束。

简单说，就如同日本能剧的序破急或大家熟知的起承转合，A是序（起承），B是破（转），A+B是急（合）。现在我们在传统的起承转合的内部，做了更有效的联结，其实这不只是对台词的设计，对演技或拍摄也是一个很有效的技巧。如果画成图的话，对白应该设计成一个三段式：交响乐式的对白结构。

A（序）（1/4）
B（破）（1/2）
A+B（急）（1/4）

通常来讲，A会占对白的1/4，B会占一半，A+B会占1/4。当然，这不是铁律，只是习惯法则，但你要记得，B才是重点，如果B内容太少了，力道就出不来。至于A与A+B的比例，确定了B内容的比例后自然就出来了。

下面这一段对白，摘自美国知名剧作家托尼·库什纳的普利兹奖得奖剧作《天使在美国》，中译本由时报出版（1996年），书已经绝版，但很多图书馆都有收藏，在一些出租店或书店也还可以租或买得到。《天使在美国》被HBO拍成电视连续剧，找来阿尔·帕西诺等知名演员演出，也得了不少奖。

乔：我真替你难过。

路易斯：唉，谢谢你这么关心。你人真的太好了。没想到你居然会投给里根。

乔：希望他能够好起来。

路易斯：你说里根吗？

乔：你的朋友。

路易斯：他不会好起来的。里根也是。

乔：我们不要谈政治好不好？

路易斯（指着乔的午餐）：你吃三条热狗啊？

乔：嗯……我很饿啊。

路易斯：这东西对身体很不好耶，里面都是老鼠大便啊、甲虫脚啊、木屑啊那些东西。

乔：哈。

路易斯：还有……呃……，辐射物，大概吧。有毒的东西。

乔：你还不是在吃。

路易斯：对啊，唉，它长这种样子，我实在忍不住要吃。而且我是意图自杀啊。你又有什么借口？

乔：我没有借口。我刚喝过胃乳。

乔：昨天是星期天。但是我最近有点心不在焉，以为是星期一，跑来要上班。这个地方整个空空的，没有人，一开始我还没有搞清楚，突然觉得很……慌，而且，脑子里闪进一个念头，整个司法厅都没有人了、荒废了、歇业了、不会再开门了。在里面上班的人都跑掉了、不要它了。

路易斯(望着那栋建筑):可怕。

乔:对啊,而且我觉得好想大叫。不是因为它可怕,而是因为那种空虚来得好快。而且……嗯,感觉很好……让我高兴得想大叫。不知道这会是怎么样的感觉……如果一夜之间,你所亏欠的一切责任、正义、感情完全都消失了,多自由啊。那你就会……觉得自己无情得可怕。对,可怕,而且……(沉默了一下。他看着那栋建筑)我今天不想再进去了。

路易斯:那就不要进去了。

路易斯:我搬出来住了。我住……我一直失眠,睡不好。

乔:我也是。

(路易斯走上前去,在他的毛巾上舔了一下,把它轻轻碰在乔的嘴上。)

路易斯:你消除胃酸消到坝子上来了。(指着建筑)也许法院不会开庭了。也许我们又自由了,可以为所欲为。明日的女儿,罪恶的心灵,自私而贪婪,盲目又寡情。里根的儿女,你怕,我也怕。大家都是在这个自由的国度里。上帝啊,拯救我们吧。

很明显,我们可以在整段对白中,看到三段式交响乐式对白结构,有着主题的变奏与再现。第一段是暖场的闲聊,提到早餐与里根的话题;第二段是关于法院的,是整场的重点,谈到了自由、正义与法院等话题;第三段结尾,透过消除胃酸这句话,连接到第一段的早餐话题,还有喝胃乳这句话,而且里根的话题,也与第二段和第三段关于法院的谈话内容交织在一起。

另外,第三段提到的什么明日、罪恶、贪婪、拯救我们等字眼,则与第一段提到的老鼠大便、甲虫脚、辐射物、自杀等,在更深层次的末日预言上,有了相互呼应。

所以好的对白可以打动人,不是在于单句台词的修辞或辞藻,而是在于整体的结构设计。一般观众或读者不需要知道这些,他们享受这个对白就好。就像使用iPhone的民众,不需要知道手机内部结构与软件设计,这是工程师要做的事。如果你想写故事,而且是可以打动人心的好故事,你就等于在当工程师,就得知道这些规则,并下苦功夫。

对于故事来说,为什么对白如此重要?在很多方面,对白就是作家武器库中的一把瑞士军刀。通过使用对白,我们可以探索人物塑造,增强故事张力,揭示重要的上下文信息,为我们的故事主题赋予力量,预示即将到来的事件,并推动我们的情节向前发展等。

也许,正是这种"多才多艺"使得对白对许多作家来说令人生畏。我们对白中的每一行都必须有一个目的,但是我们怎样才能创作出与角色相符的对白呢?写得好的对白到底是什么样的呢?

下面将与大家分享一些写作对白技巧,这些技巧将帮助你为自己的故事构思更丰富、更微妙的对白。让我们一探究竟吧。

1. 不要保持真实

作家经常被鼓励创作真实的对白,你当然希望写出像在日常生活中使用的那种自然而真实的对白,但是,你又不希望写出与你周围听到的一字不差的对白。

在现实生活中,对白中充斥着很多废话。人们会结巴,重复自己的话,闲聊,或者用一些相对无用的词来填充语言。因为我们不想让我们的故事陷入毫无意义的泥沼,所以我们应该把注意力集中在自然的说话模式和有目的的内容结合起来的对白上。

2. 每一条对白都应该有一个目的

没有目的,对白就没有方向;没有方向,读者就很容易感到迷失、愤怒,并准备放弃阅读你的故事。

在写对白之前,花点时间问问自己,对白的主要目的是什么。大多数情况下,对白都是为了解决或制造紧张气氛,联系上下文,或揭示推动故事向前发展的新信息。

带着既定的目标,你可以满怀信心地开始写对白,相信你在为你的故事增加价值,而不是让读者感到无聊。

3. 不同声音是至关重要的

选择三个你最喜欢的角色,写一段关于"比萨是不是人类最伟大的食物"的对白——不要使用对白标签。读者能分辨出是哪一个角色说的哪一行吗?

除非他们是克隆人,否则你的每一个角色都应该有自己独特的声音——这是他们的个性、经历、文化和世界观等因素的差异的结果。

4. 人们不总是说他们想说的话

我们很少向世界展示真实的自我。通常情况下,我们会根据周围的社会环境来调整我们所说的话和说话的方式。正因为如此,你的角色不应该总是直接说出他们的想法。

通过揭示角色不完全真实的情况,避免面对面的对白,实际上有助于帮助实现角色关系的进一步发展。这也让读者听起来更加真实。

5. 人际关系在谈话中起着关键作用

在设计对白时，你应该始终考虑你的关键角色。检查角色之间的关系，并决定他们之间的动态关系将如何影响他们彼此说话的方式。

如果你写了两个陌生人之间很容易发生的对白，那么你可能需要花更多的时间来发展他们之间的关系。

6. 使用肢体语言来表达

写得好的对白不仅仅是由对白本身决定的。你的角色的肢体语言——包括他们的姿势、眼神和行为举止，以及像大笑、叹息和呻吟等语言都可以帮助你塑造人物，并进一步加深读者对当前对白的理解。

7. 不要害怕把事情弄得一团糟

我们毕竟不是机器人，不可能事事都尽善尽美。因此，你的故事中的对白应该充满"不完美"：句子碎片、语法错误、诅咒、台词在句子中间丢失等。

8. 平衡角色的话语权

在三个或三个以上的角色之间写对白是很困难的。不过幸运的是，在如此"拥挤"的交谈中，让这么多的声音享受同样重要的分量，是不常见的。在创作这样的情景时，要确定哪些角色在对白中有发言权，然后让发言者的动态自然地发挥出来。

如果可能的话，也可以考虑限制对白中的角色数量。虽然让你的角色同时互动很有趣，但这样做可能会让读者感到困惑，因此只有在绝对有必要的时候才考虑增加角色。

9. 在紧张的场景中工作

没有什么差别的语言通常不能吸引读者，所以在这种情况下，我们故事中的对白应该始终围绕着紧张的气氛展开。紧张在本质上是一种悬而未决的状态，正是这种悬而未决才能推动我们的故事向前发展。

一些对白会带来紧张，而另一些会解决紧张，有些对白甚至两者都能做到。然而，当你坐下来开始创作一段新的对白时，识别出场景核心矛盾，对构思有目的的对白会大有帮助，从而让你的故事继续下去。

10. 你不需要写每一个细节

读者不需要在页面上看到每一次对白的细节。

问候、基本信息的交流，以及其他一些无聊但有时又有必要的细节，都可以像在口语中一样在文字中表达出来，而且这样可以让观众更好地接受。所以，与其在对白中写尽日常琐事来放慢场景节奏，不如直接说"她给了他她的电话号码"，然后继续。

11. 去掉不必要的对白标签

最常见的对白标签是"说"。

偶尔使用对白标签可以帮助澄清谁在说话，还不会减慢故事的节奏。然而，许多作者都犯了滥用标签的错误，试图保持清晰，并详细说明对白是如何被说出来的，例如，她喊叫、他耳语、它发出嘶嘶声……

然而，如果你为你的角色精心打造了强有力的声音，如果你善用行动标签，你会发现，"他说、她说"除了偶尔在你的故事中出现之外，没有必要写太多。

12. "说"

如果你必须使用一个对白标签，"说"通常是你最好的选择。为什么？因为"说"是如此普遍，以至于在某种意义上，它是最不会打乱故事脉络的对白标签。读者会仔细阅读这个词，同时还能认出说话人的身份。

13. 利用动作标签

动作标签是在对白进行之前或之后的小幅度动作，例如：

阿曼达摆弄着衬衣的褶边："我不知道这是不是最好的主意。"

"你确定那就是你真正想要的吗？"布拉德疑惑地抬起头。

动作标签是在对白期间指示说话者的一种很好的方式，同时也能保证读者参与场景中。

14. 选择强标签

在某些情况下，无论是对白的内容还是最简单的标签都不能准确地传达给读者。如果语气上的差异非常细微，不足以引起注意，那么就避免使用副词，直接使用更强的标签。

例如，不要写"她静静地说"，而是使用"低声说"这个词。这两个短语的意思是一样的，但是"她低声说"更有力。

15. 减少冗余

另一个常见的错误是在对白中或对白后加入了行为，使对白变得多余。

例如，写"呃，她呻吟着"是不必要的，因为"呃"是人们呻吟时发出的声音。不要两者都写出来，只使用动作标签来加强一下对白就可以了。

16. 避免直接称呼角色的名字

我们不会经常直接称呼对方的名字。相反,我们会进行眼神交流,快速打招呼,说出我们要说的话。如果我们直呼某人的名字,通常是为了引起他们的注意或表示尊重。

不幸的是,许多作者经常在对白中提到他们的角色,这往往是为了塑造角色或告知读者对白的关键角色。然而,这两种写法都是草率的,更好的方式是使用强动作标签和对白标签来表示说话者。

17. 用对白打断叙述

不管故事的内容多么令人兴奋,一页接一页的叙述读起来都让人很吃力。添加一两行对白是让读者的眼睛休息的好方法,尤其是当你想让你的读者参与到你的故事中去的时候。

18. 大声朗读对白

即使在实践了前面17个技巧之后,你也很难判断你是否写出了有效的对白,那么,识别对白失误的一个简单方法是大声朗读故事中的对白。如果对白在说的时候不流畅,你就会知道在哪里修改它。

如果你不擅长写对白,那么同时把这18个技巧付诸实践可能会是极其困难的。可每次只使用其中的一两个技巧,直到它们成为你的习惯。你会在不知不觉中感受到编写对白的魅力!

对白是电影的支柱。电影中的对白应力求出色,因为它可以起到很大的作用。对白应真实可信,要能定义角色(不用非常明确),并推动情节。在理想的情况下,对白也应具有娱乐性,要有令人反复观看后回味无穷的经典台词。莫纳汉为2006年《无间道风云》所创作的剧本如同e小调的协奏曲,充斥着燃烧弹一样的紧张气氛,开篇就留下了广为流传的台词。这个剧本帮助导演马丁·斯科塞斯获得了首个奥斯卡奖,而莫纳汉自己也获得最佳编剧奖。此后,他又创作了《黑暗边缘》和《谎言之躯》,以及他首次担任导演的《伦敦大道》。

19. 倾听周围的故事

仔细倾听周围人说的话,要集中注意力倾听周围人说了什么、没说什么。几周前,我无意中听到了一个非常"愚蠢"的男人从一个更加"愚蠢"的嬉皮士那里接受婚姻咨询指导。这个经历太宝贵了,我知道自己一定有机会把这个情节运用到创作中。这就是居住在城市里的机会——有机会倾听各种事情。

我真正感兴趣的是那些角色没有揭示出来的事情,也就是人们试图掩饰的事情。每个人都在努力掩盖一些事情,通过人们的对白你就可以发现这些事。不只有广告商和律师会掩盖事实,人人都会。

十分正派的人通常不会意识到他们的谈话实际上并不是为了交流的目的,只是为了推动个人的虚假宣传。看一下那些人们试图掩盖的事情,你会发现他们其实在掩盖所有事。现在,世界上最滑稽的一件事就是当你去饭店,总会碰到两个第一次约会的人坐在旁边一桌,他们从网上相识,彼此谎话连篇,即使努力讲真话也讲不出来。

20. 自然的对白很无聊

本质上来讲,你所做的事情大体都是不自然的,没人可以创作出莎士比亚那样自然的对白,他是迄今为止最伟大的对白创作者之一。你不会想听到人们谈话的真正方式的。你可以现在看看我。我并没有连续不停地讲话或者使用奥古斯都时代的措辞。某种程度上讲,我其实只是在装模作样,像大多数人在现实谈话中所做的一样。除非你是克里斯托弗·希钦斯,可以大段大段滔滔不绝。一般人只能摸索着讲述出自己要表达的含义,而创作剧本时还需要有搞笑的能力。

21. 对白创作需要即兴

你不能通过想办法把各种性格元素放在一起就创作出真实可信的人物形象。你自己首先要成为角色才能去创作。你要成为自己笔下的角色。你要成为所有的角色。因为你的演员都像你一样,要成为角色或角色的一部分;抑或是由于你要像演员和作家一样完全可以呈现别的性格。

比如,那些善于即兴表演的人会不断吸收别人的特点。然后他们就可以突然表演出来。把零碎积累起来,你不知道什么时候就会用上。

莎士比亚曾是演员这件事也许并不是玩笑,因为作者肯定是自己作品的首个表演者。作者要把自己描写的所有角色都表演一遍,而且要非常入戏,否则演员不会被剧本吸引,不会想去扮演这些角色,这样电影也不会成功。因此从根本上来讲,你要在自己的房间、自己的大脑里进行戏剧表演,只不过你是通过想象,把电影投射在纸上,同时一人饰多角。

22. 对白创作要靠直觉

基本上,你的创作就是灵光乍现——任何艺术家创作都是灵光乍现。没有理由。不管灵光什么时候闪现,不管你什么时候打破束缚,你都不会用物质的眼光看待事情,仅仅凭直觉做事。

当你审视任何形式的艺术时,歌曲作家都会是非常有趣的观察对象。报纸上会有各种报道,说你演奏时改变了和弦,但其实这种改变的灵感来源于你坐在厨房餐桌旁时的心情,在那里,你经历了"浮生一日"而不是恍无所思,要是你能和别人讲清为什么以及你如何做到的才怪呢。在中世纪,艺术或是技艺被人们称作mystery（神秘的事物）,这不无缘由。

23. 对白的使用

日常生活中的对白与影视剧中的对白没有可比性,对白实际上是用来发展故事冲突的工具。

对白能够起到解释剧情、塑造人物以及支撑行动的作用。

对白应该是编剧借由角色向观众传达的重要信息,而不应该是日常生活对话的简单罗列,角色说的每一句话都应该是编剧深思熟虑、精心构思的,也应该是角色有意而说,而不是随口说说的。很多情况下,对白可以帮助编剧解释剧情,解释这期间发生了什么,以前发生过什么,即将发生什么。比如：

对白会帮助演员理解角色的人格、信念,还有他们的欲望。

而为了塑造角色,他也会与其他角色交谈,或者自言自语,并利用对白做出决定,解决问题,揭露秘密。

很多编剧都写不出出色的对白,这往往因为他们无法写出自然的对白,或者无法让角色听起来像有血有肉的人。对白最重要的部分其实不是人物语言,而是语境。所以,在动笔之前,就应该想清楚这个场景的意义是什么,角色想要的是什么,他们相信什么,这个场景是如何推进故事的。这些问题的答案无法在对白中找到,而是来自角色塑造,塑造他们的信念,塑造他们的欲望,仅凭对白恐怕很难构建起一场优秀的让人难忘的戏,即使是最聪明、最绕口、最有趣的台词也不可能独立支撑起一场戏,必须先有清晰的语境,然后才能开始撰写对白。

对白的好坏最终取决于两件事：

第一,专注于这场戏的目的。

你的角色在干什么？他想要什么？这场戏的内容对故事有什么影响？是谁或者什么在对抗着角色？

第二,专注于让角色的对白听起来流畅自然。

这只能在大量的练习中去摸索。你的写作越熟练,在写对白之前,语境就建立得越完善,对白也就会越流畅,任何形式的对白都会水到渠成,只有写出来才能分辨哪些是你喜欢的,哪些是你讨厌的。优秀的编剧不会刻意追求独特的风格,他们只是写出他们自认为最自然的文字。

第三节　闪回与旁白

如何在你的剧本中设计出更能吸引观众的闪回和旁白？

对于初学者来说,一个常见的误解是,发生在故事主线开始之前的开场场景应该被定义为闪回。

只有在设定好时间线之后,闪回才有资格被称为闪回,从而为故事切换到之前的时间线奠定了基础。比如2009年重新启动的《星际迷航》的开场并没有以闪回开场,因为时间线一直在向前移动。

闪回的作用以及需要注意的问题主要集中在以下几个方面：

（1）展示,而不是讲述；
（2）阐明观点或主题；
（3）解释角色的心理状态；
（4）使角色更讨人喜欢；
（5）导致了这一刻的过去的想法；
（6）向别人展示之前同样的情况；
（7）阐明剧本中此刻背后的含义；
（8）增强对故事节奏的理解；
（9）反思混乱的遭遇或现状；
（10）提供一段关系的背景；
（11）添加冲突；
（12）建立过去或历史；
（13）为角色创造即时的动机；
（14）显示故事原型；
（15）缓解紧张。

闪回可以完成这些作用中的任何一个,但如果其中任何一个是使用闪回的主要原因,那将是一个失败的闪回。因为在这个清单中没有什么是使用闪回的好场景。

当你把这一长串不恰当的闪回作为一个整体来考虑时,也许你就会明白为什么它们会失败：它们都是在提供信息。从本质上讲,信息并不能讲故事。

有经验的电影发烧友可能会从逻辑上推断出清单上的东西是使用闪回的自然结果。这使得编剧和导演在想要完成这些事情的时候会将闪回作为首选方案。

他们会想："嘿,我可以通过插入快速闪回来实现这一点。"问题是,事情没那么简单。

写得不好的闪回会耗尽场景的动力和张力,特别是如果影片的赌注是生死。当你回到过去的时候,这些赌注就消失了,因为很明显,角色在闪回中幸存了下来。编剧应压制那种只要想提供信息就想闪回的冲动。

如果闪回设定了某些内容,即使场景中没有主要角色,也可以归结为剧情的发展。那只是糟糕的写作。所披露的信息必须来自不稳定的局势和紧张局势。简而言之,解释和信息都不足以成为一个场景的借口。

它们不只是分发信息,剧本不应该回溯解释;相反,编剧必须不断推动故事向前发展。闪回可以做什么与需要做什么之间有着巨大差异,闪回最需要做的就是把故事向前推进。要推进故事,关键是要知道在哪里、何时、为什么以及如何最有效利用闪回。

闪回的基本原则:

(1)角色弧:它描绘了主角发生闪回时内心世界;

(2)因果关系:它影响着当前的外部旅程,影响着主角从那一刻起采取行动的方式;

(3)机不可失,时不再来:它甚至不可能在一秒钟后才发生在剧本中,因为需要推进情节;

(4)冲突:它是最重要的,因为冲突直接关系到当前事件的结果。

简而言之,每一次闪回都应该符合剧本中其他场景的所有标准和要求。对于任何场景,这些要求都没有例外。无论时间顺序如何,场景必须完成的规则都是统一的。

如果编剧按照这些规则正确地执行,闪回就会超越阐释而成为启示。这是所有重要片段的目标,无论它们发生在你的故事中的何处。

使用闪回的四个原因:

1. 角色弧

通过与内心世界的直接联系,闪回应该能够说明主人公内心尚未得到的成长。闪回应该推进主人公的内心成长,使他们的角色弧人格化,这是在故事结束前克服他们角色缺陷的过程。

例如,在影片《生活多美好》中所有的闪回都有助于塑造主人公的性格。事实上,你可以将这部经典电影的闪回与所有的规则联系起来。也就是说,闪回只是重建了过去的角色缺陷。对于任何真正深刻的个人改变的时刻,观众必须与主角一起停留在当前的时间线上。

2. 因果关系

闪回必须转接情节并包含作为完成当前外部活动的真正关键的信息。在《生活多美好》中,闪回揭示了主人公的哥哥将会死去。它必须提供清晰、重要的线索,让主角可以借此摆脱当前的困境,推进场景和情节的发展,而不仅仅是评论幕后故事。

3. 机不可失,时不再来

在那个特定的时刻,必须有一个恰当的闪回来推进故事。因为如果没有闪回中包含的信息,故事就不可能在一秒钟向前推进。如果没有这条线索,故事就不可能继续发展,那么这是唯一可以使用它的时间。

在影片《生活多美好》里,闪回之所以开始,是因为乔治正处于自杀的边缘,而这肯定是一种机不可失的情况。

"机不可失,时不再来"也意味着闪回一定是由故事中发生的某件事触发的。因此,尽管闪回发生在过去,但观众仍对闪回如何影响现在感到困惑。他们的思想和关注仍然停留在故事当前的时间线困境上。

4. 冲突

所有的闪回都应承担高风险,否则故事中的紧张程度将随之下降。这样做的代价是有可能使观众失去注意力。因此,根据影片类型,闪回必须取决于两种类型中的一种:

(1)丧命(死亡);

(2)失恋(心碎)。

例如,在惊悚片、动作片、灾难片或恐怖片中,都有生死危机。喜剧、浪漫或色情故事都有失恋风险。简言之,无论你在故事中使用什么样的冲突,把这些冲突同样地应用到闪回中。在《生活多美好》中,自杀是危险的,没有比这更危险的了。与此同时,闪回会增加观众期望返回到当前时间线上的恐惧或风险。这样的闪回在闪回的过程中增加了当前时间线的焦虑。

除非遵循上述规则,否则闪回通常会破坏既定的节奏。把剧本的故事想象成一列全速前进的货运火车。在猛踩刹车和倒车之后,试图让列车回到正确的方向上,花的时间太长会分散观众的注意力和兴趣,以至于牺牲了动力。

编剧需要思考什么时候不要使用闪回。

由于在切换时间线的时候很难保持平衡,所以要尽可能地找到一种创造性的方式在视觉上传达当下的信息。

与其用闪回的方式展示某个人物曾经拥有的难以置信的影响力和财富,还不如用照片展示这个人物与过去几任总统的聚会,且每个人手里都拿着一瓶香槟。

"别光说,去做就对了。"

"别光说,去做就对了"的规则在这方面特别具有误导性。当你在故事中的某个时刻,你需要选择你想展示的东西。仅仅是因为让观众回忆起一个激动人心的时刻更加真实,这并不会吸引更多的观众。与其展示一些发生在时间线上的动作,不如考虑一下展示这些信息是如何深刻影响人物的。

新手编剧可以学习电影《心灵捕手》中威尔和他的精神病医生肖恩之间发生的激动人心的一段。剧本并没有从戏剧性的时刻切换到威尔的父亲用扳手打他的时刻。

当威尔面对他可怕的过去时,观众们都沉浸在这一刻。这一刻只关乎一个人如何面对无法改变的过去,没有理由详细说明这种暴行。

文件中,照片和伤者名单说明了一切。为了解释、举例或表现人物心态而闪回,只会破坏剧情发展的动力,削弱意志情感突破的力量。威尔敞开心扉,放手,留下障碍。于是,成长就发生在当下。

这也是为什么在影片《壮志凌云》中,当Viper最终告诉了"独行侠"他父亲是如何死去的真相时,没有出现闪回。编剧们明智地选择跳过反映他父亲之死的打斗闪回镜头。因为这是"独行侠"的电影,不是他爸爸的。我们要和"独行侠"在一起。

每当有编剧明智地选择不使用闪回时,总会有人在"别光说,去做就对了"这句古老格言的支持下,极力主张采用闪回。

专注于情绪上的影响和处理当下的记忆;它展示的是现在的故事,而不是过去的故事。现在就是你想要讲述的故事。如果不是这样,你可能需要认真地修改。这就是为什么闪回通常等同于叙述,而不是推动故事。

同样的规则也适用于闪转。在《星球大战2:帝国反击战》中,卢克和尤达一起冥想,展望未来。如果为了展示他脑海中的形象而使用一系列廉价的剪贴画,则会打破这种情绪,重要的是那些潜在的形象正在情感上影响卢克。

经验丰富的编剧不会在当前角色内部的情感转变中闪回或前进,因为观众需要看到这种情感转变。这个角色在过去没有变化,而是在现在。此刻应该停留在当前的时间线上,而一个关于信息的节拍可能会让一个角色回到过去。

如果闪回运用得当,对白行数越少越好,场景越短越好。它应该是视觉性的,并迅速行动,以保持势头。想想《第六感》和《非常嫌疑犯》中的高潮闪回。快速切换的一系列镜头揭示了前进的关键,这个关键不会出现在故事中,也不应早于故事。它们不会减轻压力。

在《非常嫌疑犯》中,90%的故事都是通过闪回的方式来讲述的,每一次回到现在,都会被之前的闪回戏剧性地影响。如果执行得当,闪回应该会触发一个场景,在这个场景中,拥有闪回的角色有一个故事节奏,可能会改变认知。

这是一个超越情节的故事,而不是一个内在的故事,在《与鲨同游》和《落水狗》中你也会发现这些闪回的用法。

总之,场景必须包含故事当前时间线中的剧本的所有条件,这些条件也适用于闪回。每一个场景的存在都是为了一个目的——将故事向前推进。

闪回是一种故事节奏,与其他节奏一样,它必须延续势头,推进情节,包含与剧本其余部分相同的内容,维持连续性,刺激角色弧,并"做,别说"。

就像闪回一样,滥用旁白导致大部分制作人强烈反对使用旁白。

他们为什么对旁白有异议?首先旁白的设置通过打破第四堵墙,将观众从传统的故事体验中拉出来,直接与观众对话,这一举动将他们带出"站在墙边"的有利位置,并要求他们与叙述人物形成一种关系。有时候,这种冒险是值得的。旁白最大的挑战是它们的存在让人们以为是为了讲故事,但我们是在"做",而不是"讲"。

旁白也不应该用来解释或证明什么。它是"讲"而不是"做"的形式。差劲的编剧用旁白作为逃避繁重复杂的工作的借口,他们需要用合乎逻辑的方式为故事分层并揭示信息。只是把它放到旁白里,这是懒惰。

旁白不应该重复或强调已经发生或正在画面上显示的事情。例如,影片《赌城风云》滥用旁白。简单的重复扼杀了故事的动力和节奏,并让观众感觉这个故事很冗长。画面应该是明确的,不需要口头解释。

如果你必须用任何一种对白或旁白来"解释"任何事情,问问你自己:我是在熟练地用视觉来讲述故事吗?是否可以用更好或更简洁的语言来阐明图像?

影片《好家伙》告诉观众,我们不会重述已经从旁白中获得的内容。我们使用旁白是因为它通过角色的声音和性格为故事增加了一些全新的东西:

(1)日趋紧张;

(2)扭转期望(这对喜剧来说很好)或创造有意义的位置;

(3)定义一个本来无法实现的极其独特的角色视角(通常是主角)。

第三点至关重要。在视觉媒介中,旁白在编剧的剧作技巧中有一个非常重要的作用,那就是定义一个角色的独特个性、思维方式和声音——而不是情节。

影片《小贼、美女和妙探》给我们提供了正确的旁白用法。

如果你能在没有旁白的情况下,通过动作和对白了解角色的真实想法,那就去做吧。用画面展示故事。就像闪回一样,旁白不应该泄露剧情信息。

《赌城风云》的旁白分散了故事和剧情,它是针对多个角色的设计的,从而混淆了故事视角。

看看《小贼、美女和妙探》《日落大道》或《双重赔偿》的旁白使用场景,你就知道你应如何正确使用旁白了。这三个都是黑色风格电影,是最适合使用旁白的类型,因为很多伟大的黑色小说都是关于秘密和误导观众的。

在这些电影中,人物往往是守口如瓶的。旁白提供了更多的视角,并容易使观众陷入一种欺骗的情况,增加了神秘感。

正确使用旁白具有许多的益处,会使观众产生误判和建立紧张感,剧本的节奏也能不断加快。旁白很好地提供了悲情氛围、讽刺和冲突。如果使用不当,它将是一个重复和冗余的存储库。

旁白和闪回是成熟编剧的"利器",当编剧使用得当时,它们是讲故事的宝贵技巧。很多人不喜欢看到它们是因为很少有人能真正正确地使用它们。如果你能正确地使用它们,说明你掌握了一些最具技术挑战性的剧本创作技巧。

旁白和闪回在大多数故事中是不必要的,不要把方桩硬塞进圆孔里。所以,这并不意味着你应该设计一个只使用旁白和闪回的剧本,应像所有专业的编剧一样,在需要讲述的故事中明智地使用它们。

以影片《85年的盛夏》为例,该片由弗朗索瓦·欧容导演,影片讲述了这样一个故事:亚历克西斯是一位精力旺盛,向往自由的少年,一天,在独自出海的过程中遭遇了意外,所幸得到了大卫的出手相救才逃过了一劫。这次事件让两个少年迅速建立了深厚的友谊,他们一个放荡不羁古灵精怪,一个沉着稳重心思细腻,简直就是天作之合,从此两人形影不离。

然而,当一个名叫凯特的女孩出现在两人的生活中时,亚历克西斯和大卫之间的关系开始慢慢出现裂痕。在一次激烈的争吵中,亚历克西斯负气出走,不放心他的大卫驱车在后面追赶,哪知道因此遭遇了车祸命丧黄泉。

开场一分钟

警察局

男孩戴着手铐,被警察押送着穿过长长的地下走廊,幽暗、阴森,他两眼无神,颓废地任警察摆布。走上楼梯之后,在墙边的一张长椅上坐下。

男孩旁白:我一定是疯了,我应该早就清楚,如果你的兴趣是死亡,那你一定是疯了,我也许疯狂,但我没有疯,别当我是疯子,我不迷恋尸体,我感兴趣的是死,大写的"死"。尸体让我害怕,它对我构成了很大的困扰,事实上,是一具尸体对我构成很大困扰,这就是我要告诉你们的故事,如果你对死不感兴趣,如果你不想听这个我认识的尸体在生前的故事,如果你不想知道他和我发生了什么,他是如何变成尸体的,你最好现在打住,因为……

此时,男孩突然抬起头,眼神中透露着冷酷,直视镜头:这个故事不适合你!

显然,在影片《85年的盛夏》中,用男孩的一段旁白展开故事是一种刻意的安排。男孩双手戴着手铐,跟跄地穿过狭长阴森的走廊,而在他的旁白中,我们可以了解到他内心的挣扎和彷徨,那种对生命的迷茫,对"死亡"的迷恋。当然,这样的设计和安排也恰恰是影片的一种悬念的设置——"如果你对死不感兴趣,如果你不想听这个我认识的尸体在生前的故事,如果你不想知道他和我发生了什么,他是如何变成尸体的,你最好现在打住。"这是一种间离式的设计,让影片中的人物直接抬头面对镜头,暂且跳出剧情,面对银幕前的每一个观众,说出这样一番具有诱惑力的话,这会吊足观众的胃口,吸引着大家继续往下看。

旁白就是这样,它不光能够起到解释剧情、传达人物心声的作用,还能帮助创作者设计剧情,借助剧中人物之口传达自己想要表达的意思。

练习作业:

练习A:语言追逐练习。2—5人,以对白的形式展开。一人随意开始话题,其他人围绕话题追问到底,看会产生何种效果。

练习B:答非所问。2人为宜,以对白形式展开。当一人开始话题之后,另外一人回避话题,并不按照话题发展另辟蹊径,另有所指,但要注意,要让观众能够听得出两人各自的心思,体会到事态的发展。

例如，问：你最近到底怎么了？心不在焉的。答：小强，小强怎么会在这？

练习C：语言哲思。1—4人，以独白、旁白或对白的形式进行。当一人时，用独白的方式就某一话题或某一事物进行具有哲学思辨意味的陈述，可以议论，可以抒情；当多人时，一人开始话题，其他人围绕话题进行各自角度的分析和解读，同样要具有哲学意味，要能引起观众的思考。

传统电影的空间，是一种看似在画框内的空间。由于有了时间的连续性，电影的空间是运动的、开放的。随着摄像机去搜索整个空间，并利用我们的时间感测出各个拍摄对象之间的距离，我们在这里感受到的是空间本身，而不是有纵深的空间画面。

——贝拉·巴拉兹

CHAPTER 3

第三章

时空的构成

电影艺术需要一定的时间长度和一定的空间广度来构成一个故事，而故事则由不同或者相同时空的情节，以特定的方式进行有机组合，最终形成我们在银幕上看到的完整故事。在我们所处的现实世界中，时间是一条连续不断的线，无休无止永不停歇地向未来延伸；在电影时空里，导演把时间设计成了一个个琐碎的片段，没有长短限制，不分先后顺序，而是按照某种潜在的、具有戏剧性的、同时充满隐喻之味的目的联系在一起。同时，根据影片的整体节奏，戏剧性的要求，动作性的呈现以及画面的效果等因素，操控电影中时间的长度，在这里，导演可以把一瞬间放大至无限长，也可将几十年的光阴压缩成短短几秒钟。银幕前的观众在欣赏这段影片的时候，并不会因为其不符合现实空间中的物理法则而感觉无法理解。

第一节　电影里的时间

电影是以银幕上的画面和音响为媒介，在运动的时间和空间里创造形象的一门艺术。观赏一部影片的过程，如同感受真实的生活一样，始终是在时间和空间两个维度上同时进行的。它既不像时间艺术（如诗和音乐）那样，由读者或听众借助文字或声音，在时间的运行中去想象和意会空间的形象，也不像空间艺术（如绘画、雕塑和建筑）那样，仅仅展现出事物的空间形态，让观众在某个特定的时间上从凝固的空间感受世界的奥秘。电影是在时间的推移中展示空间。在空间瞬即流逝的变化中呈现时间。因此，被称为时间艺术和空间艺术的综合体，即时空艺术。

电影作为一门新兴艺术在各门古老艺术之后诞生，但它实现了时间和空间的完美结合。初创期的电影被称为"活动照相"，这是因为连续运转的摄影机和放映机的发明，使空间凝固的相片动了起来，从而把时间因素注入了画面空间。在无声电影时期，电影的先驱者们进行各种试验，使不同构图形式的空间和空间内部的变化通过镜头组接构成了时间过程，创造出了时空综合的崭新形态。电影有了声音以后，音响作为一种更直接地展示时间延移的手段，进一步扩充了银幕时空综合的领域和技能，由不同的声画组合形式所构成的各种时空流程结构，使电影成为迄今包含创作元素最丰富、最复杂的艺术门类之一。

电影的时间与空间和同为综合艺术的戏剧有着明显的不同。在戏剧中，舞台上每一幕、每一场空间环境的相对凝滞和观众所受到的固定观赏方位的制约，使时空的综合往往表现为固定空间和流动时间在单一层次上的结合。就全场演出而言，由于演出方式的局限，时间的流动又呈间断性和跳跃性，在自由度上受很大的束缚。电影中的时间和空间具有一刻不停的双向流动的性质，时空综合又可以通过各种艺术手段呈现单层、复合、多重等多种形态，从而完整地再现客观世界的本来面目——形、声、运动及其组合，不仅最大限度地还原了人们通过视觉和听觉对物质世界的感知，还可以表现时间和空间在人的不同心理状态上的变幻。

电影能对现实的时间做相等、延长、缩短、停滞、重复等创造性处理。能把过去和未来、现实和回忆通过顺序、交错、颠倒等方式组接在一起，还能功能性地再现和运用时间运动中由各单位时间的时值差所形成的节奏感。因此，电影时间是一种假定性的、艺术化了的时间形式，它既可以产生现实时间运行的真实感，又享有现实时间所不具有的自由度。

第二节　电影里的空间

电影空间同样是一种假定的空间形式。从物质形态上说，电影并非以真人实物呈现于观众，而是一种投射在银幕上的影像。现实世界是三维空间的立体世界，银幕上只是两维空间的平面投影，只能靠着影像的逼真和声音的配合才使观众感到真实。同时，电影通过各种艺术和技术手段，既可以对现实的物理空间做各种变形和取舍，又可以在各空间之间自由地转换或套叠，以至创造出生活中不存在的想象或幻觉的空间。

电影时空的构成是依靠镜头组接——蒙太奇来实现的。在影片中，每一个镜头代表一个时空单位，既表示一段特定的时间，又展现一个特定的空间。两个以上的相连镜头，既可能是同一时间和空间的延续，也可能是不同时间和空间的转换。各式各样的蒙太奇组接方式，完成着每一单个镜头时空的确认，也决定着相连镜头时空或延续或转换的性质。

一般说来，单个镜头的放映时间即镜头的时值。镜头出现在银幕上多长时间，它的画内时间也就是多长时间（高速镜头和慢镜头除外）。每一个镜头的时态，在它由组接赋予特定性之前都是现在时，即此时此刻正在发生和进行着的动作和事态。电影最初的作品如《工厂的大门》《火车到站》，就是在几十秒钟内不间断拍摄了一家工厂下班时从大门打开、工人涌出到工人散尽、大门关上及一列火车开来、到站、又开走的过程。这些由一个镜头组成的影片，还仅仅表现着一个现在时态、时值与动作相等的固定空间。

1900年前后，开始出现了两个到十几个镜头的电影。镜头一经组接，电影式的时空结构随之而见雏形。几个不同空间中互为因果的动作的组接，产生了时间的连续和缩短；同一空间中几个不同视角镜头的组接，产生了时间的延长或省略；同一时间发生在两个以上不同空间的事态的组接，或者用话分两头的方法，先表现一个空间发生的动作，回头再表现当时另一个空间也在进行的事态，产生了时间的重复和轮回。从法国的梅里爱、英国的布赖顿学派到美国的鲍特，早期的电影制作者们一步步发现了镜头组接构成电影特有的时空流程的可能性。1907年以后，格里菲斯总结和运用了当时所有的组接手法和技巧，在他的一系列作品中，较完整地出现了顺序、跳跃、平行、交叉、交错等时空组织即镜头叙事的形式，奠定了蒙太奇创造电影时空的理论和实践基础。嗣后，又经过各国电影艺术家的大量实践，苏联的爱森斯坦和普多夫金等人在20世纪20年代提出了系统的蒙太奇理论。随着电影技术和艺术的发展，用蒙太奇构建电影时空结构的方法已经形成了一个丰富复杂而变幻无穷的体系。这个体系包括4个方面：①单个镜头的时空确定；②镜头组接技巧对时空转换的意义；③声画组合对时空构成的职能；④一部影片的时空流程。

每一个镜头的时空性质，都是受镜头的景别、角度、运动方式、长度以及声画组合等各种因素综合制约后得以确定的。在时间上，相等长度的镜头，固定或景别较大（如特写）的显得时间长，运动或景别较小（如远景）的显得时间短。同是运动镜头，运动速度的不同可以产生不同的时间效果。快速的推、拉、摇、移、升、降加强了时间的运行感。反之，缓慢的镜头运动延缓了时间的流动。在运动镜头中，摄影机运动方式与镜头内运动物的对应关系也是时间的可变手段。摄影机与被摄物的同向运动、固定的摄影机拍运动的被摄物、摄影机与被摄物的逆向运动，会产生3种银幕时间：滞缓、常速和加速。这些由空间展开方式的不同而产生的时间性质的差异，是电影特有的视觉效应，电影艺术家正是根据这个效应，通过对每个镜头画面形式的处理实现了对观众在观赏过程中的时间感觉的控制，从而实现各种艺术意图。

在电影中常常出现的叠印、多画面（即"分割银幕"）、变速摄影（即"慢镜头"或"快镜头"）、定格等手法是通过电影特技手段所进行的对单个镜头时空的一种特殊把握。叠印使一个镜头内同时出现两个以上的时空，多画面将同一时间的许多空间或许多不同的时空并列在一起，变速摄影展示了人在特殊心理状态下时间感觉的局促或舒缓，定格造成时空的凝固。

第三节　时空的结合

电影创作是一个先化整为零、后集零为整的过程。导演先通过分镜头，后通过剪辑，创造出每一个镜头的独立时空。然而，每一个镜头独立时空的真正价值，还要在它和前后相连的镜头组接起来以后才得以实现。镜头和镜头一经组接，时间和空间的不同联系就产生了不同的艺术意义。从镜头性质上说，在一般情况下，固定镜头之间（"静接静"）、速率一致的运动镜头之间（"动接动"）、景别相同或长度相近的镜头之间的组接，被用来表现常态的时空律动，产生一种平稳、流畅的叙述节奏，而固定镜头与运动镜头的组接（"静接动"或"动接静"）、运动速度不同的镜头的组接（"慢接快"或"快接慢"）、景别悬殊的镜头的组接（"两极跳"）和长短相间的镜头组接，造成时间的非常态运行——突然加速、戛然而止或快慢不一，产生一种跳跃、突变的叙述节奏。

从组接的技巧上说，甩、切、划（圈、帘）、化（溶）、渐隐渐显（淡入淡出），这些不同类型的镜头转换方式和技术手段，又分别产生时空转换上由快到慢、由突变到渐变、由正常过渡到延时过渡等各种不同的效果，创作者根据剧情内容和情绪的需要，将这些组接技巧灵活地运用在相连的镜头或场景之间，以镜头为单元的时空就逐渐变成了以场景为单元的时空及其转换，同时也带来了时空在流动中的节奏感。

第四节　时空的体验

组接所形成的电影时空，跟单个镜头中时间的实值和空间的指向有联系又有区别。比如：一个孩子的脚在走的镜头，叠化出一个大人的脚在走的镜头，银幕上仅几秒钟，却意味着孩子从小长大的几十年。也就是说，组接实现了时间的浓缩，正是出于这个原理，早期电影的经典作品《党同伐异》在两个小时左右的时间内，表现了从古巴比伦到20世纪初近4000年历史中的4个时代。再比如，苏联导演库里肖夫在20世纪20年代初拍摄过一个著名的电影片段：

镜头一：一位女演员从大街走来。

镜头二：一位男演员沿河走来。

镜头三：女演员向画外微笑。

镜头四：男演员向画外(与镜头三相对)微笑。

镜头五：在一个纪念碑前的林荫道上，两位演员从画面两边走近，会合。

镜头六：两人握手的特写。

镜头七：白色建筑物全景。

镜头八：两人沿林荫道走去。

镜头九：他们登上高大的台阶向白色建筑物底座走去。

镜头十：白色建筑物中景。

根据文献记载，这个片段的拍摄地点分别距离三俄里，镜头五的林荫道则完全在城市的另一个街区，镜头九的台阶属于莫斯科一座教堂，而镜头七和十则是华盛顿白宫的一张图片，另外，镜头六中的两只手，并不是其他镜头里那两位演员的手，而是别人套上他们的大衣袖拍摄的握手镜头。这些完全没有关联的地理空间和被摄物，由于组接在一起而顺乎逻辑地构成一个新的空间整体和完整的动作过程。这充分说明了组接可以创造现实中并不存在的电影空间。在当代电影中，这一原理已被普遍应用于创作实践。

声音和画面的组合，是形成电影时空的又一种形式。画面内声音与画面的同步或组合，是构成银幕空间实感的时间流逝的重要元素；画外声音和画面的同步或组合，又使银幕空间延伸、扩展到了画面以外。而画外声音和画面的非同步或组合，包括声画对位、声画对列、声画分立等，则对银幕空间起着深化、评价或扭曲等作用，并且创造着银幕时间的多重复合。在通常情况下，声音的段落和转换总比单个镜头要长，即一个单元的声音和一组镜头相匹配，这样，声音的运用又进一步丰富了镜头组接的功能，为电影时空的自由和变幻提供了更大的可能性。

电影时间和空间的最终形式，是一部影片的整体时空流程，亦即由时空组成的全片蒙太奇结构。电影史上虽然曾出现过全片仅有一个空间的影片(《夺魂索》，希区柯克，1948)，也有过全片内容的时值相等于放映时间的作品(《正午》，齐纳曼，1952)，但绝大多数的影片都包容着大量和迅速的时空。导演根据创作意图，调动上述种种组合手法和手段，将这些时空顺畅而生动地构筑为一种时空流程，使电影得以在一个半小时左右的有限时间内表现出无限丰富的世界。

电影的时空流程大体分时空顺序和时空交错两种。在时空顺序的影片中，一般全部是现在时态，最多有一些回忆或闪回。它依据剧情发生的时间进程来组织时空，推进故事。电影中的绝大多数作品都采用了这种叙事结构，并充分挖掘和表现出特定时空的内容。时空交错则包括两种或更多的时态，它按照一定的艺术构思和题材的特性，将不同时态的时空交叉或"错乱"地衔接在一起，既可能赋予每一个单元时空以特定的含义，又可能再现人的主观心理和意识进程。《公民凯恩》《罗生门》《广岛之恋》《野草莓》等电影，都采用了时空交错的结构形式，同时又各有各的特点。

作为时空艺术的电影，时间和空间的运用和组织贯穿在创作的全过程，也是电影艺术家最基本的创作任务之一。

练习作业：

练习A：请用线性叙事和非线性叙事的方式分别讲述同一个故事。

练习B：在电影艺术中如何打破时空的界限？

人生是什么？人生是由最奇异，最出人意料，最相反，最不调和的事物组成的；它存在于粗野的，没有次序，没有联络，不可解释的，没有条理的，矛盾着的各种事实里。

——莫泊桑

CHAPTER 4

一

第四章

故事的创作

剧本是整个电影创作活动的起点，是电影作品成功的保证。电影的故事、人物、思想主题都源自剧本的创作设计，由此可知，编剧的剧本创作是电影导演创作的基础。无论从题材的选择与开掘、主题思想提炼的深度、人物性格的典型化，还是电影结构、样式与语言，优秀的电影剧本都可以发展和丰富电影艺术的表现手段。美国著名编剧希德·菲尔德曾说过："一个电影导演可能用一部很好的剧本拍出一部很糟糕的影片，但他绝不可能用一部很糟糕的剧本拍出一部很好的影片。"[1]

日本著名导演黑泽明也曾提道："一部影片的命运几乎要由剧本来决定。"[2]我甚至认为，抓住一个好的剧本是导演艺术的第一步。由此可知，剧本在整个电影产业中的重要性。

温迪·简·汉森曾经在《编剧：步步为营》中将剧本创作分为十二个步骤，从"初级六步"到"高级六步"，分析展示了一部电影剧本创作完成的完整过程，关于人物塑造，作者提出人物行为应符合人物的性格、处境，以巧妙的情节设置展现人物的性格发展，与此同时可通过适当打破人物设定增强人物自身特质；在《故事——材质、结构和银幕剧作的原理》一书中，罗伯特·麦基提出了"人物塑造是一个人的一切可以观察到的素质的总和"的观点，认为人物的性格体现在人物的各种表现之中，强调外在的形象造型也是塑造人物的一个重要途径，另外，罗伯特·麦基还提出编剧应该注重在压力之中塑造人物，通过压力情景中人物的反应及情感状态揭露人物的深层性格。

国内关于电影剧本的研究比较丰富，研究中对影视剧本的概念、类型、题材、创作技巧等问题均有涉及，整体上偏重理论建构。

著作方面，陈吉德在《影视编剧艺术》中对剧本创作的相关内容和概念进行了详细介绍，结合具体电影剧本分章节对影视剧本的类型、格式、题材、人物、情节、冲突、结构、时空、视点、语言、风格以及后期的改编运作进行了分析阐述。关于剧本人物塑造，作者主要从类型、动作、语言、环境等多个方面阐述了人物塑造的要点，并探讨了比较常见的人物刻画表现手法，阐明了情节设定、剧本语言之于人物塑造的重要意义。在芦苇和王天兵合著的《电影编剧的秘密》中，结合电影经典案例探讨了类型与艺术的关系及一些编剧写作的技巧，强调刻画人物就要对人物的各个方面有深刻的认识，语言、时代背景、个性特点等方面都应有明确的设想，同时强调一切道具都是为人物塑造而服务的。刘一兵的著作《电影剧作观念》涵盖电影剧本创作的各个方面，关于人物塑造，提出情节设计与人物塑造有着密不可分的关联，认为可以通过极端化、复杂化、冲突化的手段突出人物性格特点，打破人物性格的单一性，细化人物的复杂内在。

第一节　一切的开始

好的故事要从哪里开始？有的时候，角色就是最实用的出发点。拍摄《公民凯恩》的导演奥逊·威尔斯，讲过一个小故事，这个小故事后来在获得奥斯卡最佳原著剧本的英国电影《乱世浮生》中又被说了一遍。

有一只想要过河的蝎子，我们都知道，蝎子是不会游泳的，而就在它犹豫再三的时候，有只乌龟从身边经过，它也要过河。蝎子说："你能把我背过去吗？"乌龟很不屑："我为什么要背你？我怎么知道背你的过程中你不会蜇我。"蝎子很笃定："废话，我有那么笨吗？我可不想淹死，你想啊，假设我把你蜇了，我就会掉进河里淹死的啊。你觉得我会那么愚蠢吗？"乌龟想想也有道理，于是答应了背蝎子过河。没想到游到一半，忽然觉得屁股痛痛的，回头一看，原来还是被蝎子蜇了。全身麻痹的乌龟，在沉下去之前对即将淹死的蝎子喊道："你不是说不会蜇我吗？""对不起啊，我也没办法，因为我是蝎子啊！我控制不住自己啊！"临死前蝎子如此回答。

奥逊·威尔斯将这个例子进行延伸，强调像蝎子这种表面与内在冲突的角色，就是受欢迎的电影应该寻找的故事素材。比如，无间道类的电影里，善良隐忍的卧底警察，就是一个表面(黑道)与内在(警察)冲突的最佳例子。就如同口是心非的蝎子一样，做着身不由己的事，说着言不由衷的话，其实我们身边甚至我们自己在现实生活中也经常遇到此类情形，于是我们发现，故事中，好的角色其实就来自于现实生活，通常情况下这个角色的表面职业或社会身份，与他内在的真实自我会发生冲突，这个冲突对立越强，这个故事越精彩。

正如我们前面提到的，故事中的人物(角色)总是想要某些事物，也就是说角色总有一个追求的目标，可是想要达到这样的目标谈何容易，这也就出现了我们现实生活中的求之而不得。

---

[1] 汪流.电影编剧学(修订本)[M].北京：中国传媒大学出版社,2009:4.
[2] 汪流.电影编剧学(修订本)[M].北京：中国传媒大学出版社,2009:5.

前面我们通过实例介绍了撰写故事大纲的方法和技巧，对写故事的新手，或是有志于从事电影编剧的你来说，必须想办法将脑海中的故事简化成一句话，讲给别人听。在好莱坞这有个专业术语，叫作故事梗概(Logline)，就是可用一句话来表达整个故事的精华。这个短句应该很常见，就是你翻开报纸的电影版，或者网站上关于某部电影的简介，就是在那个小小的电影广告框中的简短的剧情介绍。透过那句话，你可以知道这部电影是讲了一个什么故事。

例如《变形金刚》的故事梗概就是"他们的战争，决定我们的未来"。虽然看起来这句话很短，但加上海报上的三个变形金刚与地球的背景，我们当然知道，是这些机器人的战争，决定了我们地球人的未来。

其实，要写故事梗概并不难，只要能先将一个故事分析出来，再用心浓缩改写几次，简单扼要的故事梗概自然手到擒来。基本上，有人认为一句故事梗概可以不超过20个字，当然，字数多寡并不是那么严格，但如果用中文来算的话，也是两个短句应该就可以完成的。这里可以解释一下，为什么是两个短句。这种原则其实来自新闻写作，为了通俗易懂，一句话并不适合太长。因为读者在阅读时，即使没有读出声音，他们的身体还是会有所反应，你可以看看自己平常一句话讲多长就得停下来换口气。你会发现，如果一句中文一口气要讲十二个字以上，其实都可以断成两句来说。而当你断成两句后，整段话读起来也比较通顺易懂。我们不需要在这里做故事梗概的练习，但建议各位打开报纸的电影广告版，好好分析一下人家是怎么写故事梗概的。

当然，10%的情节原则可以找到很多不同的对应说法，如果以我们后面会谈到英雄之旅的十二段旅程来解说，这10%是属于平凡世界的阶段。也就是说，需要一点时间来介绍主角与他周遭的世界，至少让我们了解他的表面社会身份。这就像电影《刺客联盟》一样，我们先认识到主角是个平凡的上班族，在办公室饱受欺负，之后再慢慢开展他的真实身份(他的父亲也曾是伟大的刺客，他即将被选入刺客联盟)，这样也比较容易接受。观众没办法一下子理解所有的事，你得一样一样来。但是，我们在这里发现一个经验法则，通常前面10%的平凡世界，是在介绍他的表面社会身份，也就是与我们第二章提到的角色内外冲突有关。当然，这意味着，角色的建立需要一点一滴、循序渐进。先给观众外在的表面身份。等到真实自我揭露时，惊奇感也会比较强。当然，也有可能是先给真实自我，后给表面身份的情况，这种故事的效果完全不一样，尤其在喜剧里很常见，譬如《乾隆下江南》。这里牵涉到的是，读者或观众对情节的理解，与故事中角色对情节理解的差异，我们会在后面对这种状况做更详细的解证。但即使如此，在这种故事里，10%的情节原则一样适用。只是前10%在介绍他的真实自我，10%之后是这个主角因追求某些目标，必须用另一身份来伪装。

最后我们可以思考几个问题，一定要在情节的10%出现基本问题点吗？不能更晚出现或不要出现吗？前一个问题牵涉不同时代观众或读者偏爱的故事推进速度，后一个完全是经验问题。关于第一个问题，我们后面会有更深入的讨论。至于第二个问题，这个点最好不要超过二分之一才出现，否则观众会觉得故事拖得太长。如果从头到尾情节都不出现基本问题，只能说这个作品实验性很强。

讨论作业：

两人或三人一组，时间二十分钟。请分析三个问题：A.主角要什么东西？B.情节在回答什么简单的问题？C.这个问题在何时出现？

第二节　故事DNA

韦斯·安德森曾经在一次接受采访的过程中提道："没有冲突就没有故事。令人难忘的事情通常不是每个人都是齐心协力的。我想每个人都有孤独和受困的时候。我认为这或多或少是一种常态。"

这就让我们想起了故事的定义，前面咱们也提到了有主角、有手段、有阻碍、有帮手、有目标……基本上故事就成形了。故事的DNA，可以作为判断故事的标准，当你的故事越符合这个结构，就越发受到大众欢迎，故事性也就越强。如果你的故事不太符合这个公式，那我们只能说，这个故事的艺术性或者文学性越高。

我们举一个简单的例子，相信漫画《哆啦A梦》陪伴很多读者度过了快乐的童年时光，通常来说，每一个故事都是先有原因的，比如，明天要考试，但是大雄却没有好好复习，所以，他的目标就是要考试过关。于是，他去找帮助者哆啦A梦，而哆啦A梦无奈之下给了大雄一个叫作"记忆面包"的东西，他需要把面包压在课文上，然后吃下去，就可以把课文全部记住，那么，这个神奇的面包就是追求的手段。但是，故事还没有结束，因为大雄很爱表现自己，尤其是在静香面前，于是还没到考试那天，大雄就拿着面包去找静香。结果，正如大家所料，这个面包被阻碍者康夫和胖虎抢走了,最终结果,又让人啼笑皆非,大雄因为想记住太多课文,吃了太多的面包,撑得考试当天拉肚子,于是,还是没有考好。

从上面这个例子中,我们不难发现,故事DNA中的所有框框,基本上都是"功能项"。也就是说,不一定永远都是固定的人或事(也可以是物品或者大自然),过程中可以变换框框里的内容,总之,只要这个功能被满足就好。在《哆啦A梦》中,最常出现的状况就是大雄太爱表现自己,往往成为自己的阻碍者。其实作者本人并不需要固定故事的结构和角色,反而这两方面会经常变换,只有这样才能不断创作出吸引读者的新鲜故事。可见,故事背后的结构其实是有普遍效用的。

再让我们来说一说享誉世界的魔幻名著《魔戒》三部曲,光是书本就有三大册,拍成电影也有近十个小时,但我们仍然可以用故事DNA来解读和分析这么长的故事,也是几句话就能概括:因为魔戒遗失世间,给人类造成伤害(事由),霍比特人弗罗多(主角)必须将蛊惑人心的魔戒扔到火山中熔化掉,于是,在这场漫长的旅途中,有甘道夫与阿拉贡等人在旁边守护(帮助者),也有白袍巫师萨鲁曼和半兽人等在搞破坏(阻碍者)。当把戒指扔进火山的时候,故事就结束了(新的平衡)。

练习作业:
请用故事DNA,分析三个你知道的故事,漫画、小说或电影都可以。

第三节　一句话故事

如何在3分钟内讲好一个故事?
有时,情感最复杂的电影会采用最小的故事框架。
我们来看看这部名为 *Undertaker* 的短片,来自印第安纳波利斯的制片人 Brenton Oechsle,尽管时长只有2分30秒,但这丝毫没有影响它对悲伤、记忆和希望这些情感的细腻表达。对于像这样的短片,深入研究其剧本对了解制作人是如何在最基础的层面上进行工作是非常有帮助的,让我们来仔细看 *Undertaker* 的剧本。

场景　停尸房
除了日光灯不断的嗡嗡声,其余一片寂静。
殡仪师的手按在一个死去男人的衬衫上。
他慢慢地抚平了这个男人的领带。

之后,他有条不紊地修剪了男人的指甲,将男人的双手放在胸前彼此交叉。
殡仪师停下来,没有任何表情地看着他的"作品"。
殡仪师看起来很年轻,他20多岁,看上去整洁、利落。
切到场景　餐厅 晚上
殡仪师用刀叉切完牛排,默默地盯着盘里的肉。
客人(续)
你会不会突然想起以前?
殡仪师抬头看着坐在餐桌另一端的人。
这位客人已经50多岁了,他衣着整洁并且穿着个性。
客人(续)
出于某种原因这种记忆总是来自你年轻的时候……
殡仪师停下来饶有兴致地看着面前的客人。
客人(续)
你的母亲不久前去世……
客人的目光看向远处。
客人(续)
一直看着窗外……就好像她随时会开车经过一样。
殡仪师低下头,再一次把兴致放在盘里的肉上。
客人(续)
你以前总是太自以为是。
客人笑了起来。
客人(续)
我多希望她能正好从门前经过。
客人低下了头,殡仪师也停下来不再吃饭。
客人(续)
我不知道……我想也许你需要听这个。
殡仪师轻轻一笑。
切到场景 停尸房
殡仪师进房后打开灯,一闪一闪的日光灯嗡嗡作响。
他走近桌子上的男人。
他在那里站了一段时间,视线停留在已故父亲的脸上。
渐入黑暗

这是一个看起来很简单却非常细致入微且具有情感挑战性的剧本。正如你所看到的,剧本本身非常简单,在动作和对白方面只有基本要素,但是我们需要分解其中实际发生的事情,因为它比表面上看起来更复杂。

这里有三个场景。第一个场景向观众介绍殡仪师,它表明这个角色正在做着神圣、细致的工作。值得注意的是,这个场景并没有什么特别有意义的地方,因为相关故事背景会在下文出现。

然后突然切入一个有关记忆的短片段,这也许是殡仪师之间的对白。无论哪种方式,这个片段都深刻地连接起第一个和最后一个场景,它是将所有内容固定在一起的胶水,并提供作品的情感核心。

在这个简短的对白中,我们很快就会发现这个客人其实是殡仪师的父亲。他分享了一个小故事,一段悲伤但美好的记忆。用看似无关紧要的时刻去寻找黑暗中的希望,这印证了一个观念——死者活在最爱他们的人心中。

然后,在对白结尾处客人说了一段含糊的话——"我不知道……我想也许你需要听这个"——这是为了实现短片最后一幕而设立的场景。

在切回停尸房后,我们发现殡仪师一直在为他的父亲工作,这种认知为前两个场景带来了全新的意义。

第一个场景开始时的细致、荣耀的工作并不仅仅是殡仪师在履行其工作职责,这个场景充满了深深的敬意和巨大的悲伤。

正如殡仪师想起的关于他父亲的希望的故事,记忆场景暂时缓解了悲伤。这种记忆场景以一种可触知的、有意义的方式代表着希望。

令人惊讶的是,这些细微的表情和复杂的情感全都来自一个只占用大约两分钟屏幕时间的故事。

这就是剧本的力量,里面的潜台词很少需要详细说明,因为观众得到的信息刚好足够让他们自己去探索那些复杂的情感。剧本是一个可以由我们自己支配的故事,我们可以有意识地触及故事和主题的表面,然后让观众带入自己的历史情感。

练习作业:

练习A:请用一句话,讲述一个足够吸引人的故事。

练习B:请完整分析一部电影作品的故事诸要素。

第四节 寻找故事的点子

吸引人的故事是一部好电影的重要核心,创作一个好故事可以说是拍出一部好电影的首要前提。虽然电影与电影各有不同,但它们的核心却可以有极高的相似性。实际上,我们推崇的、喜欢的、欣赏的、念念不忘的那个动人故事,也许早就在人类历史的长河中千万次被提及,被讲述,甚至被拍成成熟作品,也就是说,那个故事内核是可以被多次重复利用的,就看你是否能赋予它时代的新衣,让它彰显新的意义。

不管是戏剧天才莎士比亚还是电影奇才斯皮尔伯格,他们所讲述的故事核心都不约而同地一致。下面将介绍几个世纪以来最吸引人类的七种情节类型。

1. 克服困境

这种情节类型的经典例子是大卫和歌利亚,勇敢的弱者不顾无法克服的困难,仍然坚持与现状抗争。想想《永不妥协》或你看过的体育电影。

苹果公司就是一个很好的利用了这种情节类型的例子,其最具震撼力的广告《1984》就是"克服困境"这种类型的经典例子。沃尔玛最成功的广告也与这种类型有关。

2. 贫乏和充实

这种情节类型最有助于发展品牌的声誉,使一个强大的品牌看起来开放、友好和平易近人(如奥拉)。

尊尼获加用这种情节类型的广告来展示其品牌的成长,广告充分利用了John Walker卑微的出身,让品牌完成了从"农场男孩"到"爱德华时代的花花公子"的转变过程。

3. 探索

这种情节类型比比皆是,其核心隐喻是旅程比目的地更有价值,想想《奥德赛》《指环王》三部曲和《麦田里的守望者》,这种情节类型对于仍处于发展阶段且正在构建其企业文化的年轻品牌来说尤为有用。

TOMS是一家制鞋企业,产品宣传标语是每卖出一双鞋就会为贫困儿童提供一双鞋,它的广告往往强调公司做产品的原因,但很少提及产品本身。

4. 旅途和回归

"旅途和回归"是"探索"这种情节类型的近亲,它们通过"回归"来区分。一个值得注意的商业例子是,

Howard Schulz 在离职一段时间后重返星巴克。当品牌回归到以前的经营方式时，这就属于"旅途和回归"的类型，这种情节的广告对于在危机中重塑品牌形象很有帮助。

百威在 2017 年的广告中就使用了这种情节类型，其广告讲述的是主人公从僵尸横行的世界中逃离。

5. 喜剧

很多品牌会利用幽默来娱乐和吸引顾客，这种类型的经典例子是 *The Man Your Man Could Smell Like*。

6. 悲剧

许多非政府组织和慈善机构通常会利用悲剧性的故事来帮助那些需要帮助的人，例如加拿大慈善机构 Covenant House 为无家可归的青年提供住处的广告，最大化地提高了情感的影响力。

7. 复兴

事情总是在出错。复兴这种情节类型是最具启发性的故事之一，脆弱与成功结合，形成一个强大的整体。克莱斯勒在 2008 年金融危机后有效地利用了复兴这种情节类型来恢复其品牌形象。

2012 年美国超级碗中场休息时间播放了一则激励人心的广告，以鼓舞人们重拾对美国工业和制造业的信心。

在上面所有的情节类型中，最有用的是那些与你的观众有关的故事。

那么，你在讲哪个故事？谁在听呢？

练习作业：

练习 A：请用一句话，讲述一个足够吸引人的故事。

练习 B：请完整分析一部电影作品的故事诸要素。

> 谈论艺术家"寻求"主题是不对的。事实上，主题应该是自然孕育的，就像果实一般，一旦成熟便自然有表现的需求，恰如新生儿的诞生……诗人没有什么可以自豪的，他并不是情境的主人，而是仆臣。创作是他存在的唯一可能形式，而且每一件作品就仿佛一件他无力撤销的行为。
>
> ——塔可夫斯基

CHAPTER 5

第五章

主题的表达

故事究竟是什么？这个问题虽然有很多种解释，但是我认为，以下定义最有代表性，也最有启发性。故事是"因为一个事由，造成某个主角采取一定手段来追求某个目标，这个过程中有帮助者，也有阻碍者，当主角追求到了目标，即达到了新的平衡，也就是故事的结束"。

第一节　故事线的设置

当代法国著名戏剧符号学者安娜·于贝斯菲尔德曾经用一个图表（如下图）提出了一个具有较强实用性的分析戏剧的技巧，这个技巧对编剧们的故事创作有很大裨益。这像极了发现故事的基因结构，后来人们就把它定义为故事DNA，并且用它来创造更多有意思的故事。

在一条故事线的设计中，故事的核心在于阻碍的安排，也就是我们通常所说的戏剧性的由来。有阻碍就有戏剧性，就有张力，阻碍被克服的过程如果叙说得足够完整，就可以形成一条故事线。

第二节　寻找主旨

下面我们试着以克林特·伊斯特伍德指导的影片《百万美元宝贝》为例，分析一下其中的"父"与"女"之间的关系，从而找出其对主旨的表达。

年迈的法兰基是一个有名的拳击教练，他的徒弟在拳击场上战绩辉煌。但因为太过于投身拳击事业，忽略了家人的感受，法兰基与女儿的关系每况愈下，他亦因此陷入了长期的自我封闭和压抑之中。一天，一个对拳击有强烈兴趣的女子麦琪走进拳击训练馆，请求拜法兰基为师。心灰意冷的法兰基多次拒绝麦琪，但麦琪坚毅的决心软化了法兰基，他终于决定把麦琪培养成出色的女拳击手。尽管路很艰辛，但是二人在训练和比赛中的磨合，令法兰基内心得到了亲情的抚慰，而麦琪也登上了拳击场。勇气和梦想让他们放下了往日的痛苦，心中有了新的力量。这是整个故事的主要走向，然而麦琪却因为一次比赛中对手的恶意伤害而永远告别拳击场，也因此逐步走向死亡。

感受过麦琪执着和坚定的观众们都能明白，其实每个人都会拥有这样一份福分，这是生命的一部分。但是，麦琪却耗尽了她几乎全部的力量，化作夜空中那朵最绚烂的烟花，瞬间照亮了整个黑夜。32岁的女人，应该是有丈夫、有孩子、有温暖的家，而麦琪却一无所有，就连自己的母亲和妹妹都视她为异类，不理解她的行为，还认为麦琪突然的富有是出卖身体换来的。的确，不管在哪个年代，从小就梦想做一名拳击手的女孩确实有些另类，而且在麦琪看来，除了拳击，她一无所有，拳击成了她的生命，成了她的精神支柱。

拳击这项运动，要始终保持一种战斗的姿势，而且要时刻注意保护自己。在拳击台上，你不打倒别人，别人就会把你击倒。这就像人生一样，你时刻要处在一种搏击的状态，在残酷的竞争中，在无情的争权夺利中，在不得已的明争暗斗中，要保住自己的位置，就必须"战斗"，与周围的环境战，与残酷的现实斗，与自己的人生战斗。而麦琪所要做的，不仅仅是赢得比赛，她还要赢回自己生活下去的信心、勇气和尊严，要用双拳去赢回自己的人生。因为拳击已经成了她的生命，麦琪只有赢得比赛，才能活下去。

这个只有几米见方的拳击台，就是麦琪的人生舞台，是能够释放其最大能量的地方，是能够实现她所有梦想的天堂。在这里，聚光灯无情地打在两个人身上，难道站在自己面前的是自己的命运？击败了对手就是战胜了命运？抑或，对手根本就是自己，每当高举双手，迎接欢呼的时候，便是一次成功的自我挑战。

从影片的片名设置上来看，《百万美元宝贝》，宝贝虽然指的是麦琪，但这与法兰基的存在不无关系。宝贝是一个父亲对女儿的昵称，是一种蕴藏着无限亲情与爱的称呼，在影片中，我们也看到，麦琪与法兰基之间的关系在一步步加深，那是一种超越了教练与拳手之间的关系，甚至也超越了父亲与女儿之间的关系。

法兰基二十几年前的一个错误决定，使当时自己带的拳手、现在的好友瞎了一只眼睛；而女儿的远离更加深了他的自责与悔恨，整日生活在忧愁与苦闷之中，那布满皱纹的脸，分明写着法兰基来时路的艰辛与苦痛。在法兰基的表情中已经没有了笑这个动作，他的笑容已经被女儿带走了，被那一封封退回的信给冻结了，看着那一封封寄往同一个地址的信，年迈的法兰基几乎也像麦琪一样——生命中只剩拳击了。面前这个对拳击几乎痴迷的女人，让法兰基突然醒悟，也许拳击才是他活下去的唯一希望和动力了。法兰基知道，是拳击，让自己与麦琪相识，让他认识了这样一个执着、勇敢、外强中干的女人。随着一次次比赛铃声的敲响，随着观众们阵阵疯狂的欢呼，在法兰基心中，女儿仿佛回来了,而麦琪也曾不止一次地说:"我父亲也像你一样。"这更加深了法兰基心中对女儿的思念。渐渐地,这不是父女却胜似父女的一老一少通过练习拳击,练习这种强硬的、充满暴力的运动,建立起了深厚的感情。那段日子是让他们彼此都难以忘怀的,也是他们抚平心理创伤的过程,他们逐渐从对方身上找回了逝去的亲人的温情。

对法兰基来说,麦琪既是虚幻的,也是真实的。她是自己失散多年的女儿的象征,一种情感的替代,但作为拳击手,麦琪又是那样真实。在美国社会的底层,像麦琪这样食不果腹、家境贫寒,却依然心怀理想的小人物还有许多许多,从这一点来说,麦琪又是他们的一个缩影。

从影片的开头到结尾,一直都是麦琪在寻找幸福,找回自己的过程。她在永远闭上双眼的那一刻,终于露出了会心的笑容。这是一种懂得了人生的笑,这抹淡淡的笑蕴含了太多太多。对于麦琪来说,这意味着她终于找回了自己,因为她终于知道这世上还有人疼爱着自己;那是一种宁静赴死的笑,是一种重获新生的喜。

最后,麦琪终于知道了每次全场高呼着的法兰基给自己起的名字的含义,那是高卢语"我深深地爱着你"的意思,这是一个负责任的拳击教练的心声,更是一个父亲对女儿的盛情呼唤。

麦琪明白了一切,可以无悔地离开了。其实她也曾试着结束自己的生命:试过咬舌自尽,却没有成功,因为她知道这世界还有她放不下的"父亲"——法兰基。当法兰基终于痛下决心,给麦琪拔掉氧气,注射肾上腺素的时候,麦琪没有挣扎,相反她是那样的平静、安详,因为这个时候她才知道这个世界上还会有人为自己痛苦,这已经是最大的福分,她没有理由不高兴。

相信,在另一个世界,麦琪会满载父爱继续上路……

第三节　从结尾到主题

从结局设计故事主题。

美国女诗人穆星尔·鲁凯泽在《故事为什么重要》一书的第八章结尾处,提到故事的结局决定了这个故事有什么样的价值。以《梁山伯与祝英台》为例,虽然这个故事在前三分之二可以说都是喜剧,但最后两人不能在一起,只能以悲剧告终。所以要理解一个故事,一定要从结局开始看,而这个故事的主轴如何,也是从结局往回推。所以我们可以用这个方式,来掌握或说明一个故事的核心价值。

我们随意找一个故事,例如周星驰的作品《功夫》,从最后的结果来看,他打败了火云邪神。所以我们可以造一个句子,这个句子的前半部分是从结局来看,这出戏是肯定的价值,这个价值通常要很简单,很符合常识,后半句是在讲这个故事如何支持这个价值的。当然,这个过程必须用一段话,不要太长,甚至不要超过二十五个字来形容。这段话是用来解释与支持前半句的理由,它也必须符合故事本身。

所以,《功夫》是在说邪不胜正,因为一个人只要坚信梦想,不论再荒谬,都有可能实现。

注意,这其实是一个很好用的公式,我们在创作过程中完全可以套用。透过这样的方式,我们就可以很容易掌握一个故事的核心价值,这不但可以用来分析或讲述一个故事,创作者自己在写作时,也可以用这个方式来掌握故事的方向。

结局之所以重要,是因为结局主宰了一部影片的最终方向。如果周星驰的《少林足球》,最后一幕是守门员扭转"乾坤",这出戏就是个悲剧,说明了梦想最终敌不过现实。当然,观众可能不满意,但至少导演与编剧透过这个结局,说了他想表达的世界观,这是他的权利。

不过我要加入一个关于悲剧的话题,不一定只有悲惨的结局才叫悲剧。有悲剧的结局虽不令人满意,但先前主角对价值的坚持,往往在悲剧结果下更被彰显,因而不需要去改变这个结局。很多希腊悲剧如《安提戈涅》就是如此。但我想举一个我想到的更近代的例子,是法国导演吕克·贝松1994年的电影《这个杀手不太冷》,主角完全符合我们在前面提到的,主角外在与内在冲突的好故事设计,他是个完美杀手,执行任务绝不失手,但内心却纯真无比,并且只喝牛奶(这是一个将内在性格外部化的象征性手法)。这个主角最后还是被坏警察杀死,但结尾小女孩将杀手的盆栽种到大地上,却让观众感受到更多希望。如果结尾不是这样设计,或许这不过就是一部仿好莱坞风格的电影,但结局这个设计,让这部片注定要超越一般的杀手片。

回到刚刚决定结局然后再设定主要价值与故事重点的方法,最重要的好处,是你一开始就知道目标是什么,于是,不论你怎么讲故事,就像在海上航行有了罗盘,总不会脱离方向。从结局构想故事的关键,是你可以有一个骨牌效应,从最后的结局出发,例如扭转乾坤,往回设计就是守门员的魔手,是在故事前面揉面的时候,就已经暗示了。

总之,由开头往结局走的构思,会有很多歧路,走走停停,但若由结局往开头走,往往能使故事更加精简与到位。

现在我们结合故事DNA,用公式进行呈现:故事是讲某主角因为某种原因,想追求某个目标。虽然他采取了某种手段,但是某种阻碍让他一路上困难重重。幸好有某种帮助,还有某主角也认识到某个真相,最后结局因为某种原因,表达了某个价值。现在,如果各位能够将这个公式填满,那么各位会发现,根据这个公式再来写故事。不论你写得有多长,都会变得非常容易。

有限制才有进步,现在为了方便各位能够早点进入构思阶段,我将某主角设定为三种可能:1.猴子;2.面包师;3.小偷。请各位三选一,将公式填满,然后讲一下这个故事的大纲。你们会发现,在完成公式的时候,故事就出来了。当然对这三个角色,你们可以有更详细的设计,譬如是生化实验室的猴子,或是参加面包大赛的面包师等。

接下来,我们再以2018年获得奥斯卡金像奖的影片《三块广告牌》为例,分析一下在一部影视作品中主题是如何构建的。

编剧兼导演马丁·麦克唐纳怀揣一腔饱含英伦气质的人文关怀之情,以黑色幽默的风格和直面残酷人生的勇气拷问着人性最深处的挣扎与彷徨,同时摆出一副冷峻的姿态调侃着世人悲凉的生存困境。不管是充斥着冷漠与暴力的《杀手没有假期》,还是黑暗气氛中不乏幽默元素的《七个神经病》,马丁·麦克唐纳总是让观众在银幕前,在黑暗中,在三块醒目广告牌的反复提醒下,对爱与恨,对生命与死亡,对狂暴与哀悼,对暴力与偏执滋生出无尽的思索与想象。

练习作业:

一人一组,时间十五分钟。请找三个来自不同的故事(如童话、电影、小说),然后以上面提到的故事核心句子为参考架构,分析它们的核心价值是什么。

一、狭隘之恨与超越之爱

广告,本身意味着宣传和推广,将商业信息广而告之,可在影片中,作为一种商业载体的广告牌,在内容上却偏偏是对罪恶行径的提醒和警示,对冷漠行为的嘲弄与鞭挞,那么这三块广告牌可就是非同一般的广告牌了,它们立刻变成了一种巨型宣战牌——鲜红的底色,硕大的字体,处处彰显着绝望母亲米尔德丽德的怒斥与愤恨。

有人说:如果有人打你的右脸,那么连左脸也让他打吧。这种看似带有奴隶哲学的匪夷所思的说法固然有所夸张,但意在教导信徒们莫存计较之心,远离狭隘。在基督教盛行的欧美国家,人们自然明白这个道理,可往往事情发生在自己身上,尤其是如此切肤之痛时,道理也许就只能是道理了。女儿都死了,而且死得那么惨不忍睹,相信任何一位母亲都会悲伤欲绝的,然而当真相未能水落石出,真凶尚逍遥法外的时候,没有作为的警察也就不可避免地成为当事人痛恨的对象。也许这种痛恨是狭隘的,是莽撞的,有那么一些感情用事,可作为一个单身母亲,表面坚强的米尔德丽德能够有这种情绪和举动也是能够理解的。

当然,痛归痛,恨归恨,悲伤总会过去,人总要走出伤痛的阴霾,生活还要继续,太阳照常升起。记得英国哲学家培根在1625年谈及报复的时候曾经提道:"过去的已经过去,不可挽回,明达之士则着眼于现在与未来;所以对往事耿耿于怀只是跟自己过不去而已。"[①]一副钢筋铁骨的母亲因为女儿的死,钻进了牛角尖,沉浸在痛失女儿的悲伤与愤恨之中无法自拔,直到经历了广告牌被毁,警长自杀,怒烧警察局之后,米尔德丽德才逐渐意识到过去已无法挽回,也才让观众在那条悬而未决的复仇之路上有了些许安心。

一条"惨遭奸杀"的回家路,三块赫然挺立的广告牌,二十英尺高的鲜亮字母,时刻提醒着来往的人们,女儿安吉拉生命的最后时刻的悲惨。可是,儿子罗比的反应却让母亲揪心无奈,"知道她被强奸了还不够,知道她死了还不够,非要'惨遭奸杀',真是谢谢你了,老妈"。儿子罗比因此事产生了强烈抵制和抑郁的情绪,同时也让相依为命的母子俩关系一再陷入僵局。米尔德丽德试着去抚摸儿子,却遭到了无情的拒绝。

女儿安吉拉生前跟母亲的最后一次对白也是最后一次吵架,提到了当年母亲唯一的一次酒驾,母亲被女儿斥责是"伪君子""虚伪者"。这个影片中为数不多的闪回镜头让观众明显感受到米尔德丽德内心的悔恨,如果不是那场跟女儿的吵架,也许就不会有这样的结果,也许就能挽回女儿的死。而当罗比斥责吵架中的母亲和妹妹是"Cunts"("贱货")的时候,却也被母女二

[①]培根.培根随笔全集[M].蒲隆,译.南京:译林出版社,2011:15.

人异口同声地回击斥责。当然，我们也从女儿安吉拉的情绪里明白了一点：母女之间的爱不该是这样的，这种在美国社会中普遍存在的家庭关系也迟早会出问题的。

这段闪回一方面向观众交代了悲剧发生的原委，另外一方面也从米尔德丽德的角度向我们透露了一名痛失女儿的母亲的内心感受，既有不舍，也有忏悔，既有痛恨，也有无奈。的确，"一个人念念不忘报复，就等于让自己的伤口经常开裂，否则，它就会愈合的"[①]。唯一能够让逝者安息，生者释然的方法就是宽容一直没能结案的警察，放下已经逝去的女儿，继续前行。于是最后与警官迪克森一起持枪上路的时候，我们更愿意相信他们踏上了一条忏悔之路。

影片即将结束的时候，伴着歌声响起，米尔德丽德和迪克森这对先前的冤家却冰释前嫌了，一起开车踏上了一条未知之路。"如果爱只能孤独守望，你我又该置身何处，时间的巨轮永不停歇，你我又该何去何从；如果我能得到你无尽的爱，我会带它航行在白昼之光。"歌声中带有轻松悠闲慵懒之感，有一种宁静平和的释怀，仿佛经历了痛苦波折之后，彼此的心灵都得到了净化。

当警长病发口吐鲜血被抬上担架的时候还不忘叮嘱手下不要为难米尔德丽德；迪克森不顾大火烧身奋力抢救安吉拉的卷宗；而当瑞德看出同室病友就是打伤自己的警察之后，经过了一番激烈的思想斗争，还是递给他一杯代表着和解的橙汁；当米尔德丽德边开车边向坐在旁边的迪克森承认让他忍受烧伤之苦的那场警察局大火是自己所为的时候，迪克森一句出人意料的"除了你还能有谁"的随意回答却让米尔德丽德彻底释怀；作为母亲的米尔德丽德不再执着于女儿的案件，而作为警官的迪克森也不再偏执于广告牌事件，不再那么固执己见地对待身边的人和事。这一切的安排都在预示人物在挣扎彷徨之后的痛苦成长。

在这条惩恶扬善的复仇之路上，他们都不确定是否要走下去，以暴制暴固然不可取，可在这条路上两个偏执的冤家对头能够达成共识，统一思想，摒弃前嫌，一致对外，足以说明生命中宽容一切的珍贵与难得。最终，两个昔日的冤家同坐一辆车，彼此平和坦然地笑着，仿佛在经历了不堪回首的风浪之后，两颗从不妥协的心即刻变得柔软起来，一种超越一切的博爱之心就如同一剂良药，能够医治人世间的一切痛苦与创伤。

二、哀悼的修辞与节制的狂暴

毕达哥拉斯曾说："愤怒以愚蠢开始，却以后悔告终。"而哀悼则是把许诺从记忆中唤醒的过程，在想象中铭刻未来，它是人们在失落了最珍贵的东西时的本能反应，亲友的亡故、恋人的消逝、证据的绝对失落、礼物的永久被剥夺，都会使人黯然神伤。曹雪芹的《红楼梦》、缪塞的《一个世纪的忏悔儿》、普鲁斯特的《追忆似水年华》，都弥漫着一种隐隐作痛的哀伤情绪，氤氲着一股难以名状的深沉慨叹，这些都是用哀悼的修辞来叙说的情感故事。在影片《三块广告牌》中导演马丁·麦克唐纳也正是带有这种匍匐前进式的复杂情绪，用一段让人心力交瘁如鲠在喉却又心怀希望的故事，在愤怒与暴力的此起彼伏中，给观众讲述了人与人之间的紧张关系，用一种哀悼的修辞来渲染着股股压抑心底的狂暴。

痛失女儿的母亲米尔德丽德用在广告牌上写警示语的形式提醒警长不要遗忘当年的惨案，应该继续追查直至真凶落网，这才是警察应该做的。然而，正如我们所看到的，警察做了他们能做的，即使身患绝症不久人世的威洛比警长也已经尽其所能追查真相，可遗憾的是，安吉拉之死的真相终究无法被知晓，这在当时的确是个棘手的问题。而米尔德丽德却无法接受这一结果，她将全部愤怒集中到了"无能的"警察身上，于是立起了三块刺眼又扎心的广告牌。这一让人意想不到的举动不仅让整个警察局愤怒起来，更让小镇上站在警长一边的群众愤怒起来。这种愤怒来自民间，来自小镇居民怜悯的心，他们不想看到安吉拉的惨案，更不想看到好心的、身患重病还仍然工作在一线的威洛比警长被人误解。

胖牙医就是小镇上愤怒居民的代表，想要通过给米尔德丽德医治牙齿的机会发泄心中的不满与愤恨，表达自己对威洛比警长的同情，可当提到广告牌的时候，米尔德丽德立刻明白过来，以在胖牙医手上钻了个洞回应了这份愤怒。

米尔德丽德的前夫因为愤怒，掐住米尔德丽德脖子，以暴力相逼时，儿子把刀架在了父亲的脖子上用暴力来制止暴力。迪克森为逼迫米尔德丽德撤掉广告牌，强行逮捕她朋友，并在得知自己的上司好友威洛比警长自杀的消息之后，按捺不住内心的痛苦与愤怒，冲进架设广告牌的广告公司，将公司老板扔下了楼。愤怒已经点燃了整个小镇，小镇的居民已经习惯了用暴力解决问题。

---

① 培根.培根随笔全集[M].蒲隆，译.南京：译林出版社，2011：16.

而警长威洛比的自杀却成为剧情转变的一大契机，用如此暴力的方式，来结束自己的生命，冲破观众的心理底线。分别留给妻子、米尔德丽德和迪克森的三封遗书也使当时充满暴力的自杀行为缓和了许多。这个行为代表着濒临死亡的传统价值观逐渐放弃了与病入膏肓的社会制度的斗争。

人类身份的幽灵化，对过往的哀悼情绪，都预示着当代社会中人们的精神危机；节制的狂暴行为与难以名状的愤怒则表现了现代世界的重重危机。导演马丁·麦克唐纳通过影片中对种种暴力行为的有意消解，道出了解决社会问题的一剂良药——爱。只有通过爱才能达到内心的平静，也只有通过内心的平静才能拥有伟大的思想，才能解决摆在我们面前的问题。

三、一出充斥着暴力与偏执的悲喜剧

悲喜剧有广义和狭义之分。狭义的悲喜剧，是指文艺复兴时期那些悲喜混杂的戏剧。广义的悲喜剧，则是指除在文艺复兴时期的悲喜剧之外，包括了18世纪的正剧、19世纪末到20世纪的情节剧和问题剧，以及当时风靡西方的一些现代派戏剧。法国学者法格认为："同样的题材既是喜剧性的，又是悲剧性的。只要表现的激情不产生严重后果，就是喜剧性的，当它们引出别的可怕事件时，就成为悲剧性的。"[1]影片《三块广告牌》中不乏喜剧性的因素，米尔德丽德，一位同时具备蓝领阶层特质和田园乡村气质的单身母亲，处处透露着坚强与偏执，而机智与幽默也伴随着真诚，一步步打动着观众。米尔德丽德前夫的现女友——一个不谙世事的十九岁女孩；为追求米尔德丽德而在警察面前说谎的侏儒；还有威洛比警长留下的三封遗书，都适时地透露着喜剧性。

而在影片结尾，在悲剧性人物一一登场之后，导演马丁·麦克唐纳却又以悬而不决式的风格，改变了故事的走向，这又不得不让观众感受到一丝明亮的，悬而未决却略带光明的结尾，不管最终米尔德丽德和迪克森两人是否复仇成功，观众总能够看见希望之光，正所谓亦庄亦谐，以谐辅庄；有喜有悲，悲喜交加。

悲喜剧的特长就是能够正面表现更深刻的社会生活，客观的表现人类的生存状态。[2]而悲喜剧的出现，原因就在于它越来越接近人们日常的真实生活，也越来越符合现代人的审美标准。生活中不光有让人高兴的事情，也会不时传来悲伤的消息，一种让人难以接受却又无法抗拒的力量在左右着每个人的生活。当然，最终影片让人看到一丝希望：威洛比警长自杀前还给每个人留了一封轻松幽默的信，信中让妻子记住自己最好的时刻，鼓励同事多去爱别人，因为爱生静，静生思；临死前还不忘自掏腰包帮米尔德丽德付了一年的广告牌费用，狠狠地"涮"了米尔德丽德一把，这也让观众着实感受到了警长的可爱之处。

马丁·麦克唐纳曾经说："我总是走在喜剧和悲剧之间，因为我认为它们的一方诠释着另一方。"[3]这就像是吴宇森或昆汀电影里的一个镜头，喜剧元素镶嵌在悲剧情节中，剧中人做着可怕的事情同时也以真正幽默的方式谈论着日常生活中的琐事，他们狂躁易怒，他们脆弱冷漠，他们会为一点小事抱怨整个世界。那是一种直逼人心的讽刺，也是一种如鲠在喉的揶揄，让你笑过之后又立刻陷入沉思。

正如导演所言："我倾向于尽可能地将事物描写至极限，因为我觉得，人们通过夸张而不是现实的手法可以看到更多的东西。"[4]的确，影片《三块广告牌》中的暴力行为与偏执性格毫无保留地凸显了这种夸张手法。威洛比警长的自杀让妻儿以及镇上的居民们诧异不安；迪克森警员的冲动不仅让米尔德丽德和她的好友遭受牢狱之灾，也让对面广告公司的经理遭受皮肉之苦；米尔德丽德的执着让她成为火烧警察局的犯人，同时也无意中伤害到了有所悔意的迪克森。人在极端环境下，自控力与意志力会被削弱，而暴力与偏执终将酿成悲剧，在一系列哀而不伤、苦中作乐的调谐中，为了不让观众一味地沉浸在同情哀伤的负面情绪中，适当掺杂喜剧因素就成为导演调节情绪的一剂良药，当然，这一切都源于导演对于爱与希望的坚持。

著名理论家董健曾经提到，戏剧就是要在人们的精神领域"搞点乱子"，规规矩矩的东西根本不配称作戏。其实，在话剧舞台上，主题深刻的作品不胜枚举，我们以前些年火遍各大高校的戏剧作品《蒋公的面子》为例，一起来看看蒋公的面子重要还是文人的里子值钱。

其实，不论是影视剧还是舞台剧，其核心功能都是要鞭辟入里地划出道德的边缘，揭示人类精神的困境，而优秀的校园戏剧，更应该引领校园文化发展，净化当代学子的心灵。首演于2012年的话剧《蒋公的面子》由

---

[1] 朱光潜.悲剧心理学[M].北京：人民文学出版社，1983：47.
[2] 王庆斌.关于悲喜剧从正剧中分离出来独立的11项思考[J].剧作家，2007(1)：70.
[3] Richard Rankin Russell. *Martin McDonagh: A Casebook*. London: Routledge, 2007: 56.
[4] Richard Rankin Russell. *Martin McDonagh: A Casebook*. London: Routledge, 2007: 56.

于故事发生在抗战时期,又牵扯到了"文革"题材,所以吸引了众多知识分子的目光,而其中更是毫不避讳地暴露了自古以来知识分子的这种人性中蕴藏的永远无法改变的悲剧性和矛盾性的卑微状态。

1943年,不顾众人指责,力排众议担任国立中央大学校长的蒋介石,亲自发函邀请中文系三位知名教授前去赴宴。这一举动让三位教授很是纠结,争吵难辨:去,还是不去?这关乎蒋介石的面子,也关乎三位文人的面子,更关乎三人的命运,到底给不给蒋公这个面子前去赴约呢?

1967年,南京,"文革"时,三位教授因与蒋介石共进晚餐之事遭受审查,要求必须交代当年是否接受了蒋介石的宴请。如果去了,则身陷囹圄,生死未卜;如若没去,则身世清白,坦荡一生。他们诚惶诚恐地回忆起往事,各自向观众讲述着那段扑朔迷离的真相。

首演于2012年的话剧《蒋公的面子》,就是在这样一股扑朔迷离的气氛中徐徐展开。此剧是为庆祝南京大学建校110周年,由南京大学戏剧影视艺术系系主任吕效平教授指导,南京大学文学院戏剧影视艺术系和南京大学硕士剧团制作演出的具有讽刺意味的喜剧作品。截至2018年7月,这部"口碑神剧"《蒋公的面子》已在全国上演近400场,作为一部由南京大学在校学生主创的校园戏剧,在收获了满满的票房与口碑之后,已经成为近年来中国剧坛的一部现象级作品。

校园戏剧作为大学生态文化建设的一个重要组成部分,自其诞生之日起就肩负着艺术教育、情感教育、创新教育、能力教育、生命教育和人格教育等方面独特的教育功能。戏剧在帮助学生认识个人道德尊严,净化灵魂的同时,也培养了学生们的民族意识,家国意识。当然在创作这部作品的过程中,从编剧到导演,从舞美到演员,大家集思广益,各抒己见,无形之中,增强了大家的角色意识、参与意识、民主意识。

四、知识分子永恒的精神困境

知识分子是一个时代的标志,是一股潮流的倡导者,每一个时代的发展都离不开知识分子的参与和推动,而知识分子的立场和特质,则直接影响着这个时代的发展方向。中国的知识分子自古以来就具备一种独有的特质——既秉承着独立自由的大学精神,又承担着改变社会的历史重任,既占据着学术领域的前沿高地,又与政界官场若即若离,这种出淤泥而不染的"莲花精神"似乎让每一位知识分子陷入了一种无法摆脱的精神困境。

其实,知识分子身上的这种矛盾心理与时代并无太大瓜葛,这种矛盾心理应该是与生俱来的,是类似于基因一样孕育在知识分子骨子里的一种精神境遇。纵然,批判当今时代存在的弊病并非剧作者的创作初衷,但揭示人性,静观人生,则成了剧作家的内心秉承,而回望历史,冷眼当下,则成为每一位走出剧场的观众首先要做的事。

简单的时空,单纯的故事,寓意深长的对白,机锋迭出的人物,微妙的心理波澜,诙谐的舞台表演……话剧《蒋公的面子》紧紧围绕着是否要"给时任国立中央大学校长的蒋介石以面子前去赴宴"这一让某些知识分子感到"极有面子"的戏核徐徐展开,结果却像一面毫无遮掩的镜子一样照出了知识分子在政治权贵面前其实毫无"面子"可言的这样一种真相;在这样一场强权与操守、理想人格与现实人格之间的博弈中,最终以知识分子"自黑"般的苦笑意味深长地落幕收场。这是一部真正"把灵魂放在火上烤"的剧作,一部真正深刻挖掘人性的作品。

当今的知识分子,总有一种"花瓶情结",觉得自己受到领导重视很光荣,觉得自己跟政治沾亲带故很荣耀,他们总是"很喜欢被领导重视"。有些知识分子从原先的独立精神,蜕变到对"领导"的崇拜。知识分子的这种依附性也就逐渐演变成了我们中国学界的一种文化怪现象,也成了一种中国文化土壤培育出的特产。中国的文人自古以来就有一种特殊的依附性,无论当朝皇帝明德还是昏庸,只要接见文人,便是知识分子莫大的荣幸,甚至可以光宗耀祖。然而,世事变迁总会给世人带来精神上的改变,知识分子也不例外。1943年是一个特殊时期,蒋介石作为国民党领袖,又亲自兼任大学的校长,设宴款待学界名流一事,便成了摆在这些高级知识分子面前的难题。考虑是否前去赴宴,是否要给蒋介石这个面子,这本身就是一种极具讽刺意味和独立意识的行为,一种透露着理智与清高的孤傲感的行为。

话剧《蒋公的面子》一直在帮助大家找回那些在忙碌的生活中丢失掉的东西,中国的知识分子一直以来所坚守的道德传统和学术思想在剧中再次显现了出来,剧中的三位教授是中国知识分子的代表,独立的人格和自由的精神境界是他们的诉求,在政治权贵面前,他们努力保持着自己的人生观与价值观,但是也偶尔迷失在缺乏自由与独立的道德荒漠中,流露出知识分子内心那份永恒的精神困境。

To go,or not to go?

去？还是不去？这是个问题！虽然不如哈姆雷特那句"生存还是毁灭"来得决绝，可是对于关系着国家未来的教育问题，"去与不去"蒋公家赴宴，确实难以抉择。也许当代大学生们根本意识不到去不去领导家做客竟然是一个问题，但如果同样情境放在当代任何一个大学生身上，相信，他/她将比剧中的三位教授还要纠结彷徨。

话剧《蒋公的面子》中始终萦绕着这样一个问题，就像莎士比亚借助哈姆雷特发出的呐喊一样，对于知识分子来讲，当时的蒋介石是不得民心的，无论教育界还是政治界，都并不认可蒋介石的统治，而恰恰就是这样一个不受欢迎的政界人物，硬要当引领中国教育界的大学的校长，如此一来，假如知识分子接受了蒋公的邀请，就等于认同了他的政治思想，失去了自身始终秉承的独立自由的大学精神，泯灭了自己的内心意志，埋葬了自己的精神家园；而应邀前往本身就丢失了自己作为一名肩负传承知识与文化的知名学者的政治立场，更置自己的政治清白于不顾，也就平添了助纣为虐的嫌疑。于是，到了"文化大革命"这样一个特殊阶段的时候，To go, or not to go？也就确实成了一个棘手的问题。

时任道，一位不愿向政治权贵低头的教授，民主自由与学术独立是其一直以来的追求，在时教授心里，学术一旦被政治裹挟便失去了学术本应具有的价值和意义，他坚决要与政界划清界限，决定不去赴宴，然而却为了保全自己多年珍藏的古籍，徘徊在是否前去赴宴的边缘。为求蒋公帮忙，时教授曾几欲放弃自己那卑微的尊严和面子，踯躅与犹豫之时，也正是内心彷徨的表现。

卞从周，一位深知官场与学界关系密切的大学教授，长期在体制中游走，在政治与学术之间游刃有余，其并不支持学生上街游行，认为如此做法只是在给政治添乱，没有丝毫意义。卞教授内心想去赴宴，想借此机会给自己的学术思想增添政治砝码，可被两位教授同僚呵斥为谄媚之举、无良之为。于是，最终也是为了面子，只好摆出不去赴宴的姿态，平息争吵。可他又是个热心肠，为了帮助朋友时任道走出困境而想尽办法。

夏小山，一位挣扎于面子与美食的教授，他既对蒋府宴席上的各种名菜佳肴垂涎欲滴，又因为鄙视蒋介石自封大学校长，要求其更改请帖中的身份，自己才肯前往。对于夏小山来说，去，与不去，虽然不像其他二位那样泾渭分明、非黑即白，却也几次三番在内心挣扎。最初，在夏教授内心，前去赴宴与否的确还未曾上升到政治的高度，然而，当时局变化，物是人非之后，这件看似简单的事却被人为地涂上了浓厚的政治色彩。

作为知识分子的代表，大学里的三位教授有着各自的特点，当然也有各自的弱点，然而他们却都有着治学育人的同一理念——自由的精神境界与独立的人格品行，蒋介石请客吃饭并不能成为吸引知识分子的唯一理由，而且他们更不把与蒋介石共进晚餐当成自己在其他领域炫耀的资本，他们只在乎知识分子的尊严是否遭到了践踏，对他们来说守住了面子，也就捍卫了那片纯净的精神家园，而前去赴宴则让自己孤立于他人，既丢失了面子，又丢失了人格。

五、文人的里子，历史的镜子

《蒋公的面子》堪称一部既有养分又有氧气的校园戏剧作品，虽然出自学生，产自校园，却不乏历史剧的严肃厚重与社会问题剧的犀利拷问，它并不像普通历史剧那样以讲述典型历史人物故事达到借古讽今的目的，也没有像社会问题剧那样步步追问与层层剖析，而是通过学生的角度，截取了历史洪流中的一朵浪花，将其培育，使其绽放，在普通人的生活中，创作出洋溢着饱满生活气息的历史故事，在校园剧场中孕育生根。

校园戏剧通过角色扮演、情景模拟等形式，为学生提供了观照他人、反省自我的机会，在现实生活中让学生明确生活中的道德行为准则和社会共处法则。该剧自首演以来，一直反响热烈，剧场中响起的每一次笑声和掌声，都来源于观众发自内心的认同感，这种感觉与刻意谄媚、隔靴搔痒本无关系。这里的笑声是一种经过深思熟虑之后发自内心的笑；这里的掌声也是一种感同身受之后的心灵碰撞。时任道、卞从周、夏小山都是中国知识分子的代表，在舞台上却有着不同的性格，这也像是对观众的一种警示，对当时学界的一种嘲讽，更像是对当下知识分子的一种启迪。

《蒋公的面子》，是文人的里子，更是一面历史的镜子，折射出每个人的心思。我们并没有经历过那个时代，更没有机会前去赴这种特殊宴席，但相信我们谁都不想让那个时代重来，更不愿严谨澄明的学界掺杂太多的政治因素。谄媚、迂腐、动荡、谜团……是年夜饭，还是鸿门宴？我们无从分辨，只求吾辈教育之现状得以改观，只愿我们独立自由之大学精神能够固本、清源。

其实大学校园自古以来都是以象牙塔为名，它远离喧嚣的社会，甚至有人说它不被社会的黑暗面所侵蚀，可是在象牙塔里生活的我们谁又能独善其身呢？远离世故是学生时代的一种过渡式状态，当你被政治和权利裹挟,被金钱与欲望引诱的时候,你还能记起当年那个追求独立自由的自己吗?

在校园里是这样,家庭又会引发出什么样的主题呢?我们再来看一段相爱相杀的《柔情史》,一起通过影片《柔情史》来感受中国式的母女关系。

印度著名思想家克里希那穆曾说:"你爱任何人吗?那表示不求回报,不求你爱的人回报,绝不依赖他。因为如果你依赖,那么恐惧、妒忌、焦虑、憎恨就开始了。如果你依赖某人,这是爱吗?"这种爱让人着迷,也让人窒息。

当别的母女正以"妈咪""宝贝"亲昵相称的时候,影片《柔情史》里的小雾却与母亲在歇斯底里的争吵中向观众诠释着一种新型中国式的母女关系——母女同时处在情感的漩涡中,急于上岸,却在社会底层的洪流中彷徨徘徊;当女儿成为自己唯一精神与物质寄托的时候,爱变成了占有和控制,盆子的摆放,碗碟的洗刷,甚至牛奶要怎么喝,男人要如何去找都必须按照母亲的意思来。于是,那种母女之间本该有的柔情与温存也就被这些鸡毛蒜皮的琐事给消磨殆尽。

影片《柔情史》在导演杨明明极具个性化的镜头语言里,用人物犀利的言语衬托着不失浪漫色彩的情绪,深刻再现了两代人在残酷生活面前的桀骜不驯,同时也让影片在一次次的绝望中渗透出柔情的力量。

六、男性缺失的情感体系

应该说,影片《柔情史》的确是一部从女性视角来审视世界的女性电影,男性的缺位和失语,男人的主动退场与被动离席都让这部影片注定成为一首婉转跌宕的女性赞美诗,同时也构成了一个男性缺失的情感体系。

影片中没有出现且很少提到小雾的父亲,于是母女二人就成了一个没有父亲关怀的女儿和一个没有丈夫呵护的妻子,就好像一间没有梁柱的房子,随时都有可能坍塌,一个没有男人的家庭缺少的不仅仅是劳动力,更是安全感,最终导致母女二人都不相信男人——一想起男人就只有两个字"恶心"。

而在二人的生活里,爷爷作为唯一有亲属关系的男性也失去了表达的欲望和冲动,也许是因为岁月的老去,也许是因为公媳的角力,看似垂垂老矣的爷爷在饱经岁月沧桑之后,已失去了对世间琐事的关注,尤其失去了对儿媳的关注与表达,那是一种漠视,一种让人抓狂与窒息的漠视。

小雾与已经离过两次婚的男友分分合合许多年,仍没有结成伴侣走到一起,虽然,男友对小雾贴心照顾却总走不进小雾的心里,每次求婚都被小雾拒绝,那本该让小雾仰慕的成熟与老练也最终成为他主动退场的导火索。小雾融不进男友的生活圈子,更神经质地对身边的男性满怀敌意,虽然这与小雾父爱的缺失不无关系,但母亲因丧父而逐渐滋生出的对唯一有血缘关系的人强有力的控制和占有欲,更加导致了小雾对男性的排斥和绝望。

母亲的那颗心也并非永久封存的,当多年的老邻居建帮突然出现在她面前的时候,母亲的那颗心还是为之颤动的,曾经憎恨一切男人的母亲却也在此刻春心荡漾。然而,当两人想再进一步的时候,与建帮藕断丝连的妻子将饲养多年的爱犬杀掉,提着狗头对前夫实施威胁,这让建帮无所适从,也让再次萌发情感火花的母亲心如死灰,这场还未开始便已结束的温存就在男人的被动离席中无疾而终。

当母女二人合力把灯泡修好的时候,当两人在停电的时候找来蜡烛照亮这狭小空间的时候,当两人如姐妹般相挽相伴逛街试衣拍照砍价的时候,那爽朗的笑声合着真挚的目光仿佛化作一簇簇微弱的亮光给二人带去些许生活下去的勇气和希望。

七、被生活碾压的母女关系

小雾爷爷的遗嘱是否早已立下,遗产分给谁,成了片中最大的悬念,而这个能够改变母女未来生活状态的悬念却始终悬而未决。其实,当拥有着共同爱好的母女在女儿的剧本有了着落的情况下相拥雀跃的时候,我们都能感觉到,那个跟遗产的归属有关的未来是可以暂时抛下的。母女的和谐相处、休戚与共比金钱更重要。

夜色迷蒙里,当母女二人迷失在悠长繁杂的胡同中,找不到回家的路时,仿佛陷入了人生长河里。漂泊与挣扎,这是母女俩在彼此情感世界里找寻真实自我的暗示和隐喻。公交车承载着无数个归家的灵魂,冲破黑暗,抵御着寒冷,一往无前地向未知的远方驶去,那是一种义无反顾,更是一种女性世界的坚定宣言。

第四节　撰写故事大纲

好的剧本固然很重要,但是,作为一名编剧,在你向投资人、制作人或影视制作公司推荐剧本的时候,一部舞台剧或影视剧的故事大纲或梗概才是你的敲门砖,因为投资人根本没有时间看你的完整剧本。故事大纲在这个关键时刻就会起到一个抛砖引玉的作用。大纲写得好,就会增加制作人或投资人想拿剧本来看的冲动,就会增加你的作品最终中标的概率,就会增添作品被搬上舞台搬上银幕的可能。

在这里,故事大纲的重要性自然不必再多说,它是一部影视剧或者舞台剧作品真正示人的第一个环节,也许是一个创意的文字呈现,也许是一句富有哲理和深意的话语的引申表现,剧作者或者制片人要拿着这一纸故事大纲去拉投资,去寻找能让这个创意活起来的可能,去寻找能让梦想成真的动力。剧本的故事大纲其实是一个项目迈向成功的第一步,当然,也是它作为一个成熟剧本诞生之前的核心要素。那么怎么写剧本的故事大纲呢?如何让这个最初的原动力强劲饱满呢?下面,我们就来谈一谈故事大纲的撰写。

首先,大纲是一个故事给人的第一印象,它透露了题材、情节、主题、人物性格、人物关系等关键信息,故事是好是坏,是新是旧,是否能吸引观众,是否能拉来投资,此时已见分晓。故事大纲可以更细、更准确地展现剧本人物关系及故事脉络。它可以帮助编剧完善对剧本的总体构思,在写剧本之前做好统筹安排,梗概的写作从某种角度能反映出编剧的文字表达与概括能力。在与投资方进行交易时,编剧可以通过故事梗概,进行首轮谈判。一个能够吸引投资方的剧本故事梗概,文字能力与故事本身缺一不可。这就有点像谈一场恋爱,第一印象在极大程度上决定了项目的生死。

其次,故事大纲常辗转于编剧、导演、投资人、演员等人之手。因为,每个人的时间都是宝贵的,五千字的大纲二十分钟可以看完,五万字的剧本少说也得两小时,相较之下,前者更容易让读者有一个全面的认识。这样一来就更能突显大纲的价值和意义。

最后,修改大纲是成本最低、效果却最明显的一个阶段。想要改结局,在大纲里区区几百字了事,若在拍摄阶段,可能需要重新布景、重新拍摄、重新剪辑,甚至演员都得重新背台词,重新安排调度,耗资巨大。

那么,故事大纲该怎么写?如何才能让有限的文字吸引投资人眼球?

我们先来看看下面这部网剧的故事大纲。

弑父之徒

(八集网剧剧本大纲)

雨夜,瓢泼大雨冲刷着一辆黑色奥迪车,汽车疾驰在雨中,冲过泥潭,一个急刹车,泥沙四溅,车停在一个破旧厂房旁边,从车上走下一个身披黑色雨衣的中年男人,一道刺眼的闪电刺破雨帘,映出他那双锃亮的皮鞋。男人抬头看了一眼面前的厂房,径直朝前走去。

关再雄,天宏国际贸易公司董事长,年轻时因为要给爱人赵芸治病……

"你以为你就能脱得了干系吗?你以为我不知道吗?当年没有你,关志他爹也死不了。"

清晨,平静祥和的 A 市被一阵急促的警笛声惊醒,警车呼啸而过,划破尚未散尽的晨雾,一队特警,全副武装,迅速出动。一个急刹车,三辆警车急促地停在一个废弃的工厂旁,特警们跳下车,有的往就近的楼上跑,有的从四面包抄。当占据屋顶有利位置之后,趴下,瞄准,食指缓缓放在扳机上。

"一组到位。"

"二组到位。"

"三组到位!"

对讲机那头:"好!……"

只露出一个下巴在对讲机前:"听我命令,不要轻举妄动。"

关志举起枪,对准马上就要开门上车的关再雄。

"爸!……你别逼我!"

关再雄沉默片刻,径直走到那辆擦得锃亮的黑色奥迪车旁边。

"爸!……我真开枪啦!"关志几乎歇斯底里。

"孩子,你长大了!"关再雄伸手去拉车门的同时,枪声响起。

刹那间,屋顶群鸽飞起,震耳的枪声撕裂了某些人的美梦。

顺着鸽子的飞行轨迹,镜头摇下的时候,伴随着缓缓出现热烈的欢呼声和模糊的呐喊声,一场二十三年前的运动会正激情上演。

"关再雄,加油!……关再雄,加油!……张昊加油!……张昊加油!"大家都在呼喊着,跑道上六人你追我赶。在其他运动员的努力追赶之下,关再雄和张昊同时冲线,并列第一。冲过终点的二人,缓解片刻,双双仰面躺在草地上,看着蔚蓝的天空,这时赵芸拿着两瓶水跑来,递给两人之后,躺在了两人之间。

"太激动了!太激动了!你俩真是厉害啊,同时冲线不说,还双双打破了校纪录!"

"幸亏有张昊……好对手比好帮手更重要!"关再雄边喘着粗气边转向张昊。

"是啊,有好的对手才能创造奇迹嘛。"张昊答道。两人相视而笑。

"走吧?回去准备准备该上晚自习了!"赵芸先站起来,拿上两人的衣服。

跟在后面的关再雄戳了一下张昊,"哎——怎么着?你要不出手,我可来了哦,别说我没让着你。"

张昊一副满不在乎的样子,"你不用出手,就输了,这个啊,还真没法同时冲刺。"说完,突然跑开,去追赵芸了。留下关再雄一脸懵地站在原地。

夕阳挂在天边,映红了人们的脸,也继续勾勒着一个个动人的故事。

"铃铃铃……"闹钟响起,关志一只手按停闹铃,"刷"地拉开窗帘,"哗哗"洗脸完毕,接着,一只手把电动牙刷塞进嘴里,另一只手拿起手机,浏览着昨夜今晨发生的重要事件。

这时,手机来了一条微信语音,关志把手擦干净,点开。

"哥们,我发现一点情况,咱中午十一点,还是永安大道布克咖啡见吧。"

关志随即点了个ok的手势。

布克咖啡厅里弥漫着浓郁的咖啡香,曼妙的爵士乐,像是轻柔的羽毛,撩动着每个人的心弦,也把每桌客人礼貌地隔离开来。一个戴着鸭舌帽的男人,边喝着咖啡,边在自己的记录本上写着什么。

门上的铜铃铛再次响起,关志背着包,走进这团咖啡香气中。

"怎么样?有什么进展?"关志在鸭舌帽对面坐下。

"你先看看这个。"鸭舌帽递给关志刚刚拿在手里的笔记本,然后,推了一下鼻梁上的那只金丝框眼镜。

"这是什么?……几个数字?……这能说明什么?"

"你再仔细看看,有没有似曾相识的感觉?"

"似曾相识?"关志开始疑惑起来。

这几组数字也开始从纸面上逐渐脱离开来,浮现在两人之间。

"1120,1030。"关志嘟囔着。

"这是我从你爸办公桌里的一个酒红色布面笔记本里找到的,在扉页上。"

"这有什么问题吗?我怎么没看出来?仅凭几个数字又能说明什么?"

"主要问题是,这个笔记本是你母亲的!"

"我母亲?"

"对啊,本子上写着你母亲的名字,而且里面的内容应该都出自你母亲之手。你不觉得奇怪吗?"

"奇怪什么?我爸留我妈的遗物,这应该很正常吧?说明他们感情深啊!……本子里写了什么?"

"我没仔细看,准确说是没来得及看,当时正好有人来,为了不打草惊蛇,我就都放回原位,先撤了。感觉像是一本日记。"

"日记?"

"嗯,日记!当然,也只是我的猜测。"

"嗯……我爸留着我妈的日记干吗?这又跟那起案子有什么关系?"

"不知道,但,直觉告诉我,这几组数字应该是有含义的。"

"你是说跟我母亲的死有关?"

"嗯,我不敢保证,但也许跟你爸最近的官司也有关吧?"

此时,关志的电话响起。

关志接起,得知要他马上回警局,有紧急任务。

关志留下一句"继续查,我要得到更可靠的证据",转身离开。

年轻的关再雄大学毕业,就和赵芸生下了孩子,由于生活所迫(或者是为了治赵芸的病)误入歧途,干起了毒品交易,本想自己偷偷干一票大的就不干了(自己独吞了一批货,以为大家都不知道),回去给赵芸治病。结果在走私完回到家的时候,赵芸已经撒手人寰。身处痛苦中的关再雄抱着刚刚满月的孩子到处躲藏,防止追杀。一天夜里,关再雄写好纸条,塞进关志的襁褓,偷偷放在了孤儿院门口。

从此,关再雄销声匿迹,无影无踪。

……

这是一个未完的故事大纲,也只能算是一个开头,这也是一个反面教材,原因是这段文字并没有起到梗概的作用。我们一起来看——过多的语言、人物对白显得故事大纲太过繁琐,太过拖沓,真正的梗概应该是用简练的、略带描述性的语言,把故事的来龙去脉讲清楚,而不是按照剧本的模式来写。

我们再来看看以下这篇故事大纲。

电影《少年京剧班》故事大纲

2012年夏,某市艺术学校开学,沉寂的校园又开始喧闹了起来。

课堂上热闹非凡,老师们兢兢业业,学生们刻苦练习。

突然,剧目课堂的老教师鲁春秋晕倒在地上。恰好被路过的武老师看到,武老师是鲁春秋的开山大弟子,鲁师傅就如同他的父亲。武老师赶忙上前,把师父鲁春秋送往医院。

鲁春秋的儿子鲁小冬也是武艺强当年的同学,告诉他说父亲鲁春秋的时日不多,最大的心愿便是与当年的徒弟们重聚。于是,为了完成师傅的心愿,武艺强开始满世界寻找那批当年一起在台上台下、摸爬滚打的师兄弟。

时过境迁,当年的清纯少年都已经拖家带口,到了上有老下有小的年纪,整天被各种琐事牵绊,但是每个人的生活都离不开戏曲,仿佛每个人的心中都为戏曲艺术留了一片净土,在各自闲暇的时候,回味一下当年的点点滴滴。

鲁小冬拿给武艺强一个精美的盒子,说是父亲要送给武艺强的。盒子里面装的全是他们这帮师兄弟当年的获奖照片和写的检查。当夜深人静的时候,武艺强独自把盒子打开,当年的那一幕幕便鲜活地浮现在眼前。

武艺强、肖林忠、尚小龙、杨宇、袁雪萌、倪欣等人是戏曲表演专业的学生,各自行当不同,但是开学之初,师傅鲁春秋就已经告诉大家,三年以后,大家要在舞台上展示自己的技能,汇报自己的成绩,在全国的戏曲大赛中一较高下。于是自身条件较好的大师兄武艺强就自然成了大热门,尚小龙和肖林忠成了他的助演,几个人整天在一起练功排戏。

练功是大家每天除了吃饭睡觉以外,做得最多的一件事。练功房里,大家挥汗如雨,大师兄想偷懒,不愿练了,便想出各种办法,迫使老师停课。"淘气包"研究了好久,把注意力放到了练功房里的灯上,和几个同学偷偷把保险丝掐断,结果被老师发现,一帮人挨罚。后来,又假装拉肚子,一大帮人请假不上课,偷着一起去打乒乓球,结果被伴奏班的同学发现告了密,又一起挨罚。

为了报这"一箭之仇",表演班的学生偷着把伴奏班学生的自行车用自己的锁给锁上了,因为伴奏班的学生不住校,要骑车回家,所以非常着急。表演班的同学趴在窗台上等着看好戏呢,突然锣鼓点响了起来,因他们习惯了这种声音,条件反射,有的穿着睡衣,有的光着膀子从楼上一路摆着唱戏的范走到院子里,这才知道,是伴奏班的同学想了一个办法,要回他们的自行车。

肖林忠和尚小龙是一对难兄难弟,在精明的大师兄那里,两人糗事百出。他们自知专业不如武艺强,于是甘当绿叶,为大师兄助演获了市里的大奖,但是大师兄的许诺迟迟不兑现,两人耿耿于怀,趁机偷吃了大师兄的巧克力,弄得两人边练功边流鼻血。

杨宇和武艺强是同一个行当,身上功夫却不如武艺强,于是自己暗自发奋,刻苦练习,发誓要在全省比赛的时候超过武艺强。于是杨宇和武艺强两人开始了台上台下的各种争斗。杨宇比较独立孤僻,都是独来独往,每天天不亮就已经在练功房练功了,天黑熄灯才回宿舍。

武艺强对倪欣有好感,一遇到倪欣就像变了一个人,各种不适应,而倪欣的家里却想让孩子好好学习,要好也得和杨宇好,因为杨宇家里比较殷实,这让倪欣很是反感。而杨宇之所以低调,也是因为不想让自己的家庭情况影响自己的生活。杨宇的家人近乎强迫的关照和溺爱,一度让他很没有面子。也让倪欣很瞧不起。

袁雪萌和倪欣学习的是同一个行当,都想上台演出,都想做武艺强的助演,于是两人之间竞争激烈。而袁雪萌瞧不起鲁小冬,嫌鲁小冬的琴拉得不好听还到处制造噪音,可是倪欣却对鲁小冬的执着钦佩有加。鲁小冬在寒风中、马路边、闹市中拉琴的时候,倪欣都去送水送吃的,这让小冬很是感动。

鲁小冬学的是京胡,不管寒冬腊月还是酷暑三伏,鲁春秋都让儿子在家门口或者大街上练习京胡,为的是锻炼他在大庭广众之下的抗压心理,也为了让儿子充分体会要想取得成功,艰难与苦闷是必经之路。

鲁小冬之所以刻苦练琴,除了因为父亲鲁春秋要求严格之外,还因为他想通过自己的成绩得到父亲的肯定,让父亲高兴,因为自从母亲走后,父亲就从来没笑过,为了赢得父亲的认可,他更加拼命练习。可是谁都不知道,鲁春秋对待儿子如此冷淡严苛,是因为无意中发现鲁小冬不是自己的亲骨肉。而这番对白被鲁小冬的好友肖林忠给听见了,于是,在肖林忠和尚小龙的帮助下,加上武艺强、倪欣、杨宇等人的参与,这个天大的误会才得以解开。

虽然在学校,武艺强和杨宇两人各种竞争,但是遇到困难还是会相互帮助,共同分担。在一次集体出游的过程当中,大家凭借自己的智慧和身上的功夫,团结一致,战胜了重重困难,既化解了途中遇到的矛盾,也加深了彼此之间的友谊。

最终回到现实当中的时候,大家齐聚师父鲁春秋身旁,师父欣慰地叫着每一个人的名字,颤颤巍巍起身,写下"戏比天大"四个大字。

这篇大纲虽然情节平平,但是还算完整,有开端,有发展,有高潮,有结局,有事件,有人物,而且人物之间的关系也都能交代清楚。但问题在于,故事大纲必须包括故事基本线索和主要的人物特点以及人物之间的利害关系。首先是故事发生的一个前提、一个大的背景和大致的故事轮廓。投资人或者制作人通过阅读你的故事梗概,能够了解这是一个什么类型的故事,了解情节的走向、铺垫、危机、高潮、结局等重要环节的情况。

人物要有自己的特色。

故事的主体是人物,故事本身一方面要有独立价值,一方面是为人物刻画服务的。对剧中人物做简单介绍,人物小传就变得非常重要,在故事大纲里和前期的人物小传里,就应该把人物关系梳理清晰,也就意味着,在剧作开始之前就要让每个人物都有联系,或对手、或情侣、或朋友,这样人物就不显得孤立。

在撰写人物小传的时候,应该考虑到,无论是影视剧作品还是舞台剧作品,剧中人物都不能过于纷乱复杂,主要人物以三四个为宜,当人物安排太多的时候,由于剧作时长有限,就会让观众疲于捋清人物关系而无暇顾及剧情本身了,最终会造成顾此失彼。

我们再来看一看这个剧本的人物小传。

电影《少年京剧班》人物小传

鲁春秋,一位闻名遐迩的戏曲老师,他的班上有几个淘气的学生,武艺强就是其中一位。武艺强是班里年龄最大的孩子,每次在关键时刻武艺强都会挺身而出,做出一副老大的派头,当然还有一个原因,就是他确实长得跟猴子有些神似,动作轻盈敏捷,所以综合种种原因,大家都叫他"大师兄"。

尚小龙,平时话不多,却净干些让人头疼的事,用"大师兄"的话说纯粹属于"闷骚型",因为有点多动症,就被家人送来戏校,想通过学点武艺,治一治这个让人头疼的毛病。

袁雪萌,学的是花旦行当,加上柔弱的个性,羸弱的身体,娇柔的嗓音,自然让人生出几分怜爱之心。有时在众目睽睽之下卖个萌撒个娇,为的就是让男生帮自己搬东西;有时,还摆出各种萌的姿势,讨好一下老师。形体课上,放学途中,甚至在食堂吃饭的时候,袁雪萌无时无刻忘不了自己的萌女形象,让自己成为剧目作业里的"萌女郎"。

肖林忠的家里比较拮据,父母在老家,靠打鱼为生,基本靠天吃饭。肖林忠是因为父母没时间管,才被送到了艺术学校学戏曲,穷人的孩子早当家,自从踏进戏曲班的那一刻起,肖林忠就深深地爱上了戏曲,没白没黑地练习,早晨天没亮就起床练功,晚上也是边压腿边看书。每次都是不到熄灯不回宿舍。于是大家就从《林冲夜奔》这出戏中,给肖林忠取名"小林冲"。

鲁春秋的儿子鲁小冬也在这所学校学京胡,不管寒冬腊月还是酷暑三伏,鲁春秋都让儿子在家门口或者大街上练习京胡,为的是锻炼他在大庭广众之下的抗压心理,也为了让儿子充分体会要想取得成功,艰难与苦闷是必经之路。

倪欣是班里的"小喇叭",学校或者班里有什么新闻都是她第一个知道,然后广而告之,生怕别人不知道。聪慧可人,性格外向,喜欢打扮,喜欢帅哥美女,比较关心明星八卦,总是幻想着自己成角之后的情景,家庭比较富裕,乐善好施。

杨宇,调皮好动,学习成绩总是在班级中下游徘徊,但是酷爱天文地理,嘴里经常蹦出流行语。有时候边练功边给大家普及包括戏曲知识在内的各种知识,喜欢摆出一副万事通的样子,动不动就"子曾经曰过……""神马都是浮云啊""这个啊,你得问我!"

剧中人物也许另类,也许很有个性,但是,不能偏离主流价值观,中国人最看重作品中的道德价值,不能让一个坏人得逞,这是我们都期待的结局,不能打破观众的这种思维,毕竟影片就是为了让观众娱乐消遣,而不是去打击观众。所以剧本应该以写好人为主。

整体故事要充满戏剧冲突。要设计一个最终目的,就是一个可以驱动主人公有所作为的动机,让主角在剧中目标明确,同时反派角色应该是出于各种利益的考虑阻止主角完成目标,于是爆发冲突。这样故事才会吸引人看,投资人才会买单。

戏剧冲突即主人公追求观众所关心的目标而遭遇障碍,并逐步克服障碍的那种冲突。有的故事梗概中,各路人马"杀"得昏天黑地,但很多时候,故事设计者没有提供一个人物行为的理据,一个动作的支点,即他为什么要这么行动并获得观众认同的理由。没有这些依据、理由,观众对人物的行动就不会关心,就不会买账。牢牢吸引观众眼球,是剧本创作的最高原则,而这主要靠"戏",靠戏剧冲突来实现。

我们再来看看这篇大纲,看从中能不能找出它的问题。

网络剧《暗礁》

人物简介:

林月,女,方文礼的妻子。35岁左右,一位成熟美丽、贤惠大方、聪慧孝顺的"圣母"式女性。23岁时,父母双亡,留下奶奶和弟弟,三人相依为命。

方文礼,男,35岁左右,林月的丈夫,摄影师,家境良好,事业有成的成熟男性。

江影,女,27岁左右,美丽而富有神秘感的女性,有多年的海外留学经历,雕刻家。

明朗,男,30岁左右,心思缜密,私人侦探。

王梅,女,65岁左右,林月的奶奶,极度重男轻女,曾在林月幼时为了要孙子在林月头上扎入三根针。

林豪,男,林月的弟弟,被过度溺爱,变成一个嗜赌暴躁的小混混。

江美美,女,江影的妈妈,妻性大于母性。与高飞一样都是社会最底层的老混混。

高飞,男,江影的继父,家暴嗜赌,在外唯唯诺诺,在家拳脚相向。

白云舒,男,30岁左右,心理医生,有恋童癖。

叙事方式:

采用三线叙事,以明朗、江影、林月三个不同的视角,共同揭开十几年前的两起谋杀案。

剧情简介:

方文礼的妻子林月在家自杀,痛失爱妻的方文礼陷入了对妻子的无限怀念之中,为了疏解对妻子的思念之情,方文礼经常去妻子的墓碑前悼念妻子。在一次前往探望林月的过程中,方文礼发现妻子的墓碑前竟然站着自己多年前的出轨对象江影。方文礼看着在自己妻子墓碑前表现得很悲痛的江影,感到十分奇怪。按捺不住自己好奇心的方文礼找到了自己曾经的好友明朗,想让明朗对江影和自己的妻子林月的关系展开调查。随着明朗调查的不断深入,方文礼逐渐发现曾经与自己同床共枕的妻子变得越来越陌生。本以为对自己妻子足够了解的方文礼发现自己忽略了对妻子的关心,虽然同在一个屋檐下,可自己竟然连妻子长时间去看心理医生都不知道。方文礼想到妻子生前每天在心理压力如此大的情况下,还尽心尽力照顾整个家庭,觉得很是愧疚。随着明朗的进一步调查,一切都朝着方文礼意想不到的方向发展,原来一切风平浪静的生活之下,暗藏着一个个不为人知的暗礁。

十几年前,在一个破旧的小区里面,林月和江影是邻居,林月为了照顾辍学在家、不学无术的弟弟和跟着前来照顾弟弟的奶奶,拼命赚钱补贴家用,可自己辛辛苦苦赚来的钱,都被弟弟拿去挥霍。有一天林月在工作过程中突然感到头痛,刚开始并未当成大事,咬牙继续工作。头痛断断续续,林月为了省钱给自己男朋友方文礼的妈妈买一份体面的礼物,就一直拖着不去医院。某天夜晚回家,林月对奶奶说了自己头痛,并指明了头痛的位置,不承想奶奶的神色极其不自然,并训斥林月不要多想,不要去医院花冤枉钱。

林月就一直拖着自己的病情,没有去医院做检查。一天方文礼来看林月并给林月带了很多水果零食,然后开车带林月回家放东西。林月拎着东西上楼,在门口听到奶奶在和一个推销保险的老乡讨论自己头痛的事,二人看着推门而入的林月极其不自然,让她觉得事有蹊跷,于是拿出来自己不用的手机,偷偷放在了客厅录下了二人对话,也是这段录音使林月埋下了杀心。

另一边,江影跟着母亲江美美和继父高飞生活在一起。继父高飞是一个窝囊暴躁的男人,由于没有固定工作,还沾染上赌博的恶习。江影一家一直生活得十分拮据,高飞和江美美都十分厌恶"拖油瓶"江影。江影在家不光要承担所有的家务,还经常被高飞和江美美家暴。随着江影长大,继父高飞对江影开始动手动脚。江影一心努力学习,想着凭借自己的努力考上高中之后可以脱离家庭的噩梦,可一切都没有江影想象的那样美好,一场突如其来的噩梦打破了江影对父母仅存的爱意,使江影对父母起了杀意。

所有这一切都随着明朗的不断调查,通过三人不同视角的叙述,浮出水面。

这篇大纲将人物关系、情节推动以及最终目的连接在一起,重新排列,由小到大、由弱到强、由浅入深、逐步推进,这样投资人或者影视公司一看就能预知故事的好坏和制片的规模。

但要注意的是,一定要把故事的整体脉络厘清,主要的人物要勾画出来,重要的故事情节要表现出来,这样就形成了一个故事梗概。

练习作业:
练习A:请说出几个你认为最能打动人的主题。
练习B:你认为如何才能通过剧情彰显主题?

人物真相只有当一个人在压力之下做出选择时才能得到揭示——压力越大,揭示越深,该选择便真实地表达了人物的本性。

——罗伯特·麦基

CHAPTER 6

一

第六章

人物的塑造

编剧之间有这样一个著名的笑话：如果你不想在我的故事里出现，就不要表现得很糟糕。虽然听起来很老套，但这是完全正确的。编剧倾向于从自己的生活中提取素材，尤其是当涉及我们认识的人和我们塑造的人物时。尽管有些人物的灵感来自生活中的真人真事，但他们仍然是你笔下的人物。如果你创造了一个独特且有趣的人物，他们便有可能拥有自己的生命。就像高尔基所言："一个严肃的作家的任务，是要用具有艺术说服力的形象来编写剧本，努力达到那种能使观众深受感动并能改造观众的'艺术的真实'。"[1]创造一个令人难忘的人物其实是一个艰难而又有趣的过程，当你透过"这个人"来揭示时代、社会、人生脉搏的跳动，给人以某种思想启迪的时候，你将达到将现实升华的艺术境界。

有些剧作中塑造的人物不一定完美——他们撒谎、欺骗、偷窃、逃跑、争吵、绑架、操纵，还有各种各样可疑的事情，场面很混乱。而这种混乱导致了人物之间的自然冲突，这正是一个编剧真正想要的。为了让故事更加精彩，编剧应让其笔下的人物保持凌乱的自我，然后各种有趣的冲突就会随之而来。

第一节　为何要塑造人物

对于一部剧作或者一个故事而言，无论什么样的情况，人物的塑造都是其中至关重要的因素，如果这里的人物不能成立，只有故事和主题是无法吸引广大读者或者观众的。而塑造一个让人难忘并且有性格的人物，就成了摆在编剧面前的首要问题。德国戏剧理论家莱辛在《汉堡剧评》中提道："一切与性格无关的东西，作家都可以置之不理，对于作家来说，只有性格是神圣的，加强性格，鲜明地表现性格，是作家在表现人物特征的过程中最当着力用笔之处"[2]，这表述，将随着时间的推移，随着实践的检验，更加具备真理的光芒。其实，在影视剧作中，主要描绘的艺术形象无外乎人物和环境两大部分。环境主要指的是人物与人物之间那些纷繁复杂的社会关系、人情关系所造成的特定的社会环境，当然，也包括与人物生活有关联的自然环境；人物主要指的是被这一社会环境中各种各样的现实矛盾以及种种特殊生活形式所制约的有血有肉的性格。那么，就艺术对生活的反映而言，编剧的胆识和才能一般集中体现在对人物性格的发现和创造上。于是，我们可以确定，一个剧本如果想要脱颖而出，冲破重重阻碍来到制片人和导演面前，除了具备独特的审美价值和一定的社会价值之外，还必须把塑造人物放在整个剧作的首要位置上来。

第二节　研究人物

马克思曾经指出："人的本质并不是单个人所固有的抽象物。在其现实性上，它是一切社会关系的总和。"[3]这种现实性恰恰是艺术作品中人物性格与人物形象的力量源泉，也恰恰决定了人与人之间错综复杂而又独特的社会关系。

不知从何时起，爱情变得不再纯洁美好，它总是与暴力、颓废相随，希望在以最快的速度幻灭，于是青春就这样在无奈中沉沦，丝丝沉淀在我们心中。看着弥漫着不安与放任的青春片，我们不禁发问：难道我们的青春就是这样"无悔"？我们的爱情怎会如此脆弱？

导演侯孝贤在《千禧曼波》中用其惯常的拍摄手法——将镜头远远地立着不动，静静地讲述了处在世纪交替的年代，发生在女主人公Vicky身上的爱情故事。影片以事情发生了十年之后，Vicky的回忆开始。她一个人松弛畅快地走在通道里，那是一个没有人的地方，一条通向未知爱情的通道。幸福也好，羁绊也好，都像多彩的人生一样充满了太多的未知。导演把这一段安排在影片开始，正是起到了一个倒叙的作用，或者这本来就是故事的开始，抑或预示着爱情、人生的轮回，美好青春的稍纵即逝。

Vicky与小豪住在一起，在Vicky要考试的那天，小豪没有叫醒Vicky，以致她没能参加考试，因为小豪不想让她离开自己。随后的日子里，小豪如愿以偿地天天与Vicky在一起，抽烟、喝酒、泡吧，享受着脆弱的爱情，经历着生活的考验。在这时，他们才意识到彼此之间建立的这段情感，突然变成了海市蜃楼，但是，青春固有的热情与执着，和着他们对人生对世界的渺茫认识，如同魔咒一般左右着他们，让他们在痛苦与无奈中挣扎着。

---

[1] 高尔基.论文学[M].孟昌,曹葆华,戈宝权,译.北京：人民文学出版社,1978：62.
[2] 莱辛.汉堡剧评[M].张黎,译.上海：上海译文出版社,1981：125.
[3] 马克思恩格斯选集(第一卷)[M].北京：人民出版社,1972：18.

终于有一天Vicky忍受不了小豪无止境的猜疑离开了他，可是脆弱的她又忍受不了小豪的苦苦哀求，于是Vicky给自己定了一个期限：等到存款五十万花完的那一天，就是他们分手的时候。至此，爱情已失去了它本来的面目，与某种游戏规则联系在了一起。分手是他们之间唯一的结局。

爱情，应该是相互思念与牵挂，彼此间的理解与呵护，但是当一切演变成厌恶与反感，甚至成为一种游戏规则的时候，那么分手或是重新寻找真爱不失为一种符合人性的最佳选择。

Vicky的生活可以失去小豪，但是不能没有爱情。捷哥的出现让笼罩在阴影中的Vicky看到了希望，而捷哥像真正的大哥一样对待Vicky，无微不至，关心体贴。这也着实让艰难地奔走在寻找爱情道路上的Vicky在感到欣慰的同时，悄悄滋长出一丝淡淡的失落与忧伤。她不知道为什么，捷哥从来没有向自己表示过，而她也从未向他暗示过，好像在他们之间有比爱情更珍贵的东西，无法超越。也许产生于男女之间的友谊与爱情根本就是两个世界里的概念。

倒是在酒吧里认识的竹内康、竹内淳两兄弟给了正处在失落与灰色之中的Vicky一些安慰。是Vicky对他们其中的一个又滋长出爱的情愫？还是竹内兄弟对Vicky一见钟情？都不是。刚刚摆脱小豪的感情奴役的Vicky只是惯性使然地想从竹内兄弟身上找到些许小豪的影子，毕竟他们在一起生活了好多年，那种感觉也只有Vicky自己清楚。爱情是恋旧的，年轻的Vicky不可能理智地对待它，于是只好把爱情当作人生的一个中转站，看作是一场游戏的筹码，不管是输还是赢都要去面对。

我们不妨再以推理剧为例，反面人物的动机与行动往往是推理剧剧作的"发动机"，而推理剧作的主角是侦探，但凶手的谋杀大计才是驱动故事的力量，你必须先对整个谋杀案了然于心，才可能写出详尽扎实的故事大纲。

专业推理剧作家要能充分掌控自己的写作流程，推理剧作的情节可以分为明与暗两条线，书中的步骤表能帮助你厘清台面上有哪些场景，并完整掌握所有线索与人物的行动，避免陷入剧情破绽百出的窘境。没有受过创伤的侦探和凶手没人愿意看，你笔下的侦探与凶手必须受过创伤，不管是生理或心理层面的都可以。创伤一方面可以引发读者对侦探的同情和认同感，另一方面也可以强化凶手的犯罪动机。

另外，善用神话故事也是创作过程中不得不提的重要技法。神话故事将为推理剧作注入灵魂，使推理剧作成为现代版的神话故事。侦探追寻正义，制裁凶手，俨然是当代的神话英雄。当你需要灵感时，神话故事会带给你意想不到的启发。但是切记，只有持续不断地写作，然后坚持不懈地修改，你才有可能挖掘出推理创作的真相！

第三节　刻画一个有性格的人物

为主人公的内在挣扎创造一个外部刺激。

一、阅读剧本可以挖掘演员和角色

我们看到很多蹩脚的有关电影剧本创作的书籍，上面经常提到"一定要把剧本大声读出来"。但是有时你并不需要这么做，因为你已经了解剧本了。如果你有写剧本的天赋，一边写，你的大脑就一边读了。不过，你最好能够和演员一起坐下来，在桌边读剧本。然后根据自己的想法或者演员的要求、习惯方式做出相应调整。

二、不一定要为具体演员量身定做剧本

任何演员都不会感激你允许按照他们自己来塑造角色。他们想要饰演和自己不同的角色——这也是他们选择这份职业的意义所在。过去，也有电影明星基本在所有电影里都如出一辙。但也会有迈克尔·凯恩这样的演员，愿意饰演任何角色，不管剧本怎么写，他都能演出迈克尔·凯恩的风格。在电影对白以及舞台呈现方面，他都非常出色。他是第一个敢于打破跨大西洋银幕障碍的演员，也就是确保完全准确地发音。如果你仔细听他讲话，你会发现他把每个句子分成两到三个语块，语速缓慢。因此，他是当时唯一能讲美国人都能听懂的英语的英国人。

三、做到雅俗共赏

一整部电影有时会被不合适的剧本或剪辑打散。你并不知道销售代理商卖给观众的是什么版本的电影。全世界要有统一发行才好。影片录制过程中，不同国家进行自动对白替换（ADR）会花钱，而进行剪切处理不会花钱。所以有时人们会误以为电影中的一些深刻的台词会让观众理解不了而将其删掉，以使电影受欢迎，这种做法是错的。

实际上,《无间行者》就是个很好范例,能够做到雅俗共赏,迎合大众,而不是像大多数电影那样针对最低水准的共同欣赏点。

第四节　剧情与人设

突出人物的性格特点及命运有以下几种方法。

让你的人物经历九九八十一难,遭遇各种波折,各种考验,经受各种磨难,把人物真实的动机隐藏起来,一方面对观众隐藏,一方面也可以对剧中人隐藏,让大家在毫不知情的情况下,跟随主人公的遭遇而产生情感波动。剧中人有的会对主人公充满同情,有的会产生怀疑,甚至有的还落井下石,而观众通常情况下会对这种人设产生共情,没有谁的人生是一帆风顺的,就像没有谁的命运总在低谷。

每个人的一生都遵循着"苦难守恒定律",对大多数人来讲,人这一辈子要遭受的罪和吃的苦头总量是恒定的,你此时若选择了暂时的表面的安逸生活,那些艰难困苦并不会随之消失,而与之相反的是,你越是选择逃避,在此后,你就越需要加倍努力去弥补以前的损失或不足。比如,我在给每一届学生上第一堂课时,就跟大家提到,要在恰当的时间做恰当的事情,这个恰当意味着符合当下的各种要素,身份、年龄、责任、义务、需求等,大学生就应该做大学期间该做的事,学习知识、强身健体、广交朋友,如果在这个阶段整天想着怎么去挣钱,怎么去打工,想方设法去逃课,那么,等毕业之后踏入了社会这个大熔炉,就会花更多的时间,甚至更多的金钱,付出更多的努力去弥补在学校期间本应该就掌握的本领和学习到的知识。

而在我们的故事中,在我们设计的人物身上也同样具备这样的"苦难守恒定律"。有的剧作家愿意采用欲扬先抑的手法,先将主人公的命运写到最为悲惨的地步,让他不得不在错误的时间做不合适的事情,逼得他无法喘息,几欲自绝。而那些一出场就风光无限,洋洋得意之人,就人物的走向来看,前面一定是雷区,一定隐藏着颠覆命运的陷阱。当你想写一个好人的时候,通常先把他先往坏里写,我们剧本中要展示的是他如何一步一步地从人性的低谷中爬上来;当你想写一个十恶不赦的坏人时,就可以先塑造一个慈眉善目、冠冕堂皇的大善人,让他在剧情的发展过程中,在各种欲望的蛊惑下,逐渐沦陷,走上不归之路。

你可以将角色发展模板看作是塑造更为真实的电影角色的捷径,同时这也是创造出可信角色的关键。

这里我们可以准备一个角色发展模板,这个模板旨在帮助你创作时塑造你的主要角色。通过回答关于你的角色发展的重要问题,你不仅能够从内到外理解一个角色,还能够向读者展示你的角色更深层次的内容。

要创造栩栩如生的角色不仅仅是把你的角色带入故事情节,给他们一个名字,描述一些特征。

即使你的角色来源于一个真实的人,这也不足以让读者觉得他或她在剧本或影片中是真实的。作为一个更有追求的编剧,第一条经验法则就是充分发展你的角色。你需要创造一个有自己故事的个体,让读者在阅读你的剧本时想要参与进去。

你的角色发展不应该是事后才想到的——毕竟,你在讲述一个故事,故事围绕角色展开。

一、何谓角色发展模板

角色发展模板是一种文件或模板,描述故事中某个角色的生平,包括深入的问题,突出人物的特点。角色发展模板被用作编剧的参考资料。

它可以帮助编剧了解角色的性格特征、背景和发展轨迹,从而帮助读者理解角色在故事中的动态。通过创造一个具有过去、现在和未来的角色,讲故事的人能够生动地描绘出角色在故事中表现出来的行为和行动。

使用角色发展模板的主要目的是增加角色的真实属性,最终使他们更可信,更能引起读者的共鸣。

二、关注角色发展的重要性

角色的发展是很重要的,因为一个角色越成熟,这个角色就越真实——而读者普遍会在可信的角色上进行感情投资。

你是否曾经沉迷于一本书或一个故事,以至于在读完之后就崩溃了?你很难跟这些角色说再见?你希望通往那个世界的大门能永远不关闭?

如果你有过这样的经历,那么你就对角色和他们的生活投入了感情。你和他们联系在一起——你感觉你真的了解他们。这是因为作者在塑造角色方面做了充足的工作,以至于在读者看来他们是真实的。

这也正是你在写作中应做到的。而充分开发角色的秘密在于能够回答关于你的角色的详细问题,这就是这个角色发展模板能够帮到你的部分。

写作时最常用的角色发展技巧:

从故事的思维导图或大纲开始，根据故事情节的需要，头脑风暴人物的主要特征，练习写与你角色有关的文章，从而对这个角色有一个扎实的认识。

给你的角色定一个主要的目标、目的、动机和缺点。填写角色发展模板，以填补细节空白，并清楚他们的过往和小细节。

采访你的角色来建立他们的视角，站在角色的角度完成写作练习，充分发展角色的心态。开始写你的故事时，要把你完全发展后的角色牢记于心。

三、使用角色发展模板的必要性

首先，通过回答角色发展的问题，你会更深入地了解角色，这有助于你更好地讲述故事。

其次，角色发展模板可以帮助你创造一个真实的角色，会给你提供一个全面、详细的"他们是谁"的画面——从他们的外表到他们的性格癖好再到他们生活中最大的错误。

四、制作一个角色发展模板

一个角色发展模板应该包括所有角色相关的细节，作者需要融入故事中，以充分发展角色。有些作家使用基本的角色发展模板，只有相关的细节以显示角色在故事中的弧。而其他作家使用先进的、全面的角色发展模板，其中包括具体的细节，角色的生活、个性、愿望、内部和外部的特点。

角色发展模板类型取决于几个因素，比如你创作的作品类型（例如：长篇小说、短篇小说、电影），以及你是哪种类型的作家（例如：你需要一份全面的角色发展模板，还是只需要一个摘要）。你的角色发展模板至少应该包括你的角色在故事中突出的具体细节，以及他们在你的故事中是如何发展的。

你的角色发展模板应该包括以下内容：

名字、年龄、外貌的描述，性格特征，健康状况概述，职业及教育背景，偏好，家庭生活，主要社会关系的概述，重要的人生阶段和里程碑，三观，他/她在故事发展中处于什么角色……

一旦你有了故事大纲，最好是在你真正开始写初稿之前完成角色发展模板的编辑。如果你已经开始写草稿了，那也没关系——你仍然可以使用这个模板，它会在你编辑和完成草稿的时候对你有所帮助。

提高角色发展模板质量的步骤：

（1）从角色的创作开始，比如他们是谁，在你的故事中他们的目的是什么。

（2）了解角色的主要目标、动机和缺点。
（3）开始填写角色发展模板的基本部分。
（4）弄清楚角色的外形描述。
（5）填写角色发展模板的健康栏。
（6）建立你的角色职业细节。
（7）想想你的角色喜欢什么。
（8）在角色发展模板中挖掘家族历史。
（9）缩小角色的主要生命阶段。
（10）培养角色的三观。
（11）构建角色的故事发展。

检查完整的角色发展模板，确保每个细节都有关联，没有任何不一致之处。

从角色的角度来练习写作，对角色的思考和行为方式有一个自然的感觉，练习从不同的角度写你的角色（作为叙述者，或作为角色的朋友/爱人/敌人）。

当你开始写你的故事时，按照上面的步骤来培养一个读者感兴趣的"现实"人物角色。

当你写的时候，你要有一个完整的角色发展模板副本，这样你就可以很容易地检索和引用它。这将帮助你更准确地讲述你的故事，避免你的情节和故事设置中的小错误或不一致。

例如，假设你在故事开始时把你的角色描述为一个素食者，但后来你让你的角色在餐厅点了汉堡。那么就会有读者注意到这个细节！

在你的大纲完成后完成角色发展。在你开始正式写你的章节之前，填写角色发展模板。这将确保你对基于故事的主要事件的细节有一个可靠的想法，并且你有机会将小细节合并到你的实际故事中。在写作时使用角色发展模板作为参考指南。不要只是填写模板并与读者分享。这个练习是为作为作者的你准备的，这样你就可以充分发展角色所有错综复杂的地方，并结合相关的细节来塑造角色，以及他们在故事中的目的。

不要跳过任何可以回答的问题。回答尽可能多的关于角色的问题。显然，如果一个问题不适用于你的角色（比如他是一个孩子，没有任何过去的关系），那就跳过它。但是不要因为你不想思考就回避问题，这种偷工减料的方式将反映在你角色的发展中。

当你写作的时候，只给读者他们需要知道的东西。只给出必要的信息，这样可以帮助读者更好地理解你的角色。

根据需要添加更多的问题。这个模板将成为你的起点。如果你需要添加更多的问题，那就尽情地加上，尤其是如果你在写科幻小说，你的角色不是人类。

考虑小细节。一旦你开始写作,角色发展模板将为你的对白、场景设置和情节带来价值。不要害怕关注细节。

五、角色发展模板基础问题

首先回答这些关于角色的基本问题。这些角色发展问题是可以用来构建角色的表层事实。在你的故事中,他们是谁？他们在你的故事里的目的是什么？

而角色发展模板的基本问题主要集中在以下几个方面：

姓名、别称、名字的含义/意义、性别、年龄、生日、忌辰、星座、出生地、民族、国籍、种族……

六、角色的外形描述

现在,你可以开始塑造你的角色的外貌了,这样你的读者就能想象出你的角色长什么样。

角色模板的外形属性非常重要,因为它可以帮助你将外形属性应用到你书中角色的行为中。

角色发展模板的外形问题有：

肤色,脸色,眼睛颜色,自然发色,身高,体重,体型,体格,姿态,胎记,疤痕,小动作,在别人看来的年龄特征,染的头发的颜色,通常的发型,文身,穿孔,化妆风格,服装风格,衣服尺寸,鞋的风格,鞋码,指甲外观,眉毛,脸型,胡子,声音特点,等等。

在电影《哈利·波特与魔法石》的剧本中有这样一段描述：一个巨人站在门口,他的脸几乎完全被浓密的长发和乱蓬蓬的大胡子遮住了,但是你能辨认出他的眼睛,他的眼睛在头发下面就像黑色甲壳虫一样闪闪发光。这是一个通过关注细节来描述人物身体特征的绝佳例子,通过像"巨人""乱蓬蓬的""黑色甲壳虫"这样的词,读者可以想象出这个角色的身体。

七、角色的性格

现在是时候开始深入了解这个角色的性格了。这些角色发展问题集中在描述角色行为举止中的个性特征。例如,大多数天生内向的人永远都是内向的人。但是,也许有的性格内向的人最近养成了在地铁上和每天上班的人说话的习惯。

角色发展模板的性格问题主要有以下几个方面。

(1)性格外向还是内向。
(2)个性特点如何。

(3)是乐观主义者还是悲观主义者。
(4)性情：他们通常是头脑发热,还是冷静？
(5)心情：他们经常是什么心情？
(6)态度：你的角色每天都有什么态度？
(7)优势：他们有何种优势。
(8)缺陷：他有没有缺陷,什么样子的缺陷。
(9)习性：有没有特殊习性。
(10)习惯：有无特殊习惯。
(11)早起的人还是赖床的人。
(12)懊恼的事情是什么。
(13)角色经常犯七宗罪中的哪一宗？
(14)角色拥有的最大美德是什么？
(15)缺点：角色本身的缺点是什么？
(16)优点：角色本身的优点是什么？
(17)表达能力：角色有没有特别的表达能力？
(18)人生观：角色拥有什么样的人生观？
(19)动机：角色在发起行动的时候通常的动机是什么？
(20)口头禅：角色经常说的词语是什么？
(21)人生格言：角色秉承的人生信条或者挂在嘴边的格言是什么？

如在影片《毒木圣经》中,有这样一段描述：为了给人们留下好的印象,我们把最好的衣服穿在外面。蕾切尔穿着她非常喜欢的绿色亚麻复活节套装,长长的白头发用一条粉红色的发带扎住……在飞机上,她坐在我旁边,不停地眨着她那雪白的睫毛,整理着她那亮粉色的发带,试图让"我"注意到她偷偷地把指甲涂成了泡泡糖般的粉红色。

大家需要注意的是,作者在这里是如何用专业的方式通过描述角色的个人风格和服装,以反映她的个性。通过描述她的穿着,读者可以真正了解角色的性格特征。

八、角色的健康状况

这个部分是关于角色健康的。它涵盖了从心理到身体的健康。在角色发展模板中,相应的健康问题有以下几方面。

(1)能量等级：你的角色是比较活跃,还是比较懒散？
(2)记忆水平：你的角色是否经常忘记别人的名字,或者他们有过目不忘的能力？
(3)残疾或障碍：角色是否有生理上的或心理上的疾病或障碍？

(4)恐惧：你的角色最害怕什么？
(5)上瘾：你的角色是否有烟瘾，或者对社交媒体上瘾？
(6)综合能力：他们学得快吗？他们解决问题的能力强吗？
(7)心理优势：你的角色心理坚强吗？
(8)精神薄弱：你的角色在哪些方面精神比较薄弱？
(9)身体优势。
(10)身体弱点。
(11)过去的疾病：对个人造成重要影响的。
(12)手术。
(13)事故。
(14)稳定性：你的角色情绪稳定吗？
(15)过敏情况。

九、角色的职业生涯

在角色职业生涯的细节方面，是时候讲述你的角色以什么为生，或者他们如何度过大部分时间。你的角色是在做一个他们讨厌的工作，却为了得到梦想的工作而上夜校吗？

一个人对职业的选择，或者他们梦想中的工作，很大程度上说明了这个人的素质和兴趣，或者说是缺点。

狄更斯在他的著名作品《艰难时世》中有这样一段描述：他是个富人，银行家、商人、制造商，等等，一个身材魁梧，大嗓门的男人，瞪着眼睛，发出金属般的笑声。一个由粗糙的材料制成的人，似乎材料都被拉伸了，使他变得如此之大……他总是用他那浑厚的铜锣般的声音，宣告着他过去的无知和贫穷。一个貌似谦恭实则欺凌弱小的男人。

作者用一个简短的句子直接描述了人物的职业生涯。通过意象的运用，诸如"金属般的""粗糙的"此类的词语，生动地描绘了这个角色的职业生涯如何把他塑造成一个自大的、富有的人。

角色发展模板的职业问题有以下几方面。
(1)职称。
(2)公司。
(3)职业类型。
(4)受教育程度。
(5)职业道德。
(6)工作经历。
(7)收入。
(8)政党/组织。
(9)志愿者工作。

(10)理想的工作。
(11)哪些工作他/她做得不好。
(12)职业满意度。

十、角色偏好

每个人都有自己的好恶。通过回答所有这些关于你角色的问题，你将能够建立一个真实可信的形象。

角色发展的个人偏好问题有以下几方面。
(1)日常饮食。
(2)喜欢的食物。
(3)最喜欢的饮料。
(4)最喜欢的电影。
(5)最喜欢的音乐。
(6)最喜欢的书。
(7)最喜欢的地方。
(8)最喜欢的活动。
(9)一天中最喜欢的时间。
(10)什么让他们快乐？
(11)什么让他们悲伤？
(12)兴趣。
(13)最喜欢的动物。
(14)最爱做的事。
(15)最讨厌做的事。
(16)受到的启发。

十一、角色的家庭生活

让我们面对现实吧——家庭，或者缺乏家庭，会塑造一个人。你的角色也是如此。这一部分是关于你角色家庭生活的，从他们的父母到大家庭，甚至包括宠物。描述角色的家庭生活后，你也会了解到很多关于你的角色的事情，以及为什么他们是这样的。

角色发展模板的家庭生活问题有：
(1)由谁抚养。
(2)父母状况。
(3)母亲的名字。
(4)母亲的年龄。
(5)母亲的背景。
(6)父亲的名字。
(7)父亲的年龄。
(8)父亲的背景。
(9)与母亲的关系。
(10)与父亲的关系。

(11)教育类型。

(12)唯一的孩子吗？第一个孩子,中间的孩子,还是最小的？

(13)兄弟姐妹。

(14)与兄弟姐妹的关系。

(15)兄弟姐妹有自己的孩子吗,或者他们未来想要孩子吗？

(16)扩展的家庭:在这里插入关于阿姨/叔叔、祖父母或堂兄弟姐妹的任何细节。

(17)家庭关系:他们通常是亲密的还是疏远的？家庭生活如何塑造了这个角色？他们兄弟姐妹之间有竞争吗？或者他们和某个特定的兄弟姐妹是最好的朋友吗？

(18)他们最喜欢自己家庭的哪一点。

(19)他们最不喜欢家人的地方。

(20)孩子。

(21)宠物。

十二、角色的关系网

在角色的关系网中,你将回答所有与你角色的关系有关的问题——从朋友到爱人到敌人。想想你的角色曾经参与过的所有有影响力的关系。每个人、每段关系都是不同的,所以当你填写这部分的时候,请记住这一点。

在电影《分手信》中,有这样一段心理描述:

当她的嘴唇碰到我的嘴唇时,我知道我可以活到一百岁,可以去世界上的每一个国家,但没有什么能比得上我第一次吻我的梦中女孩的那一刻,我知道,我的爱会永远持续下去。在这里,叙述者回忆起他亲吻爱人的那一刻,读者可以理解这段经历对当时的叙述者产生了多么强烈的影响。

角色发展模板的关系网问题有:

(1)最好的朋友。

(2)最大的敌人。

(3)熟人多还是密友多？

(4)性取向。

(5)关系状态。

(6)婚姻状况。

(7)初恋。

(8)当前的爱或正在追求的爱。

(9)值得注意的前任:有没有前任对这个角色产生过积极或消极的影响？

(10)最爱的三个人:你的角色最喜欢的朋友和亲戚是谁？

(11)最不喜欢的三个人:你的角色不喜欢的敌人和熟人是谁？

(12)谁最了解这个角色？

(13)谁和你的角色最接近？

十三、角色的生命阶段

现在是时候介绍你的角色的人生阶段了。如果你的角色在故事中是一个成年人,那么你就需要在这部分快速填写每个阶段的细节。如果你的角色还没有达到某个阶段,就跳过那个部分。

对于每个人生阶段,你可以写几个句子来描述角色的整个时期。不要觉得有必要列出你的角色在某个人生阶段发生的每一件事——除非你非要这么做。

角色发展模板的人生阶段问题有:

(1)童年:他们的童年是什么样的？有什么重要的事情发生吗？

(2)青春期:他们的青春期是什么样的？有什么重要的事情发生吗？

(3)青年:他们年轻时是什么样子的？有什么重要的事情发生吗？

(4)成年:他们是什么时候真正长大成人的？

(5)塑造他们的时刻/经历:在这里列出任何重要的经历。

(6)他们作为一个人在一生中发生了怎样的变化,如他们是作为一个被宠坏的独生子女长大的,但后来成为一名佛教僧人？

(7)最大的遗憾是什么？

(8)人生最大的教训:当他们最好的朋友去世时,他们是否学会了不把生命视为理所当然？

十四、角色的观点展示

接下来,我们将讨论一些问题,这些问题将有助于向我们展示你的角色是如何看待世界和感知事物的。这一点很重要,因为它有助于塑造角色的心态,特别是当你在讲述角色的内心想法和对白时。

填写这一部分也有助于你从角色的角度练习写作,并能让你了解角色的思维过程,以及他们的心态是如何影响他们的行为的。

村上春树在《海边的卡夫卡》中说道:失去的机会,失去的可能性,我们永远无法找回的感觉。这就是活着的意义。但我们的大脑里有一个小小的房间,我们可以把这些记忆储存起来。像充满书架的图书馆一样的房间。为了了解我们自己的内心世界,我们必须不断制作新的参考卡片。我们必须每隔一段时间把东西摔掉,让新鲜空气进来,换掉花瓶里的水。换句话说,你将永远生活在你的私人图书馆里。

通过这段优美的文字,叙述者给读者提供了洞察人生的视角。作为读者,我们理解是什么打动了叙述者,以及叙述者是如何思考的。

角色发展模板的观点问题有:

(1)宗教信仰。
(2)教养。
(3)价值观。
(4)道德:他/她相信什么是邪恶的?他/她认为什么是好的?
(5)值得冒的风险:你的角色会为了什么冒生命危险?

十五、角色的故事发展

现在是时候回答所有与你的角色在故事情节中的想法、行为和角色有关的问题了。你需要知道在故事中是什么在驱动你的角色,是什么在阻碍他们。回答与你的故事相关的每一个问题。

例如,在描述角色的主要目标时,不要用他们一生的主要目标来回答——要用你的故事来思考主要目标。也许你的角色的主要目标是无怨无悔。但这和你的故事有什么关系呢?你需要让它更具体地反映你的故事情节。也许你的角色在故事背景下的主要目标是帮助隐藏受迫害的孩子,即使这意味着死亡和耻辱。

角色发展模板的故事发展问题有:

(1)重要的里程碑:在你的故事中,什么重要的事情会发生在角色身上?
(2)成就:他们将取得什么成就?
(3)失败:他们会在什么方面失败?
(4)生活方式:描述你的角色的生活方式,因为它符合你故事的时间段或背景。
(5)角色特征:列出你的角色在你的故事中拥有的特征。
(6)文化:他们认同什么文化?
(7)主要目标。
(8)次要目标。
(9)愿望。
(10)最大的错误。
(11)生活的教训。
(12)梦想的生活。
(13)噩梦。
(14)最喜欢的回忆。
(15)最不喜欢的回忆。
(16)他们生活中不想要的东西。
(17)目前在他们的道路上有什么障碍?
(18)任何秘密。
(19)世界观。
(20)个人英雄。
(21)内部冲突。
(22)外部冲突。
(23)别人怎么看他们。
(24)他们对自己的看法。
(25)他们希望能够改变的。
(26)他们希望得到的。
(27)什么让他们兴奋。
(28)值得冒的风险。
(29)他们认为理所当然的事情。
(30)什么激励着他们。
(31)他们所怀疑的。
(32)什么让他们觉得自己还活着。
(33)什么让他们想要做得更好。
(34)他们希望人们记住他们什么?
(35)角色会如何变化?

现在你已经快速浏览了角色发展模板的每个部分,当你开始思考一些关于角色的一些你之前没有想过的问题时,你的头脑风暴之轮就应该开始转动了。

记住,你写的是什么类型并不重要。每一个剧本都应该有充分发展的角色,要通过使用写作策略、技巧和手段使他们生动活泼。

十六、主角的人物弧光

主角必须要有人物弧光,这是大多数作家学习写作的第一要则。但是,电影会因为主角没有人物弧光而被看轻吗?当然不会!

那么,缺少人物弧光为什么会可行?什么类型的故事会因为主角一成不变而更加出彩?

在《创造角色的性格弧线》这本书里,作者韦兰德分析了三种人物历程,正面变化、负面变化和平弧(没有变化)。

正面变化,是最常见的一种人物弧光。

这种故事最常见的模式是,从一个相信谎言的人物出发,这个谎言或是关于自己,或是关于世界。

在《头脑特工队》中,乐乐坚信唯一珍贵的情感就是快乐，她站在施惠者的高度来对待其他人，但她相信的这个谎言几乎摧毁了整个头脑世界。

一般这时候，故事就会开始进入转折，主角需要放弃原本相信的谎言，需要拥抱新的真相，这两种观念之间的差异正是表现故事主题的地方。

在电影《金刚狼》和《人类之子》中，主角一开始也陷入了同样的谎言困境。

平弧如何处理主题与正面变化的主角相信谎言不同，平弧的主角从一开始就相信一个特定的真理。

《帕丁顿熊2》中帕丁顿相信总能发现其他人身上好的一面；《饥饿游戏》中凯特尼斯·伊夫狄恩为了家人甘愿冒生命危险并坚信政府是邪恶的；《回到未来》中马蒂·麦克弗莱相信人应该自己站起来反抗霸凌；《角斗士》中马克西姆斯认为罗马应该成立共和国并坚信它是黑暗中的一束光；《少年托洛茨基》中杰伊·巴鲁切尔认为自己是马克思主义革命家里昂·托洛茨基转世。

这些角色都没有人物弧光。他们有着各自不同的故事，但是当涉及他们的基本信仰时，他们却都不改初衷。

平弧如何处理背景？

平弧故事的主角会发现自身信仰与这个社会格格不入。

帕丁顿发现自己总是与那种对陌生人不友好也不相信的人相左；凯特尼斯·伊夫狄恩讨厌国会区的不节制与不公正；马蒂·麦克弗莱的父亲是个懦夫并毁了麦克弗莱一家的生活；马克西姆斯被不道德独裁者统治的不公正世界所奴役；杰伊·巴鲁切尔认识的每一个学生都对政治漠不关心。

上面的每一个例子都意在说明，这个世界本质上是在试图欺骗、诱惑或操纵主角去相信谎言，虽然他们有时也会怀疑自己，或质疑什么是真相，但最后他们都不会放弃改变周围的世界。

平弧如何处理配角？

配角——平弧故事中最重要的部分。因为在平弧故事中，虽然主角没有变化，但是配角是有变化的。

以《帕丁顿熊》系列电影为例，在第一部电影中布朗先生变得更接受陌生人。

到第二部电影，帕丁顿已经让整条街区变得更加欢乐了。即使在他被送进监狱的时候，他也把周围的环境变得像天堂一样，让那里的每一个人都变得更好，更善良。

其他电影例子中主角的努力显然体现在他们如何改变故事中的世界。配角的人物弧光满足了我们作为观众的需求，让观众得以见证故事中的一些变化。但是，除了这些带有人物弧光的配角，大多数故事中还有一个不会改变自己观点的角色，这些人通常是导师的形象。

一般来说，人物拥有人物弧光对于某种特定类型的故事来说是合理的，但也有很多其他故事，就算角色从头到尾都不变，也一样可以引人入胜。

很多电影让我们相信我们可以改变，但平弧的电影使我们确信另外一样东西，就是无须牺牲我们的信仰，我们可以改变周围的世界。

接下来，我们可以从影片《奇迹男孩》中，尝试体会角色的心路历程，感受其中的人物弧光。

当我抬头仰望夜空，虽不见其光芒，可我知道，在很远很远的地方，有一颗星，正努力地闪耀着，它是自然的一部分，为宇宙的平衡和谐贡献着自己的力量！从弥漫着"惊险刺激"氛围的泰国影片《天才枪手》到直面印度教育体制的宝莱坞影片《起跑线》，再到温暖来袭的《奇迹男孩》，我们已经不止一次从影片中感受到教育对于孩子的成长是多么重要，温暖的家庭教育、合理的素质教育、宽容的社会教育缺一不可，当然，我们也逐渐发现，一个善良、淳朴、勇敢的孩子已经不是教育本身能够塑造的了，他更多体现出一种社会性的存在，比起一个家庭的希望，孩子更应该是一个社会的未来与希望。

影片《奇迹男孩》中，奥吉一出生，就经历了一场灾难，在医生都难以保证手术成功的情况下，经过二十七次面部整容手术，凭着顽强的生命力活了下来。于是，奥吉无论走到哪都戴着一顶太空人头盔，因为唯有躲在头盔之下，才不会引来别人异样的眼光。

太空，一个充满未知却又无比神秘的空间，它高于人类的认知，却又用遥不可及的繁星点点，和一种无法言说的博大与深邃时刻温暖着千万个孤独受伤的心灵。躲在太空服之下，获得安全感的同时，也让人们彼此之间无法触摸，产生隔阂。不得不承认，天生缺陷的奥吉是自卑的，任何人在这种情况下或多或少都会有这样的心理。著名的奥地利心理学家曾经在研究人类心理的时候提道："我们每个人都有不同程度的自卑感，因为我们都发现自己所处的地位是我们希望加以改进的。如果我们一直保持着我们的勇气，我们便能以直接、实际而完美的唯一方法——改进环境——来使我们脱离掉这种感觉。"[1]每当奥吉失去勇气的时候，遭到同学的欺辱的时候，被人冷落误解孤立的时候……父母、姐姐、老师、同学们就向他伸出温暖的双手，帮他"改进环境"，帮他渡过难关。在这一刻仿佛身边所有人都变成了拯救奥吉的天使。

影片中有这样一个细节：当奥吉获得了人生中第一个真正意义上的同伴——杰克·威尔的时候，他快乐地跑上台阶，回头看到同样沉浸在欢乐中的好朋友杰克·威尔，在背后一对翅膀形雕塑的映衬下，仿佛长出了一对闪亮的翅膀。朋友对于奥吉来说，就如同天使一般，给自己欢乐和勇气，让自己能量满满，带自己走出阴霾和沼泽。孩提时代的友谊就是一同分享，分享欢乐和痛苦，分享喜悦和伤感。"因为爱就是一种分享……他们想要与他们的朋友所分享的东西，就是他们各自视为生活的东西，或者他们为此而选择生活的那种东西。这就是为什么一些人一起喝酒，一些人一起掷骰子，一些人一起锻炼，一些人一起打猎，一些人一起从事哲学活动——每个人都在对他们各自的生活中最喜爱的那种事情上一起消磨时光。"[2]

你相信奇迹吗？奇迹在我们的生活中并不是天天都有，甚至它也只是我们一直以来日思夜想、可望而不可即的东西，可是在男孩奥吉身上，我们却分明感受到了奇迹的真实存在。从某种程度上来说，奥吉是幸运的，因为绝大多数的残疾人正在我们无法想象的黑暗生活中煎熬，好在奥吉有放弃学业照顾自己的妈妈，有甘愿忍受孤独的姐姐，还有关心关爱自己的老师和同学。当然，也许正是奥吉的勇气，影响了身边的每一个人，所有的冷遇与非议，终将消失，与其说是奥吉创造了自己的奇迹，不如说，他让每个人真正明了心怀慈爱，常拥善念，才能体味温情，才能感知奇迹般的美好。

影片中的每一个孩子都不是完美的，都有内在的缺点或者外在的缺失。美丽动人的米兰达，是学校的校花，但她却有一个破碎冰冷的家庭，圣诞之夜也只有站在昔日好友维亚的窗外，投去羡慕的目光；通情达理的维亚为了弟弟的健康成长，自己承受着孤独与寂寞，也只有在回忆中，重温与奶奶在一起的时光；仗势欺人的小霸王朱利安屡屡霸凌羸弱的奥吉，却也在被告知他必须离开学校的时候，表现出了不舍与忏悔。观众们也随着情节的推进时而泪湿眼眶，时而会心一笑，内心被温情柔软打动的同时，也和小主人公们一起变得坚强和宽容。

在每个孩子的成长过程中也许都会有那么一个遇到挫折，缺乏自信，需要鼓励的阶段，会受到各种打击，会做错事，会需要别人的关怀，特别是父母的鼓励。当生命中有这样一个愿意帮助你改正、倾听你心声的人悄然出现的时候，恭喜你，你的天使出现了。

"没有人能长期地忍受自卑之感，它一定会使他采取某种行动，来解除自己的紧张状态。"[3]正像阿德勒所说的那样，影片中的奥吉在10岁这一年，第一次踏进学校，闯入了一个对他来说烦乱嘈杂，稍有不慎就会被霸凌的残酷时期，在那个充满疼痛、悲伤却也有快乐的成长历程中跌跌撞撞地寻找着卸下自卑、超越自己的途径。

奥吉说，我不普通的唯一原因，是没有人用普通的眼光看我。我们应该如何处理他人对我们的看法？相信在每个人生阶段我们都会面对这个问题。其实我们都是普通人，平凡无奇的凡夫俗子，而小小的奥吉虽然长相与众不同，内心却与其他孩子一样，渴望被关注，希望被认可，想要成为一个"普通人"，就像影片中的布朗老师说的"我们都是普通人，而每个普通人都值得拥有一次掌声"。普通不应是自卑的原因，而应成为超越自我的动力。

还记得影片最后，面对知心挚友杰克·威尔的一句"你怎么不去整整容？"的玩笑话时，奥吉自信地捋了一下自己的头发，"我可是拼了命才让自己这么帅的"，让我们不得不敬佩奥吉的幽默睿智和宽容乐观。也让我们突然明白奥吉名字的来意。奥吉（Auggie）是奥古斯特（August）的昵称，而August除了八月之外还有令人敬佩的、威严的意思。当毕业典礼上那令无数观众动容一幕出现的时候，自信的笑容和发自内心的欢呼，让他超越了自己，更激荡了所有健全人的灵魂，令人心生敬佩，感动释怀。奥吉被校长图什曼亲自授予代表学校最高荣誉的亨利·沃德·毕彻奖章。其实，也正是因为奥吉的存在，才使掺杂了些许成人意愿的校园氛围去伪存真，以安静却强大的力量激励了大部分同学的心灵。图什曼先生在致辞中以善良为主题，发表了一番发人深省的

---

[1] A·阿德勒.自卑与超越[M].黄光国,译.北京:作家出版社,1988:46.
[2] 亚里士多德.尼各马可伦理学[M].廖申白,译注.北京:商务印书馆,2003:176.
[3] A·阿德勒.自卑与超越[M].黄光国,译.北京:作家出版社,1988:46-47.

讲话:"作为人类,我们所拥有的,不只是善良待人的能力,还有选择善良对待他人的能力。"的确,善良是一件如此简单的事,需要时的一句鼓励,一个友好的举动,路过时的一个微笑……

相信影片《奇迹男孩》让每位观众都感受到了温暖,只因为你我都有脆弱的时候,而脆弱需要温暖来滋润,也需要坚强来守卫,无论我们是多么平凡的一个人,都值得活出属于自己的生命中的奇迹。

练习作业:

A:为你的人物策划一个新职业,一个特殊的职业,例如:入殓师,时间规划师,灵魂贩卖公司董事长,外星人谈判专家,宠物心理咨询师……展开想象力,让这个人物因为这个特殊职业而鲜活灵动。

B:在目前市面已有或人们熟知的职业中,从独特的角度,设计策划出一种新的功能,新的职业领域。

C:从职业入手,设计人物的形象、性格等。

如果编剧在作品中使用的道德前提是建构不完善的,那么他最终会发现他的作品充斥着毫无意义的对话,毫无意义的动作行为,任何人都无法理解他所要表达的前提——为何会如此?因为他没有找到方向。

——斯丹利·威廉斯

CHAPTER 7

第七章

情节的铺设

情节是剧作诸元素中最重要的元素之一，编剧对其不可不重视。二战之后，西方某些电影艺术家曾经提出"非情节化"的口号，力图摆脱情节的束缚，又回到故事和情节上来的这一事实，就足以证明情节在影视剧作中的重要地位和强大生命力。

第一节　什么是情节

情节本身是叙事文学共有的成分，但戏剧和电影比小说更需要情节，这是因为戏剧和电影都是"看"的艺术，它们必须紧紧抓住观众的注意力，吸引他们从头到尾兴趣盎然地看下去，看到底。要做到这一点，固然同导演、表演、布景、摄影等方面有密切联系，但起决定性作用的还是情节。

情节，即人物之间的联系、矛盾、同情、反感和一般的相互关系，某种性格、典型的成长和构成的历史。[①]高尔基曾在《论文学》中这样提到了情节，他对情节的解释，是从作家创作实践的经验中产生的，并有很高的理论概括性。后来，有的文章将这一完整的定义简化为"性格的历史"，这样的简化，在指导创作上就不够准确，容易使缺乏经验的作者将注意力集中在性格和性格的成长上，而忽略了高尔基同时指出的人物之间的相互关系。恰恰是相互关系构成了情节的重要内容。其结果，电影编剧就更加难以找到安排情节的具体路径和方法，就会感受到，似乎高尔基的这一观点对创作实践没有多大的启示和帮助。人们对电影剧作者在情节上要求最多的，莫过于情节要真实，生动。要求情节真实、生动是无可厚非的，但是，怎样才能使情节真实、生动，就关注较少了。

第二节　情节设计师

当你有了影片的概念，但影片的主题呢？你希望讲述一个怎样的故事？主题是故事背后的思想、中心特征、关注点或主旨。它可以是道德层面上的，但并不是必需的。对希区柯克来说，主题必须融合两个重要元素。

首先，主题必须紧扣在能让观众一直为之思考的单一中心思想之下。希区柯克认为拍摄一部让人兴奋的电影的准则是找到一个单一问题，它足够吸引人，在故事展开的时候让观众能够全神贯注。一部好电影在影片的头十分钟就该确立中心思想和主要阻碍。

《美人计》的主题是爱情与责任。男主角因为特工身份而强迫他所爱的女人投入反派怀抱，其目的是获取战略信息。反派则是更有魅力的角色，因为他对女主角的爱可能比男主角对她的爱还要深。这三个角色不仅落入间谍故事当中，同时也纠缠于爱情与责任之间形成的心理冲突中。

其次，电影的主题必须引入一定数量的其他元素或者副主题。对希区柯克的作品来说，这样的主题包括了爱情（《迷魂记》）、有罪与无罪（《伸冤记》）、心理学（《艳贼》）和道德（《夺魂索》）。希区柯克明白深层次的主题能够在表面情节上增加基本的情感反应。

"我不是要与警察作对，我只是害怕他们。"阿尔弗雷德·希区柯克说。"被诬陷的人"是希区柯克影坛生涯中贯穿作品始终的主题，故事围绕着一个无辜的人被迫逃避坏人和警察的追捕展开，最终揭发真正的罪犯得以证明自己的清白。

《三十九级台阶》《海角擒凶》《伸冤记》《西北偏北》《夺命狂凶》等都是围绕着被错认的身份和错误的指控展开的。

对结构的关注是希区柯克偏爱被诬陷的人这类故事的一个原因。观众对逃亡者必定抱有同情心。同时他们会问："为什么他不求助于警察？"好吧，警察也在追捕他，所以他不能去找警察。否则也不会有追逐的故事了。

无辜者不能也不可以去找警察这一点是非常重要的。希区柯克称他最大的恐惧就是警察，他常提起五岁时被父亲送到当地警察局的故事："我爸把一张纸条递给警察局负责人，他看完纸条后马上就把我扔到一个小房间里，关上门锁了我五分钟，然后把我放出来，他说，'这是我们对付顽皮孩子的方法'。"

在这些被诬陷主题的影片里拼命逃亡的人物都是普通人。他不是专家、警探或是罪犯，他就是一平凡人。希区柯克说："相比起特殊人物，这能让观众更加容易投入影片中。我一直都对拍摄职业罪犯或者警探不感兴趣。我更喜欢用普通人，因为我觉得观众更容易投入剧情中。"

因此对希区柯克来说，无辜的被诬陷者往往容易被观众认同，观众会将自己看成是戏中人，体会到主角的恐

[①] 高尔基.论文学[M].孟昌,曹葆华,戈宝权,译.北京：人民文学出版社,1978:335.

惧。在希区柯克的作品中,关于被诬陷者的最佳例子是《伸冤记》,这是一个发生在音乐家曼尼·巴莱斯特雷罗身上的真实故事,他被错误指控为持械抢劫的劫匪。希区柯克说:"这样的事情总会发生,我想这会让观众更为深入地关注,因为没人愿意因为非他应担责的事情而受到指控。"以真实故事为基础的《伸冤记》让观众更加着迷。

马丁·斯科塞斯在拍摄以纽约为背景的《出租车司机》时受到了希区柯克作品的启发。

"我常运用《伸冤记》来调动情绪,它有着偏执狂的风格和漂亮的纽约外景摄影,我认为这是我最终让伯纳德·赫尔曼(希区柯克的御用作曲家)为《出租车司机》配乐的原因。

"在亨利到皇后区去提取贷款时,我细致研究了镜头偏执狂式的移动和威胁感。他站在柜台后面,女职员看着他,你可以从女职员的视角看到亨利·方达。摄影机运动的方式、女职员的觉察、非常出色的配角演出,那种恐惧、紧张感和偏执狂,全部通过摄影机和表演者的表情完成。"

被诬陷者的主题在今天的电影中依然很受欢迎,包括《亡命天涯》《肖申克的救赎》《少数派报告》《鹰眼》《命运规划局》等。

希区柯克以选用金发女主角而闻名,她们冷艳、神秘、优雅。在他的导演生涯中,他给观众带来了好几位影坛上最迷人、复杂、双面的女性角色。

让人难以忘怀的"希区柯克金发女郎"有《三十九级台阶》《间谍末日》中的玛德琳·卡罗尔,《蝴蝶梦》《深闺疑云》中的琼·芳登,《爱德华大夫》《美人计》《历劫佳人》中的英格丽·褒曼,《电话谋杀案》《后窗》《捉贼记》中的格蕾丝·凯利,《迷魂记》中的金·诺瓦克,《西北偏北》中的爱娃·玛丽·森特以及《群鸟》《艳贼》中的蒂比·海德莉。

这些女性通常因为她们所犯下的罪而受到惩罚,如《惊魂记》的珍妮特·利、《迷魂记》的金·诺瓦克和《艳贼》的蒂比·海德莉在影片中扮演的角色。即使在希区柯克早期的电影《房客》中跟开膛手杰克同一类型的连环杀手,谋杀的也是金发女郎,希区柯克始终让金发女郎成为最佳的受害者。

他钟情于对比,因此他塑造的女性在外表上都是贤淑高贵的淑女。蒂比·海德莉说:"他喜欢强调具有漂亮面孔的女性的力量,他将她们放置在一个混乱的情景当中,看她们如何摆脱。"在《三十九级台阶》中,大家看到玛德琳·卡罗尔根本没有时间保持自己平时优雅、不落俗套的本色——她只顾得在荒野上急速驾驶、在路堤上爬上爬下、狼狈地攀登岩石。

如今的金发美女的角色的运用也得益于希区柯克崇拜者受到的启发。如《致命诱惑》的格伦·克洛斯、《本能》的莎朗·斯通、《洛城机密》的金·贝辛格、《穆赫兰道》的娜奥米·沃茨。

自从希区柯克拍摄了《房客》,他就一直被连环杀手或精神病患者所吸引。他的影片里有一长串疯狂的精神病患者名单。

例如,在希区柯克最满意的作品《辣手摧花》中,受人敬爱的叔叔实际上是"寡妇杀手";《夺魂索》里,两个文质彬彬的学生竟以杀人为乐;在《火车怪客》里,两位男子进行交换谋杀;在《惊魂记》中,旅馆老板诺曼·贝茨无法正确面对房客(和母亲);《夺命狂凶》中,一个强奸杀人犯将领带绑在每位受害者的脖子上。

这些癫狂之徒都有哪些共同点?他们全都极具吸引力和诱惑力。

希区柯克深谙此道,邪恶之人魅力无穷,否则谋杀者也难以接近他们的受害者。我们会在本章更详细更深入地研究这些反派角色,由此揭示希区柯克是如何选择和指导演员,如何打破固有的模式让他们扮演这些值得同情的杀人犯。

具有魅力的精神病患者在如今的影片中作为传统被传承。这些角色包括《恐怖角》中的罗伯特·德尼罗、《沉默的羔羊》中的安东尼·霍普金斯、《天才瑞普利》中的马特·达蒙以及《可爱的骨头》中的史坦利·图齐,他们都不得不感谢希区柯克。

所有这些杀人犯都是迷人、表里不一、让人同情和致命的。

间谍片是电影史上最古老的类型之一,希区柯克钟情于间谍和秘密。他的很多影片都与间谍活动有关,如《间谍末日》《三十九级台阶》《破坏》《海角擒凶》《海外特派员》《擒凶记》《西北偏北》《冲破铁幕》《黄宝石》。

希区柯克的影片有两种类型的间谍,一种是陷入全球间谍活动的普通人,如《擒凶记》中的詹姆斯·斯图尔特所扮演的身处国外的美国医生或是《西北偏北》里加里·格兰特扮演的广告业主管。

另外一种就是真正的间谍,例如《间谍末日》和《黄宝石》中的角色。希区柯克说间谍有两类不同的身份——本国的男主角和国外的反派角色。这种对比非常吸引希区柯克。

这些早期的希区柯克间谍片预示了今天标志性的间谍角色的行为方式,例如《西北偏北》促成了詹姆斯·邦德系列电影。实际上《来自俄罗斯的爱情》中邦德受到直升机的攻击与加里·格兰特被农用喷粉飞机追击有诸多相同之处，类似的例子还有《大奖》和《谍海密码战》中的追逐段落。

但到了20世纪60年代中期，希区柯克厌倦了类似角色，他感到邦德电影已然成为他的原创概念的一个"连环漫画"式的版本，因此他拍摄了更为真实的间谍惊悚电影，如《冲破铁幕》和《黄宝石》。近年来的《谍影重重》系列和《碟中谍》系列也受到了希区柯克间谍片的很大影响。

希区柯克："很多人对内容很在意，那就好比你在画板上画了几个苹果的静物画，你却担心这些苹果是甜的还是酸的。谁在乎呢？我自己一点都不在乎这个问题。"

你已经确定了电影的主题，现在你要将大量内容注入其中，让你的电影变得生动有趣。希区柯克高调地宣称自己不关心影片的内容，对电影技巧更感兴趣。只要观众以特定的方式做出反应，你可以拍出你想要的任何一种电影。

"你或许开始担心细节、文件，但我不关心间谍在寻找什么。"希区柯克说。他将电影风格放在内容之上："我甚至不知道是谁驾驶飞机攻击加里·格兰特。我不关心这一点。我只要观众沉浸在我想要的情绪里。"

希区柯克所说的这番话是什么意思呢？真的就可以对影片的内容视而不见吗？正如希区柯克在《群鸟》和《艳贼》中的助理导演吉姆·布朗所说，希区柯克常说展示一件事情并不是为了纯粹地展示，而是为了震撼观众或者创造反应和争论。

他的真正意思是：重点不在于故事，而是你对故事做了些什么事情，是你处理的方式。我发现很多人看电影只看故事的内容，似乎从来没发觉你所感受的是导演放进电影里让观众所体验到的各种情绪，尤其对我而言，就是注入惊悚和悬念。

尽管希区柯克从字面上说了他对内容不关心，但正是内容创造了悬念。为了达到这一点，悬念公式中的一个必备条件是制造一系列与角色相关的可信情景。当角色没有可信度时，你永远都无法创造真正的悬念，只能是惊奇。它也许与谁驾驶农用喷粉飞机无关，但与在背后带着某个动机（内容）雇佣飞行员去杀死我们的男主角的某个人是相关的。必须要让观众在意的动因。

希区柯克之所以能成为大师是他能一直让观众在感情方面高度投入。这就是悬念的定义——内容。

所有这些都很自然地指向了希区柯克所说的"麦格芬"——在希区柯克的影片中驱动故事发展的一个重要的情节手法。

一、悬念的制造

1. 麦格芬

希区柯克说："麦格芬它是一种诡计和手法。"他常谈论其影片中的"麦格芬"，不过麦格芬到底是什么？

让我们听希区柯克自己是怎么说的："它可能是苏格兰语，出自火车上两个男人谈话的故事。一个男人说，'行李架上的那个包是什么东西？'另一人回答说，'哦，那个是麦格芬。'第一个人问，'麦格芬是什么？''噢！'另一人说，'那是一种在苏格兰高地上用作捕获狮子的装置。'第一个人说，'但苏格兰高地没有狮子啊。'然后另一人回答，'哦，那就没有麦格芬。'所以你现在明白了，麦格芬什么都不是。"

这样说你能明白吗？或者你还是一头雾水？好吧，其实上面只说了事情的一半。麦格芬其实是故事的发动机，最初是由希区柯克的编剧安格斯·麦克菲尔提出的。它是一个与情节相关的物件，给予角色行为以动机。它可能是要窃取的一个秘密文件或是要塞、飞机引擎或原子弹的设计图，它是观众不一定关心但却是影片中每一个人都想得到的东西。

通常，麦格芬是惊悚故事、间谍故事和冒险故事的中心，在希区柯克电影中非常重要。故事中的绝大多数角色会依据麦格芬做出行动，通常最终结局比起实际获得、控制或破坏麦格芬要具有更大的意义。因而麦格芬的目的是激发角色行为。

希区柯克影片中的麦格芬例子：

《三十九级台阶》——具有革命性意义的飞机引擎的顶级机密。

《美人计》——放射性铀矿。

《西北偏北》——藏在前哥伦布时期陶瓷雕塑中含有政府机密的一个微缩胶卷。被希区柯克称为"我最好的麦格芬"——最虚无、最不存在、最荒谬。

《惊魂记》——被盗的四万元美金。

《群鸟》——鸟攻击人类的原因。

《冲破铁幕》——反导装置的机密公式。

《家庭阴谋》——价值连城的钻石。

希区柯克关于苏格兰高地狮子的故事是一个玩笑。但如果麦格芬对于角色是重要的，那么它对于观众也必须是重要的。他们必须足够清楚并意识到这一点，才能在情感上投入其中。

在希区柯克和他的编剧本·赫克特创作《美人计》时，影片的麦格芬——铀矿以某种方式牵涉到了真正的情节，也即是由英格丽·褒曼扮演的女子被迫向纳粹支持者出卖色相的故事。她选择责任而放弃了爱情,正如她真正的爱人(由加里·格兰特扮演)所做的那样。

(在希区柯克筹备拍摄《美人计》的时候,他很偶然地问了加州理工学院的科学家关于原子弹体积大小的问题,后来听说自己因此被FBI监视长达三个月之久!)

在《西北偏北》中,麦格芬是推动情节的叙事手法,但观众真的想知道藏在前哥伦布时期雕塑中的微缩胶卷中的秘密吗?他们更乐意看着加里·格兰特在全美各地逃亡,同时陷入与爱娃·玛丽·森特的爱情缠绵。

正如希区柯克所说:"一个真正的麦格芬会带你到达目的地,绝不会掩蔽最终的位置。"

在《惊魂记》的前四十分钟,观众渐渐投入玛丽安(珍妮特·利饰)这一角色的发展中,她从自己老板那里偷来四万美金后逃跑。但随后她突然被人在汽车旅馆浴室中杀害,钱和尸体都被随意地抛弃在其汽车的后备厢中,而汽车却被推到沼泽里。这时候电影才展开真正的故事——到底是谁杀了玛丽安以及其杀人的动机。麦格芬——四万美元——导致玛丽安走到浴室,这才是其重要之处。

其他导演的电影里的麦格芬例子:在《星球大战》的一个采访里,乔治·卢卡斯将R2D2形容为"麦格芬……电影的主驱动力,或是每个角色寻找的核心物体"。这是因为叛军和帝国都在寻找放在R2D2体内的死星计划,角色对R2D2的寻找驱动了影片的情节。

在昆汀·塔伦蒂诺的《低俗小说》里,观众永远也不知道穿插在整部电影中的公文包里放的是什么。最重要的是,这是犯罪头目所想要的麦格芬,所以他派出了由塞缪尔·杰克逊和约翰·特拉沃尔塔扮演的两个恶棍寻找公文包。

在《阿凡达》里,麦格芬是"Unobtanium",这种广受追捧的矿物设定了影片情节(很像希区柯克的《美人计》中的铀矿)——最终在影片所讲述的故事中变得无关紧要。

希区柯克说:"我在拍电影时,要表现的是一个绝不会停滞不前的故事。""电影的长度应与膀胱的忍耐力相联系。"

麦格芬设定好后,所有角色都将会追逐麦格芬,现在要解决的就是追逐的问题。希区柯克曾说过这么一句话:"让观众在影片中保持清醒!"他十分清楚,通常的影片长度在90~130分钟,观众在看了一小时电影后会感到疲惫,因此需要给他们注入一种被希区柯克称为"猛料(dope)"的东西。让观众保持清醒的"猛料"是动作、运动。但除了猛料还要有更多的东西,因为电影需要谨慎的步调、迅猛的动作和快速的剪辑。一部节奏良好的电影应该占据观众的内心,不是一定要通过表演和快速剪辑来达到,还可以通过饱满的故事和不同情景的转换来实现。

"段落不应该保持静止,它们必须始终推动剧情向前发展,就像一列火车后轮接前轮地飞驰,也就是'齿轮'列车一个槽口又一个槽口地爬上山,"希区柯克说,"电影不能与戏剧或者小说比较。它与短篇小说接近,其准则是当剧情到达戏剧曲线顶点时保持故事概念的高潮。"

希区柯克从不为纯粹的追逐而拍摄追逐戏份。在每一部电影里,主角都应有一个目标、目的,观众应该站在主角一边。追逐基本上就是某人向着某个目标奔跑,或是逃离一位追逐者的追逐(实际上追逐者也是向着目标奔跑)。

"首先,追逐似乎是电影媒介的终极表达。除了银幕,还有什么东西可以让汽车追逐时一辆接一辆倾斜车身过弯?其次,电影是追逐故事的天然容器,因为电影基本形式是连续的。一旦影片开始就会一直向前。"

《三十九级台阶》快速且突然的场所转换,使其成为希区柯克最喜爱的作品之一。当火车离开车站,影片就一直向前发展。如此连续性的运动需要时间进行设计,尤其是要把角色特征融入剧情当中。

在影片中段,主角哈内(罗伯特·多内特饰)戴着只扣了一半的手铐从警察局的窗户逃走,混进救世军乐团的游行队伍里。为了摆脱警察,他与乐队一起游行,然后溜进一个小酒店里,却被误认为是演讲者,追逐最终以一次精彩的竞选演说结束。影片利用场景转换制造出快速的运动,一个接一个地运用概念,让观众欲罢不能。

2. 悬念VS通俗

希区柯克说:"我觉得能在悬念片上享有某种独占权是一种幸运。似乎没人对悬念的法则有太大的兴趣。"

希区柯克被冠以"悬念大师"头衔,他确是实至名归的悬念大师。不过何谓悬念?悬念是对预期的延展。那悬念和秘密有何区别?这两个概念经常被混淆。让我们听听"大师"自己是怎么说的:"秘密是思考的过程,跟'侦探小说'中'谁干的'是一样的……而悬念本质上是一个情感过程,需要牵涉到情感。"

《迷魂记》中有一个关于秘密的例子,发生在斯考蒂

(詹姆斯·斯图尔特饰)跟踪玛德琳(金·诺瓦克饰)到了麦基切克旅馆。他从楼下看到了卧室窗边的女主角,但当他走进房间时,她已经不见人影,连之前停在外面的车也开走了。金·诺瓦克回忆:"我问希区柯克,玛德琳是怎样离开旅馆的,大家都没有看到她离开。他的回答是'因为它是个秘密,亲爱的'。在一个秘密里,你不必得到每一个问题的答案。"这一点对希区柯克非常重要,他给观众留下一些未曾解答的问题,让他们到了影片结尾还在琢磨。

然而,悬念不同于秘密。无论哪一种类型的故事都可以包含悬念。即使爱情故事也可以有悬念。悬念不仅仅是将某人从火车疾驶而来的铁轨上拉走而已,男子是否能获得女孩芳心也是一种悬念。悬念与观众个人的欲望和愿望有很大关系。

因此在电影中设置好悬念是拍摄过程中很重要的部分。从建构故事张力到剪辑技巧,以及使用声音与音乐唤起恐惧和期待,希区柯克运用不同的方法创造悬念。

3. 给予观众信息

巨响本身不引起任何恐惧,对巨响的期待才让人害怕。

——阿尔弗雷德·希区柯克

所有的悬念都源自给予观众的信息。你让观众知道房间里放置着一颗炸弹,而且将会在五分钟后爆炸——这便是悬念。希区柯克清楚如何搭配悬念成分,让紧张情绪变得几乎无法抑制。

"我们坐在这里谈话,"希区柯克在一次访问中说道,"我们都不知道在你的录音机里有一个炸弹。所有人都不知道,突然炸弹爆炸。我们被炸成碎片。很让人吃惊。但这样的惊奇和恐怖的情绪能持续多久?不超过五秒。"

希区柯克的秘密就是让观众参与到这个秘密当中——在滴答声中倒计时的炸弹。这样就不是五秒钟的惊奇,你创造的是五分钟的悬念。甚至不用让炸弹爆炸,就能让观众得到惊悚的情感体验。

悬念的首要准则是必须给予观众信息。举例来说,如果有什么事情将会伤害到角色,那就要在刚刚展开场景的时候将其展示,然后让其发展。通过建构悬念持续提醒观众这一迫在眉睫的危险,使观众保持高度紧张。但记住,悬念并不存在于角色内心,他们对其毫不察觉。

在《群鸟》中,有一个观众比角色知情更多地建构悬念的优秀例子。梅兰妮·丹尼尔斯(蒂比·海德莉饰)坐在博德加湾区学校外面一个攀爬架的前面,她开始抽烟。她没有发现有一只乌鸦落在了她后面的攀爬架横杆上。在她毫无察觉地继续抽烟的时候,两只、三只、四只,更多的乌鸦聚集在攀爬架上。

最终,梅兰妮发现了天空的一只乌鸦,她的视线跟随着那只乌鸦落到了攀爬架上。这时候攀爬架已经密密麻麻布满了乌鸦,它们等待着梅兰妮的下一个举动。这一场景的悬念让人感到兴奋,因为观众比角色知道得更多。

在《擒凶记》中,希区柯克让观众知道在阿尔伯特大厅音乐会上什么时候将要发生暗杀阴谋——就在管弦乐队的铙钹打击时。希区柯克让观众预先熟悉音乐的段落,反复切入负责铙钹的乐手的画面,在对谋杀的可能瞬间进行建构时,也让悬念充满其中。

二、红鲱鱼

"红鲱鱼"是推理小说创作上所应用的一种手法,通常它代表作者思路上的诱饵,来误导读者思路,让读者在看到结局之前,误以为掌握了关键线索。

"红鲱鱼"被广泛用于推理小说中,推理小说的核心就是"解谜"。对于剧本杀来讲,不仅要设置技术含量较高的诡计,还需要制造能够转移玩家注意力的支线线索,来分散掉真凶身上的嫌疑。因此,如何设置"红鲱鱼",是推理小说和剧本杀作品中至关重要的部分。

剧本杀的写作有别于其他写作,是一门技巧性很强的艺术,经过对推理小说中"红鲱鱼"的理解,整理出少许经验技巧,分享给各位剧本杀作者,希望可以在作品中更好的呈现诡计与"障眼法"的设置,从而创作出更优秀的作品,贴合市场也符合您的期待。

利用心理盲区设置"红鲱鱼"。

除视觉盲区外还有心理盲区,知识性盲区就属于其中一种,并非使用偏僻的知识点来安利读者,而是指常识性的知识或者在作品中进行透彻阐述的情况下。继而进一步给玩家制造一块心理上的盲区,从而方便诡计的安排设计。

举例说明:在某篇叙事性诡计中,凶手在夏天将尸体弃置于户外,误导了警方对死亡时间的推测。作者在文中反复强调夏季,玩家自然而然地带入在夏季高温炙烤之下,死亡时间一定是被提前了,因此在死亡时间之前没有不在场证据的玩家被列为重点怀疑对象。

而通过某条信息,作者道破玄机,其实案件发生在南半球,南北半球季节相反的特点,真凶则应该是在死亡时间之后没有不在场证据的人。在这里作者巧妙利用北半球人们对夏季的习惯性心理，文中反复强调季节却很少提及温度及景物的描写，利用心理盲区来达成诡计。

作者利用各种方法，将真凶排除在外，而剩下的人都与死者有着各种各样的瓜葛，使玩家第一时间忽略掉真凶，从而把精力倾注于抗推嫌疑人身上，这便是一种经验性盲区。

阿婆的作品中经常会适用到这种方法，每个人都有嫌疑，而往往最后的真凶却不是明显的嫌疑人中一分子。

利用同情心设置"红鲱鱼"。

同情弱者似乎是每个人的本性，因此玩家的主观情绪会在整个推理过程中起到很大的推进作用。巧妙引导玩家的情绪，利用玩家同情心和憎恶心来掩饰真凶的罪行。

举例说明：普通女孩儿嫁入豪门，公公婆婆被杀，丈夫涉嫌入狱。柔弱女子求助无门，而对头豪门家公子却处处阻挠。玩家在读剧本时，起初也对弱女子起疑，在富家公子一而再再而三地阻挠之下，同情心泛滥，对富家公子产生厌恶和怀疑。

经过一系列推理和线索罗列，真相大白时玩家才捶胸顿足，富家子弟是那条"红鲱鱼"。他之所以阻挠案件，只是害怕曝出丑闻，影响自己家声誉，而柔弱的女子才是处心积虑进入豪门，夺取家产的害命之徒。

这里也可以说明，最大获利者也有重大嫌疑。

三、"契诃夫之枪"

"契诃夫之枪"的原理是什么？

这个概念是由作家、剧作家契诃夫普及开来的，用他的话来解释最好："如果你在第一章说墙上挂着一支来福枪，那么在第二章或第三章，它肯定会开火。如果它不开火，它就不应该挂在墙上。"

与红鲱鱼和麦格芬一样，契诃夫之枪也是一种情节设计，如果运用得当，它可以使你的叙述具有戏剧性，同时确保剧本不会向观众做出虚假的承诺。

在讨论契诃夫之枪时，最重要的是要处理好铺垫行为，因为铺垫是原理的基石。

如何运用契诃夫之枪？

编剧可以在许多方面成功地使用契诃夫之枪，包括微观的和宏观的。我们可以将其分为以下两类：

第一类是"口袋手枪"。"口袋手枪"指的是契诃夫之枪原理的短期实施——经常在一个场景中使用。如果观众在一场戏的开始看到地上有个香蕉皮，他们可以有把握地认为在结尾有人会滑到地上。

第二类是"大炮"。"大炮"指的是长期运用。它们一般隐藏在第一幕中，直到在压轴戏中才会显现它们的目的。它们通常被认为是最让人印象深刻的，而且如果成功的话，可以证明是整个故事的关键。

本文将更着重于后者，因为"契诃夫之枪"原理的这些例子通常证明是最有效的。由于这一原理的性质，文中总结了5个契诃夫之枪的技巧。

1. 隐藏在显而易见的地方

《肖申克的救赎》也许是契诃夫之枪最令人敬畏、最令人难忘的应用之一，上映26年后，它成为IMDb上的最高评分电影。

当监狱长根据《圣经》告诉安迪"救赎存在于内心"时，我们认为这只是帮助他应对终身监禁的工具。

直到安迪越狱后，监狱长重新检查了他的《圣经》，发现了一个空心的石锤形状的洞和一张纸条，上面写着"你是对的"。我们明白，"救赎存在于内心"。

这把契诃夫之枪之所以能如此平稳地着陆，与安迪的性格特征有关。

《肖申克的救赎》中安迪的"墨守成规"的形象是他逃跑计划的烟幕弹。通过兜售安迪的狡猾，他的逃亡之路真的震惊了我们。

在他的描述中，他是一个温和的囚犯，有一些温和的爱好，比如岩石雕刻和读书，这些很快就能体现契诃夫之枪原理的物品毫不费力地融入背景中，而不会引起怀疑。

只有当回过头来看时，这些拼图才会拼合在一起，我们才会真正惊叹于这幅错综复杂的画面。

2. 玩长线游戏

长时间播放的电视剧在运用契诃夫之枪这一原理上占上风。经过多年的角色、弧线和世界的构建，编剧们拥有了丰富的材料，可以成功地运用契诃夫之枪。

在被重新发现之前多年的栽培的对象可以真正统一叙事，《权力的游戏》的创作者们很大程度上利用了这一理念。

经过多方交涉，艾莉亚·史塔克终于宣布拥有这把匕首。毫无疑问，她用它来处决小指头——刀锋的原主人和最初企图暗杀的傀儡主人。

这本身就符合契诃夫之枪的原理，但编剧们将其进一步发展。在第七季中，艾莉亚用剑和一个特别灵巧的战斗动作在战斗中制胜塔斯的布蕾妮。跳到最后一季,艾莉亚用同样的匕首杀了夜王。

在契诃夫的枪口下,刀锋转了一圈又一圈。它的目的不仅仅是打败最初的主人。这成为艾莉亚角色的一部分,因为她实现了她一直以来命中注定的目标。

3. 建立并偿还

建立并偿还的动态几乎是契诃夫之枪原理的代名词。通过尽早建立场景,当观众最终得到回报时会十分满足。没有电影比《回到未来》系列更坚持这一理念了。

在整个三部曲中,几乎每一个场景都运用了契诃夫之枪。

从百事可乐的产品植入到对克林特·伊斯特伍德的互文引用,每一个方面都精心设计,以便在情节的后期获得回报。

然而,他们对契诃夫之枪原理的承诺似乎从未疲倦和滥用,因为这正是《回到未来》的精髓所在。

作为一部以时间旅行主题的系列作品,铺垫和预言自然在其中发挥了重要作用。

契诃夫之枪的原理在科幻小说的时空旅行的小类别中找到了真正的归宿。一本 *Grays Sports Almanac*,在现在几乎没有价值,却成为 Biff Tannen 未来转变的关键。

当把时间旅行加到等式中时,那些本应微不足道的东西却有着不可预知的重要意义。

在一个不断分析微小细节如何改变历史进程的故事中,使用契诃夫之枪的原理来突出细节是非常合适的。

4. 重新想象隐喻

莱恩·约翰逊的《利刃出鞘》是一部经典的推理电影,演员阵容庞大。虽然契诃夫之枪的原理一直是谋杀悬疑类小说的最爱,但约翰逊运用了一种令人耳目一新的手法。

正如标题所暗示的,刀是故事中一个重要的象征。在这种情况下,约翰逊用一把刀来实现契诃夫之枪的原理是再合适不过的了。

这是契诃夫之枪原理的一个有趣的转变,它修正了常见的比喻。

在悬疑小说中,通常会提到一件与未解决的谋杀案有关的物品,无论是动机还是武器。传统上我们看到的是主角用来打败对手的主武器,而在《利刃出鞘》中我们看到的是对手用假武器最终拯救了主角的生命。

通过重新构思契诃夫之枪的常用用法,约翰逊让这部影片一直保持神秘,直到影片的最后一刻。

5. 模糊隐喻

有时候,契诃夫之枪似乎可以预测。编剧们不断试图寻找创新的方式来扭转、颠覆和改写隐喻。

在电影《逃出绝命镇》中,克里斯和他的女朋友露丝开车时,不小心撞到了一只鹿。打电话报警后,警察要求看克里斯的驾照,尽管露丝是司机。在故事的其余部分,这一事件一直萦绕在我们的潜意识里,是种族定性的有力写照。

然后镜头切换到写在汽车上的"机场"。从车里走出来的是运输安全管理局的官员罗德,他是克里斯最好的朋友。

这种颠覆的影响是发自内心的。观众从释然,到震惊,到恐惧,再到释然,这一切都发生在30秒的时间里。

似乎是契诃夫之枪变异成了红鲱鱼,或者是两者的某种结合。

编剧兼导演乔丹·皮尔将两者混淆在一起,创造性的结果挑战了契诃夫之枪的原理,这也促使电影制作人考虑如何以前所未有的方式来适应这一原理。

编剧可以通过多种方式遵守契诃夫之枪的原理。它可以是编剧为了加强叙述而遵循的严格准则,也可以是一套必要时用于制作的指导原理。无论如何,所有初出茅庐的编剧都能从契诃夫之枪这一概念中学到情节实现的重要性。使用契诃夫之枪作为参照,去掉任何不能增强最终画面效果的细节,你会发现在墙上挂一幅完整的画比挂一支来福枪更好。

四、用单子卡片设计情节

运用卡片写故事,尤其在好莱坞电影圈,可以说有长远传统了。

卡片有个好处,尤其在以前没有计算机的时代,就是可以随身携带,顺序可以任意更改,毫不费力。即使到了计算机时代,网络上也有类似的写作卡片软件(当然是英文的),我认为纸本的卡片依旧有其优势,原因就在于卡片是实体的,而创意的发现,往往需要身体的参与,不是动脑就好。这不是我乱说,创意的发想或思考本身,本来就是以身体为基础,而不是只用大脑。所谓"绞尽脑汁"根本是错误的联想,要知道,阿基米德不是在洗头的时候,而是泡澡的时候想到浮力原理的,暖和的身体比头部重要。或者举另一个作家的例子,推理女王阿加莎·克里斯蒂怎么能写出那么多小说,她的诀窍就是一面去林里散步,一面构思对白与情节。

所以,纸卡写作因为会用到笔,有了身体的潜意识动作,加上排序时可以调整顺序又可一目了然(这方面计算机还是有限制),也不怕没电或当机,怎么说还是比较好。反正不信的就让他们在那"绞尽脑汁"吧!

回到故事卡,我们前两讲把神话结构的十二步骤讲完,就是为了要进行现在要做的事。各位去书店买一叠卡片,小张的单字卡或大张一点的记事卡皆可,加上铅笔、橡皮擦与一条橡皮筋,就是你需要的一切。做法如下:你可以先挑出12张卡片,在左上角分别写上1、2、3……一直到12,再把神话结构的十二步骤,依序写在这些数字的后头,卡片的正面,就写下你的故事属于该神话结构阶段的情节大要,后面则是一些相关的笔记,如场景或经典对白等。因为是用铅笔写,所以随时可以擦掉,也可以改。同样的,顺序也可以改或者在某个阶段再增加一张卡片,举个例子,原来是1到12,但你把第6张"试炼、盟友、敌人"改到第一张,并在原来第6张的位置加了一张"平凡世界"。或许这样的做法,是来自你想到一个倒叙的故事,所以才把"试炼、盟友、敌人"变成故事的一开始,而后面那张补进来的"平凡世界",是要讲新加入的角色的背景故事。

总之,有两件事要记在心中:

一、神话结构有其普适力量,尊重这个结构,善用这个结构,更容易说好故事。

二、故事好不好听,最后还是看你的观众,或许你可以略改神话结构的某些顺序或比例,或许你完全照抄,可是最后,你还是要把最后完成的这个卡片故事,讲给你的朋友或小孩听,如果讲过几遍后,大家的反应都很好,这时候你手上的卡片顺序,才是最好的,才是经过考验的。最后,你才能把这个经过考验完成的卡片故事大纲(包括将朋友给你的意见记在卡片后头),不论它是12张还是20张,放到你的书桌前,打开计算机,开始真正写故事,这样一来,你的故事不但有神话结构加持,还加入了真实听众的意见。花了那么多前"云功夫"与准备之后,才开始动手写的故事,自然就不会差到哪里去了,写完要重修的可能性也变小了。

所以很明显,故事卡片是为了把故事讲好的非常重要的准备工作,它让我们有机会用"动手"的方式,去构思、排列与测试故事的结构与细节,并聆听使用者的真实反应。

另外一个在用卡片时可以添加的小技巧,是贯穿动作、贯穿台词与贯穿道具。基本上,这比较适合电影、剧场或绘本这类以视觉为主的说故事媒体,但不代表小说不能用,只是效果比较没那么明显而已(所以要更刻意加强叙述)。

所谓的贯穿动作、贯穿台词或贯穿道具,都是指贯穿在故事前后的同一动作、台词或道具。譬如在电影一开始,或许女主人在扫地,这时候这把扫把还没有意义。或许又过了一段时间,女主人又在扫地,却跟男主人吵了一架,到了后面,镜头出现这把扫把断了,倒在地上,男主人在一旁看着窗外抽烟,这时候,不需要任何台词、任何解说,观众就知道女主人已经不在,而且这个家已经破碎。原本这扫把不会有这个隐喻效果,但透过这样的贯穿环节的联结,间接告诉观众这个道具的重要性,最后再透过道具或语境的变化,达到隐喻的情感效果。这不只在电影中得到运用(像王家卫的《一代宗师》就有不少贯穿台词,大家再去重看就会发现了),舞台剧也很常使用这样的手法。

不论是动作、台词或道具都要有适当的埋伏,才会达到画龙点睛的效果。为什么会这样说呢?因为贯穿的东西必须在一开始出现的时候,不能引发观众过度地注意,好像只是一般的对白或道具,等到后面有变化时,观众才会回忆前面的场景,意识到它的意义已经有了变化。这时候是观众自己用大脑创造出答案,所以就情感效果来说,也会最强。

故事卡片对贯穿的设计有很好的效果,因为故事架构都已经安置得差不多,就可以视故事内容与角色的需要,去思考放置什么样的台词、道具或内容最恰当,并安排在哪些场景出现。如果一开始就设计,往往会过于刻意。

第三节　节奏的把握

何谓节奏?概括来说,就是精心布置"起、承、转、合"的时间点(情节点)。这将会成为大家最先也是最容易掌握的一个步骤,也算是一个技巧。电影大师伯格曼指出:"电影主要就是节奏,他好像是连续不断地呼气吸气"[1],这种拟人化的比喻形象地说明了节奏对于影片的重要性。

---

[1] 肖振,李波.后现代文化背景下电影节奏的蒙太奇手法[J].中国民族博览,2016(12):240.

方法很简单——找一部你想要模仿的经典电影进行拉片练习，把每一个情节点用一句话记下来。譬如，《杀手不太冷》的开场情节点是"里昂出场杀人（身份介绍）；里昂初遇小女孩；小女孩全家遭灭口，里昂救下小女孩……"

你会发现，一部电影大致就是十几二十句话可以概括。而你，则可以先用十句话列出故事的关键情节点，也许总计不到三百字，但你会对故事有一个全局的想象。

在此基础上，可尝试明确每一段情节点所需要达到的戏剧需求，譬如"男女主角要在这里产生误会、在那里重归于好……"。

我们可以再来看看下面这个例子。由西班牙导演亚历克斯·皮纳执导的西班牙网剧《纸钞屋》（又名：纸房子），讲述了西班牙史上一场最完美的劫案。他们的抢劫团队共9个人，基本上都是被通缉的重要嫌犯。彼此之间不认识，也不打算认识，他们都以世界各地的城市名称为自己命名。

柏林：涉及27起抢劫案，分别有珠宝行、拍卖行、证券行。他最大的一起案件发生在巴黎的香榭丽舍大街，窃取了434颗钻石。他就像游泳池里的鲨鱼一样，和他游泳永远不能安心；而且性格阴晴不定，不好捉摸。

东京：一个女抢劫犯，爱人在一次行动中被枪击当场死亡，自己侥幸逃跑后也被警察通缉。颜好，行事作风很酷，容易陷入爱情，同时担当着整部剧的旁白。

莫斯科和儿子丹佛：莫斯科老爷子，最早在地下开采矿石，后来转地上，能熟练使用任何工业设备。他的儿子丹佛，不良少年，吸毒打架什么都干，活脱脱的耿直男孩。

锐澳：大男孩一个，精通计算机，六岁开始编程，对任何的电子设备都了如指掌。

双胞胎兄弟赫尔辛基和奥斯陆：从他们凶狠的模样和健壮的体魄就知道，他们是团队里的士兵，服从命令，听从指挥。

内罗毕：是团队中，除东京以外的另外一个女人。内罗毕有点疯，但很有趣，是一个十足的乐天派。她从13岁就开始伪造钞票，在团队中她是质量经理，负责把关钞票。

教授：除了以上人物，教授可以说是团队里最核心的人物。没有人知道他的名字，没有人知道他的来历。他是整个团队的领头者，幕后的操纵者，设局者。戴着黑框眼镜，表面看是一个很木讷很传统的男人，实际上也确实是一个很木讷很传统的男人。而且非常聪明，非常低调，没有犯罪记录，没有注册登记。他负责培训整个团队，用5个月时间，一起做一场历史上最大最厉害最特别的抢劫案。

他们抢劫的对象不是银行，不是珠宝店，而是印钞厂，因为他们不抢别人的，他们要自己制作一批无法被追踪到的钞票。

他们抢劫的目的：一、为了钱，220亿欧元；二、抢钱的同时，他们还要赢取民心，得到舆论支持，甚至成为英雄。

教授希望，当人们谈论到这场抢劫案的时候会说，"妈的，我真希望这是我出的主意"。

然后，我们再来看看这部作品的前五分钟开头部分。从这里也许你能感受到节奏的存在。

1. 日内 房车中

黑暗中，一阵骚乱，女人的叫喊声，男人的声音：不许动！

女人从睡梦中惊醒，立刻拿起放在枕边的枪，抬起头一脸警觉，指向屏幕，回过神来之后，发现是场噩梦，随即缓缓躺下。

女人（旁白）：我叫东京，但是当这个故事开始的时候，那不是我的名字。

女人旁边的电视里，播报着新闻：枪击案导致三人死亡。画面出现一名高度警惕的女性。

女人（旁白）：那是我。

电视里又出现一具倒在地上的尸体。

女人（旁白）：而他是我一生中最爱的人，我最后一次见到他时，他倒在血泊中，眼睛睁着。

女人依旧躺在床上，翻了个身，悲痛欲绝，眼泪夺眶而出。

电视上继续报道着那起抢劫案。

女人（旁白）：我们成功完成了15起完美的抢劫案。但是，把爱情和生意混在一起，永远不是什么好主意，所以，当安保人员开枪时，我不得不转换跑道，从窃贼变成杀人犯，那就是我逃跑的时候，在某种程度上，我也死了，或者几乎是死了。

女人说完，立刻起身，收拾东西。拿上枪支、子弹，还有其他几样零碎的东西。当她拿着一个水晶球的时候，迟疑了一下，多看了几眼，也塞进了包里。转身，照了一下镜子，把帽子压得很低，戴上墨镜，开门，走出房车。

2. 日外 马路上

屋外一片荒凉，落叶满地。女人抄着手，低着头,在马路上快速走着。

女人(旁白):我已经躲了11天了,西班牙的每个警区都有我的照片,我会坐牢30年,可是说实话,在牢房里变老不适合我。

类似贫民窟的街道上,铁丝网林立,一只红气球从墙的另外一边飞起,慢慢飘远。女人抬头看了一眼飘远的红气球。

女人(旁白):我宁愿逃亡,在身体和心灵上,如果我不能带走我的身体,至少我的心灵可以逃离。

女人(旁白):我快没时间了,但还有一些重要的事情要做……其实是一件。

3. 日外 电话亭

电话铃声响起。

女人站在电话亭里,拨着电话。

4. 日内 女人母亲家

女人母亲的家里,电话铃响起,妈妈接起电话。

妈妈:喂?是谁?

5. 日外 电话亭

女人:妈妈,是我。

6. 日内 女人母亲家

妈妈:发生什么事了?

7. 日外 电话亭

女人:你看过新闻吧?关于我的所有事情。

8. 日内 女人母亲家

妈妈:我当然看过了。

9. 日外 电话亭

女人:你知道吗?我打算去旅行,也许我会在一艘中国船上找份工作,当个厨师,你以前不是说我连鸡蛋都不会煎吗?

10. 日内 女人母亲家

妈妈苦笑着。

11. 日外 电话亭

女人:这样我才能学会,你觉得怎么样?

12. 日内 女人母亲家

妈妈:我不知道,宝贝,如果他们只吃中国菜怎么办?

13. 日外 电话亭

女人苦笑。

14. 日内 女人母亲家

妈妈:这次旅行是否也就意味着……我再也见不到你了?

15. 日外 电话亭

女人(含泪):别傻了,你当然会的,我给你买张船票,让你来看我。

16. 日内 女人母亲家

妈妈:你要去哪里?墓地?

17. 日外 电话亭

女人(停顿了一会):妈妈,你现在一个人吗?

18. 日内 女人母亲家

妈妈回头看看,一对警察在妈妈房间里,全副武装,有的带着窃听设备,正在窃听。

19. 日外 电话亭

女人(重复):妈妈,你是一个人吗?

20. 日内 女人母亲家

妈妈:是的。

21. 日外 电话亭

女人:那么去街上,朝杂货店走过去,我会找到你的。

22. 日外 马路上

女人挂上电话,转身离开。一辆车缓缓跟了上来。女人在前面走着,有所察觉。

女人(旁白):那天,就是我本来要被杀害的那天,我的守护天使出现了。你永远不知道守护天使长什么样子,但你从没想过,他会开着一辆西雅特伊维萨出现。

车在路边跟着女人,车窗摇下。一个戴着眼镜的男人侧过身,跟女人搭讪。

男人:对不起,你现在有时间吗?

女人(看了一眼):没有。

男人(继续跟着):在中国船上当厨师还是有好处的。

女人停住脚步。

男人:你不用洗碗。

女人(旁白):有一会儿,我想过那些中国人,还有,我多么讨厌别人吐痰。

23. 日外 汽车内

女人低头趴在车门外,突然开门,拿枪指着男人的下体。

女人:你是谁?警察?你是要找死。

男人(高举双手):特遣部队正在等着你,他们跟踪你六天了。

女人:我为什么要相信你?

女人（旁白）：我就是这样认识教授的，用枪指着他的蛋蛋。

男人（指着储物盒的位置）：我可以吗？

女人（旁白）：人际关系的好处是，我们最终会忘记，这些关系是怎么开始的。

男人（继续指着储物盒的位置）：我……可以吗？

女人看了一眼，表示默许。

男人伸手拿出相机，给女人展示自己拍到的几个警察在女人母亲家门前的画面。

男人：他们已经在你妈妈的家里。

男人又展示了几张在她妈妈家周围埋伏的狙击手的照片。

女人几近崩溃。

男人：所以，我才来帮你，我有个生意计划，一起抢劫，这次抢劫很……独特。我在找的人都是没有什么可以失去的人。

男人看女人稍微有所缓和，接着说：那么，你觉得24亿欧元怎么样？

女人的嘴角稍稍有一丝变化。

24．日外 马路上

男人载着女人径直往前开去。

女人（旁白）：从来没有人干过这么厉害的抢劫，连纽约、伦敦或者蒙特卡罗都没有发生过……所以，如果我的照片再次在新闻上出现，至少这将是有史以来最惊天动地的抢劫案。

25．日外 乡间小路上

教授带着女人和一群形态各异的人，踌躇满志地走在荒无人烟的乡间道路上（动感的音乐中，慢动作）。

《电影艺术词典》将内部节奏定义为："由情节发展的内在矛盾冲突或人物的内心情绪起伏而产生的节奏。在电影中，内部节奏通常以演员的表演为基础。"[1] "内部节奏是由情节发展的矛盾冲突和主体情态变化而产生的节奏，它主要通过前期的编剧、分镜头脚本的制作及演员的表演来创造。内部节奏是一种叙事结构，它的目的在于让观众在理解剧情的时候获得更多的美感。"[2] 内部节奏对于一部影视作品来讲至关重要，它直接关系到剧情的发展和人物关系的营造，以及人物

[1] 许南明.电影艺术词典[M].北京：中国电影出版社，1986：197.
[2] 郎滨.论电影节奏的创造[J].咸阳师范学院学报，2020，35(05)：117.

性格的刻画。就像前面这部剧中，前几分钟的铺垫一样，女主人公东京的性格特征从她的旁白和整个画面的节奏中显现无遗。

从画面来看，整个过程紧张明快，不拖泥带水，每个画面的时长不超过一分钟，在节奏的把握上，第一时间抓住了观众的心。再加上女主人公快语速的旁白讲述，一下子就把剧作的悬疑风格拉满，吊起了观众的胃口。女主人公的旁白在起到介绍剧情作用的同时，也起到了控制节奏的作用。另外，一些特殊镜头的使用，比如剧作一开始顶拍的面部特写，以及红气球的升空、满地枯叶的随风飘散等符号性画面的渲染，也使得整部作品的节奏感十足。

第四节 情节推进器

悬念在影视作品中占有很重要的地位。悬念的种类很多，有贯穿全剧的总悬念，也有贯穿局部的分支悬念，那么电影《致命魔术》《一级恐惧》比《惊天魔盗团》厉害在哪里？为什么得知结局不会毁掉一部电影，推荐一部好电影给别人之前，应先剧透给他，这些问题的答案将在下文阐述。

在电影《惊天魔盗团》中，迪伦·罗德斯是一个FBI探员，尝试追踪"四骑士"，但结局很震惊，原来他就是"骑士"。虽然电影的其余部分十分有趣，但这个剧情反转起到的作用不大。

相比之下，电影《史酷比》实际上坚持了好的剧情反转的重要原则：最终的结局总是和每个事件开头的既定逻辑相一致。我们在开头就得到了足够的信息，所以当反转的时候，就让人很满足，因为你总是隐约地能感觉到幕后黑手是谁。

电影《惊天魔盗团》的反转没有这个元素，它与既定的逻辑不怎么一致。一个角色从笨拙的FBI探员到狡猾的天才，意味着我们没有看到剧情反转。这也是为什么电影不是很让人满意，因为它太依赖于人的震惊感。

我们再来看看电影《致命魔术》，电影的前二十分钟，就确切地告诉我们足够多的信息去预测这个结局的反转。但是克里斯托弗·诺兰也遗漏了很多信息，让这个结局既让人十分震惊，又与既定逻辑一致。

所以说，最好的剧情反转是一个在不破坏既定逻辑基础上可以创造最大的惊喜的反转。《惊天魔盗团》的反转带来的震惊价值和《史酷比》中可预测的有逻辑的反转达到了完美平衡。

如何完成让人吃惊又很享受剧情的反转呢？在电影《一级恐惧》中，反转虽然很类似但是有一个关键性的不同。

在这部电影里，一个担任圣坛侍从的男孩被指控谋杀大主教。他因精神失常而判无罪，律师帮他摆脱了罪名，因为这个男孩被确诊为多重人格紊乱，在这个男孩搬入精神病院之前，这个电影以一个场景做结尾，揭示了他一直是装的，是为了缩短刑期，这看起来十分让人震惊，结局也十分精密地贯穿在故事的逻辑中。在整部电影中我们不确定他是哪一个人格，也不清楚他什么时候会去转变他的人格。我们一直有这样一种感觉，他不是他所说的人。但是这还是让我们在最后的时候极为震惊，因为我们始终伴随在他身边，随他一起欺骗剧中的所有人（包括我们自己）。虽然在故事的结尾，转变成了一个对立者，我们得到了线索和信息，但是震惊仍然存在。这就是区分好的剧情反转和坏的剧情反转的地方。

希区柯克说过："为了悬念，你要给观众足够多的信息，并且把剩下的保留，以供他们想象。信息要足够合理铺垫，又不能让他们提前猜到"，检验好的剧情反转是看它是不是具有可重复观看性。

因为一旦你知道了反转的结尾（如果这个反转是好的），那当你回头再看一遍，去找反转的线索的时候，还是会有足够多的乐趣。我认为这也解释了研究结果：为什么被剧透了却让它更有享受价值。

结局的悬念让过程显得更加刺激。这也大概是为什么许多的故事开头就已写好，与结局的反转一样重要的是你走向结局的过程。所以即使你知道了结局，也尽管放心去看吧，没准你会更喜欢呢。

每个故事都被分成几个部分：弧线、幕、场景还有节拍。在故事的所有结构元素中，节拍的占比是最小的。

但是，剧本中的故事节拍是什么？故事节拍和表示动作或对白停顿的节拍有什么区别？

接下来将通过《社交网络》《婚姻故事》《虎胆龙威》中的一些例子来回答这些问题。

编剧使用故事节拍来构建故事结构。想想看，一个人是如何在空白的纸上填满想象世界的蓝图的呢？

有些编剧有幸能够轻松地将他们的故事呈现到页面上并拍摄成影片，但这样的编剧基本上占少数。所以大多数编剧还是需要根据剧本写作的技巧和套路来进行写作。

练习作业：
练习A：在你心目中最重要的情节推进器是什么？用一个故事来说明它的特殊性和重要性。
练习B：写出一件在你的生活中，曾遇到过最不可思议的事情。

一、故事节拍

故事节拍是叙事的一种结构元素，用来标志有意的调性转变。编剧们用故事节拍来组织他们的叙述，并控制人物的情感弧线。

在剧本创作中，故事节拍有时会被写进剧本中。虽然现在在实践中不太常见，但许多编剧过去常常在剧本中写"节拍"或"节奏"，以传达调性的转变，并把故事推进一个新的阶段。

你可能也会在剧本中看到"节拍"，它被用来作为一个停顿，放在动作之前，或者在一段对白之前。

下面以《社交网络》的开场为例：

在这个开场的场景中，索金植入了三个节拍。每一拍都标志着马克和艾丽卡之间的调性变化。但是节拍在剧本中是什么意思呢？很少有编剧还在他们的剧本中做标记，在对白中做标记的就更少了。节拍通常出现在剧本的动作或描述中，用大写表示节拍。这既可以表示一个故事节拍，也可以表示动作中的一个简单停顿。知道什么时候在哪里放节拍是剧本编排的一部分。

故事节拍帮助编剧追踪故事的情节结构。通过一个简单的关键字搜索，你可以跟踪整个弧线，所有主要的调性变化标记为"节拍"。

"节拍"在剧本里是什么意思？

"一拍"这个词经常和"一刻"互换使用。剧本中的这种节拍对故事和情节的意义更小，对表演的意义更大。

这里有一个剧本格式的节拍的例子——诺亚·鲍姆巴赫的《婚姻故事》剧本的特点是使用"节拍"而不是"时刻"。

这种对故事节拍的特殊运用是编剧的专利。创造性的散文写作从不包括边注，所以你不会在一本书中看到"节拍"。

二、故事的叙事节奏

除了前面的例子,故事节拍也被用作叙述的结构组成部分。

布莱克·斯奈德的《救猫咪!》将英雄的旅程分为15个不同的节拍。每一个节拍都是为了让故事以一种新的、有意义的方式向前发展。

"救猫咪"结构最重要的一方面是它给了主人公一些目标,也给了我们关心他们旅程的理由。听起来很简单,但写有趣的情节却很难实现。

接下来快速看一看《虎胆龙威》的剧本,看看编剧杰布·斯图尔特是如何制作一部扣人心弦的,并且是有史以来最好的动作电影之一,整部电影与《救猫咪!》节奏非常契合:

在《虎胆龙威》中,约翰·麦卡伦不得不拯救已经与他分居的妻子霍莉。观众同情他,因为他表现出的英雄主义行为,以及他是一个有缺陷的角色。

约翰的旅程发生了超过15个情感节拍,创造了一个坚定的、非常令人满意的结局。

好莱坞电影其实很简单。虽然写一部成功的好莱坞电影肯定不容易,但主流好莱坞电影的故事都是建立在三个基本要素之上的,那就是角色、欲望和冲突。

所有电影的故事都描绘了一个英雄角色,当角色追求一个引人注目的目标时,他们都会面临看似不可逾越的障碍。无论是《沉默的羔羊》中史达琳阻止杀人狂野牛比尔,还是《拯救大兵瑞恩》中的米勒上尉,这些主人公在追求一些显而易见的目标时都面临着压倒性的冲突。

不论是写浪漫喜剧、悬疑惊悚片、历史剧还是大成本科幻片,所有成功的好莱坞电影都遵循同样的基本结构,所以一部九十分钟的喜剧在25%的时间点所发生的事情和一部三小时的史诗在25%的时间点所发生的事情是一样的。

三、电影情节结构

这些百分比既适用于电影的时间,也适用于剧本的页数。因为剧本的一页大约相当于屏幕上的一分钟,所以120页剧本的25%这个点将出现在第30页,也就是两个小时的电影开始后的大约第30分钟。

第一阶段:定位。

《永不妥协》中的艾琳·布罗克维奇:一位破产、失业的单身母亲,她找不到工作,被车撞了,还输掉了官司。

《角斗士》中的马克西·蒙斯:罗马最强大、最受欢迎的将军,带领他的军队在最后一场战斗中取得胜利。

剧本开头的10%必须要做到吸引读者和观众,故事的初始定位一定要揭示主人公的日常生活,必须通过主人公的富有同情心、受到了威胁、讨人喜欢或拥有强大的力量等因素来让观众与主人公建立认同感。

《荒岛余生》描述了一个联邦快递高管的世界,故事展示了角色的讨人喜欢和很强的工作能力,他必须在圣诞节顶着危险坐飞机离开他心爱的女人,这让观众对他产生了同情和担忧。

同样,《包芬格计划》幽默地揭示了一个心地善良却不幸的导演为推动一部电影的上映而忙碌的悲哀存在,或者《猎杀U-571》中二战时期危险的潜艇世界,抑或劳埃尔·伯格曼在《惊爆内幕》中一开始对神秘又充满威胁的事情进行调查。这些设定把观众从自己的存在中拉出来,进入了编剧创造的世界。

转折点1:机会,剧本位置(10%)。

《永不妥协》中艾琳恳求埃德·马斯里给她一份工作。

《角斗士》中马克西·蒙斯得到了老国王马库斯·奥里利乌斯的奖赏,并想返回家园。

到了剧本的10%时,故事中的角色一定要得到一个机会,这将创造出一个新的欲望,并将开启他们的旅程。例如《黑客帝国》中尼奥被带去见到了墨菲斯并开始寻找"母体",或者《落跑新娘》中艾克被解雇后想要去见那位逃跑的新娘。

注意!由机会产生的欲望并不是定义故事概念的特定目标,也不是角色在电影结尾必须跨越的终点线,某种程度上来说是故事的进度点。

第二阶段:新形势。

《永不妥协》中艾琳开始为埃德的律师事务所工作,遇到了她的邻居乔治,开始调查当地社区的一个案子,涉及重大环境污染,但是被解雇了。

《角斗士》中马克西·蒙斯被垂死的老国王要求接管罗马并把它还给人民,尽管老国王的儿子康莫迪乌斯野心勃勃。

在接下来的15%的故事中,角色会对这个机会带来的新情况做出反应。在这一阶段,角色适应了新的环境,试图弄清楚到底发生了什么,或者为实现他的总体目标制订了一个具体的计划。在《大话王》中弗莱切必须要弄明白为什么他被诅咒只能说真话;《窈窕奶爸》中道特菲尔太太设计了一个看望孩子的计划。

故事结构往往遵循"地理位置",因为机会会把英雄带到一个新的位置。《泰坦尼克号》与《天才瑞普利》中主角登上游轮;《雨人》中查理去辛辛那提埋葬他的父亲;

《空军一号》中总统一家及政要乘坐空军一号返回美国。

在大多数电影中，角色心甘情愿地进入新环境，常常还会带着兴奋和期待，或者角色相信面临的新问题可以很容易地解决，但是当冲突开始形成时，他们开始意识到面临的障碍比想象中的要大得多。

转折点2：计划改变，剧本位置（25%）。

《永不妥协》中艾琳被重新雇佣来帮助打赢一场与太平洋煤气电力公司的官司。

《角斗士》中，马克西·蒙斯在得知康莫迪乌斯谋杀了老国王后，发誓要阻止其当上新皇帝，实现老国王遗留的愿望。

在写到剧本的四分之一时，故事中的角色身上一定发生了一些事情，这些事情会把角色最初的愿望变成一个明确的目标和清晰的终点。

在这个场景中，故事概念被定义，故事中角色的外在动机被揭示出来，其中外在动机指的是观众希望故事中的角色在电影结束时能够达到终点。正是如此，《上班女郎》中黛丝发现上司凯瑟琳将自己想出的企划据为己有之后决定假扮上司，夺回属于自己的成就。这是观众想看到的，并且他们知道当黛丝完成了这个目标（或者失败了），电影也就结束了。

这些可以说是写剧本时能掌握的最重要的结构原则了。如果角色的目标在剧本中定义得太早，故事将会在高潮之前就变得无趣了。如果到了剧本中的一半还没有明确外在动机，读者就会失去兴趣，转向另一个剧本。

还有一点就是在写剧本时要避免故事情节和角色所经历的内心之旅之间的混淆。

改变计划这个原则听起来很简单，但是很难在写作中体现出来。好莱坞电影是建立在人物追求明确目标或结果的基础上。因为观众情感上的反应大多来自主人公的渴望、创伤、恐惧、勇气和成长，所以在创作故事时往往更加关注这些因素。但是，只有当这些不可见的成分从一个简单的、可见的欲望中产生时才能有效地显现出来。

在极少数情况下，比如《我最好朋友的婚礼》和《美国总统》中的外在动机——朱莉安大闹迈克的婚礼和颁布一项犯罪控制法案，可以在剧本10%的部分宣布，但是完成目标的计划不会被定义，也不会采取任何行动，直到剧本的四分之一时。正是在那一刻，故事中的角色开始经历一些事情了。

第三阶段：发展。

《永不妥协》中艾琳收集证据，让欣克利角的居民雇佣埃德代表他们，并与乔治有了浪漫的关系。

《角斗士》中马克西·蒙斯被追杀，逃跑时发现他的家人有的被谋杀，有的被卖到了普罗西莫，这使他成为一个强大的角斗士。

在接下来25%的故事中，角色的计划似乎在接近他的目标。例如《碟中谍2》中伊森开始接近故事中的反派或者在《我为玛丽狂》中帕特爱上了他的梦中情人。

但是这并不是说这个阶段没有冲突，而是无论故事中的角色面临什么障碍，他们都能够在接近目标的时候避免或克服。

转折点3：没有回报，剧本位置（50%）。

《永不妥协》中艾琳和埃德提起诉讼，冒着被解雇的风险，摧毁任何和解的希望。

《角斗士》中马克西·蒙斯到达罗马，决心以角斗士的身份赢得人心，这样他就可以摧毁康莫迪乌斯。

到了剧本的中间部分时，故事中的角色必须完全忠于自己的目标。因此，《末路狂花》中赛尔玛和路易丝抢劫了杂货店，《楚门的世界》中楚门跨过了那座桥。这些角色冒着比以往任何一部电影都要大得多的风险，把自己暴露在更大的危险之中。

由于通过了这一点并没有什么回报，所以故事中的角色必须面对之后发生的事。

第四阶段：连锁反应和高风险。

《永不妥协》中艾琳越来越少见到乔治和她的孩子，埃德把艾琳带进了一家大公司，并试图让艾琳疏远欣克利角的原告。

《角斗士》中马克西·蒙斯在竞技场赢得了更大的战斗，成为罗马人民的英雄，并向康莫迪乌斯揭示了他的真实身份。

在接下来的25%的故事中，障碍将会变得更大，更频繁，实现可见的目标也会变得更加困难，如果故事中的英雄失败了，那么他们将会失去更多。在《糖衣陷阱》中米奇开始收集对公司不利的证据后，必须向暴徒和联邦调查局隐瞒他所做的事情（表现其中的复杂性），而失败将导致入狱或死亡（表现其中更高的风险）。

冲突还在继续，直到成功似乎就在角色的掌控之中，然后角色就要开始受苦了。

转折点4：主要挫折，剧本位置（75%）。

《永不妥协》中大多数原告都因为新律师的拙劣而退席，乔治也离开了艾琳。

《角斗士》中马克西·蒙斯声称自己只是一个没有权力的角斗士，拒绝见元老院领袖格拉古斯，而康莫迪乌斯则密谋摧毁马克西·蒙斯和元老院。

在剧本的第90页左右，故事中角色身上一定发生了什么事,让观众觉得一切都完了。例如《黑客帝国》中墨菲斯被抓,《尽善尽美》中卡罗尔甩了梅尔文,《西雅图未眠》中安妮·里德宣布:"西雅图夜未眠已成历史。"

如果你正在写一部浪漫喜剧,比如《上班女郎》或者《偷听女人心》,现在就该描写故事中角色欺骗被揭穿,恋人分手。

第五阶段:最后冲刺。

《永不妥协》中艾琳必须召集欣克利角核电站的家属同意进行有约束力的仲裁,并找到太平洋煤气电力公司办公室中有罪的证据。

《角斗士》中马克西·蒙斯密谋逃离普罗西莫,带领他的前军队对抗康莫迪乌斯,并将罗马的权力交给元老院。

遍体鳞伤的角色必须冒着他所承受的一切风险,拿出每一份力量和勇气,去实现最终的目标。《末路狂花》中赛尔玛和路易丝必须躲过联邦调查局才能到达边境;《惊爆十三天》中肯尼迪家族必须与苏联进行最后一次谈判。

剧本到了这个阶段,冲突是压倒性的,节奏开始加快,一切都必须与故事中的英雄背道而驰,直到他到达终点。

转折点5:高潮,剧本位置(90%-99%)。

《永不妥协》中艾琳和埃德赢得了3.3亿美元的和解金,乔治也得到了回报。

《角斗士》中马克西·蒙斯在竞技场与康莫迪乌斯进行最后一场战斗。

在影片的高潮部分一定要发生这几件事:角色必须面对整个故事中最大的障碍;必须决定自己的命运;外在的动机必须一劳永逸地解决。《黑衣人》中奋起反抗巨大的外星人;《辛德勒的名单》中犹太工厂的工人们逃跑了。

注意! 高潮可以发生在剧本的任何部分,从剧本的90%到电影的最后几分钟。确切的位置将由需要的时间来决定……

第六阶段:结果。

《永不妥协》中艾琳得到了200万美元的奖金,并继续与埃德合作。

《角斗士》中马克西·蒙斯死后与家人团聚,他的遗体被新的国王带走以示敬意。

没有哪部电影是以角色明确的目标而结束的,必须让观众体验到激动、悲伤或浪漫的高潮所引发的情感。很可能还需要向观众解释那些悬而未决的问题,以及揭示英雄在完成旅程后的新生活。

在《洛奇》、《末路狂花》和《楚门的世界》等电影中,几乎没有什么可以解释的,作者的目的就是让观众感到震惊或兴奋,所以高潮发生在电影的最后,但在大多数浪漫喜剧、悬疑片和剧情片中,结局会在剧本的最后5到10页。

这些阶段和转折点为编写剧本提供了一个很好的模板。

故事概念是在四分之一处定义的吗?

角色的目标是否真实可见,有一个明确的暗示,而不仅仅是内心对成功、接受或自我价值的渴望?

在第10页左右给主人公一个机会之前,是否充分介绍了故事中的角色?

角色在剧本中有75%的时间遭遇了重大挫折吗?

最后需要提醒的是:不要让这些百分比阻碍了剧本的创造力。结构是一个有效的工具,能够加强故事的情感影响,但是不要被它束缚。想出喜欢的角色和一个能点燃激情的故事,然后运用这些结构原则,以确保剧本可以触及尽可能广泛的观众。

第五节　英雄之旅

这是我们见过多次的故事:一个不太可能的英雄踏上了一个被推到他们身上的旅程。一路上,英雄结交了一些盟友,也制造了一些敌人,甚至还有可能坠入爱河,他们变得比在旅程开始时更加聪明和强大。

这种结构在文学界被称为"英雄之旅"。

以下是6部关于"英雄之旅"的标志性电影:《哈利·波特与魔法石》(2001)、《星球大战》(1977)、《黑客帝国》(1999)、《蜘蛛侠》(2002)、《狮子王》(1994)和《指环王》三部曲(2001-2003)。

一、英雄之旅

"英雄之旅"最初是由约瑟夫·坎贝尔在他的著作《千面英雄》一书中提出的。在坎贝尔的英雄之旅中,英雄踏上了一段由17个阶段组成的循环旅程,这本书确定了神话作品的一般叙事模式。此后,好莱坞导演克里斯托弗·沃格勒将"英雄之旅"改为12个阶段。以下是沃格勒的"英雄之旅"叙事结构。

1. 平凡世界

英雄在他们的平凡世界中长大,"平凡世界"与英雄接受任务后进入的"特殊世界"形成鲜明对比。在《蜘蛛侠》中，彼得·帕克只是一个平凡的高中生，这与他后来成为强大的罪犯终结者形成了对比。

2. 冒险之旅

故事的导火索发生了，英雄接受任务去寻找解决问题的答案。

3. 拒绝召唤

英雄犹豫着是否要接受"冒险之旅"的召唤，一方面可能是因为他们觉得自己没有能力去追求冒险，另一方面他们又不想离开自己熟悉的生活。在《指环王》三部曲中，弗罗多不愿意离开他在夏尔舒适熟悉的生活，也不愿去面对旅途中未知的危险。

4. 遇见导师

英雄遇到了一个聪明年长的人，这个人是英雄的导师，他帮助英雄获得冒险之旅所需的知识与武器。然而，导师也只能陪伴英雄走到这一步。在《黑客帝国》中，尼奥遇到了墨菲斯，墨菲斯让他选择吃下红色药丸或者蓝色药丸。

5. 越过第一个门槛

英雄全身心地投入冒险之旅中，融入了这个特殊的世界，从这一点上看，英雄已经没有了回头路。在《蜘蛛侠》中，彼得·帕克在抓住杀死他叔叔的小偷时，他意识到他必须利用自己的力量来制止犯罪，这是他越过的第一个门槛。

6. 考验：是盟友还是敌人

英雄开始探索这个特殊的世界，面对考验，他结交了朋友，也制造了敌人。在《哈利·波特与魔法石》中，哈利开始适应魔法世界的生活，他与罗恩、赫敏成为朋友，与马尔福成为敌人。

7. 接近最深处的洞穴

英雄越来越接近故事的核心，通常，这个"最深处的洞穴"是藏有任务目标或长生不老药的地方。在《星球大战》中，进入最深处的洞穴的方式是，卢克和他的同伴必须潜入飞船去救公主。

8. 严峻的考验

英雄被推到了死亡的边缘，面临着迄今为止最大的挑战。通过这场斗争，主人公经历了一个死亡与重生的过程。在《狮子王》中，辛巴的磨难是他必须面对他对父亲的死亡所产生的内疚，并夺回被刀疤抢走的权力。

9. 回报

英雄从死亡之旅中幸存，并找回了他们原本追逐的目标。通常在这个时候，主人公收获了一份爱情，并与他们的敌人达成了和解。在《哈利·波特与魔法石》中，哈利通过了魔法石的考验，发现魔法石出现在他的口袋里。

10. 回归之路

英雄或是回到平凡世界，或是继续前进到最终的目的地，但他们的考验还没有结束，他们还是会被黑暗势力追击。在《指环王》三部曲中，咕噜在火山边缘与弗罗多对峙，试图从他手中夺回魔戒。

11. 复活

主人公从这个经历了千难万险的特殊世界中走出来。在《狮子王》中，辛巴了解到是刀疤一手策划了穆法沙的死亡。辛巴为了夺回国王的地位，把刀疤从悬崖上扔了下来。

12. 满载而归

英雄们带回了他们所追逐的东西，在某种程度上改善了这个平凡的世界——无论是通过知识、治疗还是某种形式的保护。在《黑客帝国》中，尼奥带着对真相的了解，向黑客帝国传递了一个信息：他要拯救人类。

我们可以从英雄的旅程中学到什么呢？毫不奇怪，"英雄之旅"已经被很多编剧采用，因为它能最有效地讲述一个故事。当一个故事围绕着主人公的变化而展开时，它就会形成一个坚实的基础情节，但是只有这些还不够，故事、人物和背景还需要有显著的变化，这才能让故事变得新颖和振奋人心。否则，你的故事只会以空洞的陈词滥调和容易被遗忘的结局而告终。

二、寻找"反英雄"密码

观众会和有着崇高道德准则的英雄产生共鸣，这很容易理解，但同时他们还会对影片中的反派产生浓厚兴趣，这是为什么呢？

在今天以及历史上的电影中，曾有很多黑暗主角的例子：迈克尔·考利昂、特拉维斯·比克莱、丹尼尔·普莱恩维尤……出于某些原因，许多观众对这些角色从谴责到质疑，最后可能会被吸引。例如电影《蝙蝠侠：黑暗骑士》中小丑的扮演者希斯·莱杰。

下面将为大家破解这些神秘的"反英雄"密码。

1. "反英雄"的魅力

在社会吸引力、智力、成功、幸福、说服力和潜力等方面,漂亮的人会比不漂亮的人得到更高的评价。

由此可见,"好品质"并不是虏获观众同情心的必备因素,相反,身体吸引力、力量和幽默才是同情心的支柱。比如电影《沉默的羔羊》中汉尼拔的扮演者安东尼·霍普金斯。

2. 与角色接触的时间

并不是所有的反英雄在上面的模式中得分都这么高,这表明魅力不足以完全吸引观众支持黑暗的一面,因为其中缺失了一个要素:时间。

回想自己身边的好友,会发现自己知道他们的观点、行为习惯、偏好、能力、不安全感和怪癖等,这说明和某人在一起的时间越多,越了解他们,就会越喜欢他们,这种心理现象被称为"曝光效应"。

在故事片中,观众会由于角色的吸引观看几个小时,这种行为会为角色赢得观众的支持,同时也为观众提供了一个背景去理解为什么反英雄要这样做。

3. 电影的技术

作为电影制作人,要学会最大限度地利用电影技术的曝光效果:一个特写镜头能够邀请观众进入一个角色的内心世界。例如《纸牌屋》中弗兰克·安德伍德总是直视镜头讲话。一个视角镜头迫使观众认同角色的视角,通过这种方式导演可以将观众的情感操纵到他想要的效果,让观众被角色的魅力所折服。

4. 富有同情心≠讨人喜欢

有同情心并不一定意味着有好感。观众不必"喜欢"一个反英雄,而是要"同情"他。

对于导演来说,即使只是短暂的一瞬,也要让角色处于权力劣势,这样观众才会认同他的观点。人性中最基本的一点是无法抗拒弱者,换句话说,就是在一个脆弱的位置展现角色的性格。比如电影《魔鬼代言人》中米尔顿的扮演者阿尔·帕西诺就是这样一个例子。因此,要尝试塑造一个有魅力的反英雄角色:

首先,他必须是一个有吸引力、力量和幽默感的人,把他们置于权力的劣势,迫使他们处于脆弱的地位。

其次,通过让观众花时间感受角色的困境或难处,观众会在角色积极走出困境的过程中去理解并欣赏角色的观点。

最后,还需要运用一些特别的摄影技巧来巩固角色和观众之间的情感联系。

练习作业:

练习A:塑造一个你认为最有性格的人物,要求个性鲜明、让人印象深刻。

练习B:请从原型分析的角度分析一个你最喜欢的一部电影中的主要角色。

所谓结构,似乎像舞蹈艺术家或剑术高手摆出的静止姿势。架式这种东西,若内容好,形式就漂亮。近代剧是在结构匀称美的基础上构筑而成的。即便到了现代剧,对于如何组合结构仍然是雕心镂骨、煞费苦心。在传统技艺的"能"的世界里流传着"序破急",这在戏剧创作中被称作"起承转合",在近代剧编剧法中被分成开始、展开、冲突、高潮、结尾。然而,无论分成三段、四段还是五段,都是实际进行创作的人们在实际经验和成果中掌握、消减或巩固的。莎士比亚永远保持戏剧创作的新鲜,其原因也是在于其剧本是在由实地挖掘出来的戏剧创作经验的基础上完成的。

——新藤兼人

CHAPTER 8

第八章

结构的搭建

曾有一位导演在其手记中这样写道："要注意结局已经写在开头，在优秀剧本中，结局都是必然蕴藏在开头中的，并且与故事中间一脉相承。"下面通过剖析《金刚狼3：殊死一战》和《人类之子》的开头，来解释故事结尾处主角的转变是如何在开头就埋下伏笔的。

从表面上看，《金刚狼3：殊死一战》和《人类之子》似乎并不相似，但从更深层的故事层面，这两部电影关联性很大。两部电影都是奥德赛式的漂流，刻画出一个英雄，不情愿地被卷入一场冒险，结局令人震撼。

第一节　情节的先后

如何创造强劲有力的角色性格弧线呢？如何将主角引到救赎之路上呢？

一、真理与谎言

在《创造角色的性格弧线》中，韦兰德写道：角色相信的那个谎言就是角色性格弧线的根基。这就是主角内心世界里的问题所在。

所以如果想让故事高潮迭起，在故事开始时必须设立一个主角自己内心坚信的谎言。

而对于观众来说，这个谎言又必须能让他们产生共情，去理解为什么主角要相信这样的谎言，为什么抛弃谎言会这么难。

二、诱发事件摧毁谎言

《故事的解剖》中写道：好的诱发事件会让你的主人公觉得他在故事开头克服了他面对的危机，事实上，因为这个诱发事件，主人公刚好陷入了人生中最大的麻烦。

诱发事件通常包括三个部分。

1. 意外的机遇

《人类之子》和《金刚狼3：殊死一战》中的主角都受命跨越很长一段距离完成一项艰巨的任务。

2. 主角抗拒

两名主角都觉得这违背了自己深信的谎言，所以都拒绝了。

3. 不情愿的妥协

两人都因为丰厚的酬金接受了。

三、开始相信真理

从这里开始，主角内心世界中坚信的谎言不复存在了。

在《创造角色的性格弧线》一书中，韦兰德写道：在这里铺垫结束了，故事真正开始了，这时角色因为没有别的抉择，他只能走出正常世界的舒适区，挑战他认定的谎言，接受真理。

比如在《金刚狼3：殊死一战》结尾，罗根费尽心力帮助新一代变种人，并接受了亲情。

《金刚狼3：殊死一战》和《人类之子》都是值得学习的优秀电影，因为主角的内在改变体现在了他们由坚信谎言到打破谎言的过程中，在此过程中主角努力躲避的真理正在他们的心中酝酿，直到在故事第二章节，他们进入和以前截然不同的新世界。

这就是由相信谎言到相信真理的过程，电影的结局就蕴藏在电影的开头。

第二节　剧作的结构

传统的电影学理论将电影结构作为剧本的要素之一，诸多国内外电影家的言论证实了这点。例如梭罗门在《电影的观念》中阐述了他对电影结构与剧情的看法，他认为没有电影情节就没有结构，没有结构则电影剧本就不完整。同样，我国早期的电影学者侯曜在其《影戏剧本作法》中直接以"剧情的结构"为章节题目。然而，电影结构与情节结构并不是等同的。完整的电影结构不仅需要情节结构的完整性，还需要造型的完整性。

剧作结构是一个复杂的结构系统，包括意念结构、时空结构、情节结构、人物关系结构以及场景结构。意念结构是指影片通过不同层次和方面表达不仅限于单个抽象主题，能表现出更广泛、更深入内涵的一种结构。例如对犯罪行为的控诉是影片《无处为家》的主题，但是除此之外，该影片还表现出不同人之间的人生观、文化差异以及身份认同等问题，这些都是影片的意念，反映着多层次的问题。时空结构体现着影片是同因不同设置和配置而产生的复杂结构，其中蒙太奇结构就是时空结构的一种体现。以《广岛之恋》为例，该影片在描述女主角与日本建筑师恋情中间一直穿插着女主角与其初恋的故事，电影叙述内容的来回切换就是蒙太奇结构的体现，而这种蒙太奇结构也不断改变着电影的时空结构。情节结构则单纯是指事情前因后果的发展组织方式，一般是指情节的开端、发展、高潮、结局。人物关系结构是呈现影片主题的手段之一，与情节结构相辅相成。常用的人物关系结构都是二元对立的关系，例如用爱与恨、好与坏、前进与后退等方式来推进剧情发展以凸显主题。场景结构为情节顺利发展提供了一个背景空间，通常往往被忽略掉，但以《巧克力情人》为例，厨房这一地点就是该影片的场景结构。

电影剧作结构，是电影剧作的组织方式和内部构造。影片创作者根据对生活的认识，按照塑造形象、表现主题和思想内涵的需要，运用电影思维和各种艺术手段，把一系列生活材料、人物、事件等，分轻重主次，合理地加以安排和组织，通过一定的体系形成一个统一的整体，使其既符合生活规律，又适应特定的艺术要求。

从剧作时空结构处理入手，分为时空顺序式结构和时空交错式结构。时空顺序式结构，是依照事件进程的自然次序组织情节，推进剧情。其时空变换次序是遵循故事、事件发生的先后进行排列，在结构安排上强调情节的起承转合、事件的前因后果的严密逻辑顺序。

而时空交错式结构，则打破现实时空自然顺序，将不同时空的场面，按照一定艺术构思的逻辑交叉衔接组合，以此组织情节，推动剧情的发展。在时空表现上，它将现在、过去和未来，将回忆、联想和想象，将梦境、幻觉和现实组接在一起，形成独特的叙述格式，获得别具一格的艺术效果。这种结构方式，不仅能灵活运用倒叙、插叙扩大时空概念，表现多层次时空，而且可以表现人物思想、心理活动、下意识活动，更为重要的是，时空交错式叙事结构甚至可以悄无声息地协助导演阐述深厚人生哲理。所以无论是现实主义题材的影片还是现代主义类型的影片都常使用时空交错式剧作结构来寻求艺术表现上的突破。

第三节　万用神话结构

如果你想了解美国好莱坞电影的编剧诀窍，克里斯多夫·佛格勒这个名字，你一定要记下来。他的《作家之路：从英雄的旅程学习说一个好故事》（以下简称《作家之路》）于1992年出版之后，对电影编剧造成了革命性的影响，这实在是对故事写作有兴趣的人不能忽略的一本书。到2007年，《作家之路》出了第三版。2001年出版的教科书《当代电影编剧》里就有一节专门介绍佛格勒提出来的神话结构。

《作家之路》的特色，先是将神话学家坎贝尔的神话学改造成情节写作的规范，再把心理学大师荣格的原型概念，应用在角色塑造上，使得情节与角色的功能得以互相支持，强化故事的完整性。坎贝尔的神话学对卢卡斯《星球大战》系列的影响，已被许多读者熟悉。坎贝尔的《千面英雄》对当代电影编剧的影响，实在是不容小觑。例如电影编剧大师罗伯特，在《故事》一书最后的推荐阅读中，就将《千面英雄》列在书目里；另一本编剧畅销书《电影的魔力》，作者霍华·苏伯在致谢词里提到坎贝尔的思想对他的意义（可惜的是，中译本并没有译出这部分）。

现在《作家之路》有中文翻译本，建议各位可以去买来阅读，里头有很多值得借鉴的内容与观点。但我在这里先对最核心的故事结构做简单的说明，以方便我们之后教导如何运用这个结构来写故事。

现在我们就把佛格勒在《作家之路》提到的故事十二个历程介绍给大家：

（1）平凡世界：介绍一下主角的生活状态，周围的相关人物等。这有点像飞机起飞前的起跑过程，重点是要将主角的内部与外部问题，也就是他生命中的缺陷呈现出来。

（2）历险的召唤：故事开始了，一场冒险召唤着主角加入。

（3）拒绝召唤：如果马上就接受召唤，就少了一点张力。所以通常会设计主角不愿意接受改变，这样故事的戏剧性才够强。当然，这个设计也给我们一个机会去探索主角的内心。

（4）遇上师父：师父就是指点主角，让他鼓起勇气愿意上路的人。师父有时不见得真的是师父，也可以是一个路人、小孩子、电视节目或河里力争上游的鱼儿。通常这时候师父也可能交给主角某个宝物或东西，作为之后的伏笔。

（5）跨越第一道门槛：这里有一个反向的作用力出现，你要出发，有这么容易吗？可能车子忽然无法发动，可能有人挡在路上，你得先击败他，才能真正出发。所以故事总是在两极中前进，像是太极般，正的极端是负，负的极端是正。

（6）试炼、盟友、敌人：路上主角总得碰到一些人吧！然后不打不相识，最后他们就成了朋友。从《桃太郎》到《狮子王》都是如此。

（7）进逼洞穴最深处：通常来说，这就是准备往目标前进的冒险过程，这时步调会稍缓，也是凝聚张力的过程。请留意，这时候通常会碰到"女神"或"狐狸精"，如果是电影，大概缠绵戏就发生在此。另一个称之为"向父亲赎罪"，也就是主角在这个阶段又得到一个新启发，让他可以告别过去，迎向未来。有些编剧大师认为这个阶段又可称为"恩宠的时刻"（moment of grace），就是主角克服了他内在的心理缺陷。

（8）苦难折磨：正负的节奏又来了，如果前一段做好准备，第一次与对手的争战一定要失败，如果成功，故事到这里就结束了。如果是棒球漫画，这是进入决赛的开始，那一定要被打得很惨或是失败。

（9）奖赏：第八个步骤是苦难折磨，主角一定要经历一次失败，才能彰显后面即将胜利的戏剧性，所以第二次的决战，终于才获得胜利。如果你不让主角跌一跤再爬起来，而是让他理所当然地从头赢到尾，读者或观众也会不高兴的，因为你破坏了他们的乐趣。

（10）回归之路：警匪片最喜欢这个。抓到犯人，故事还没结束，回到局里，结果长官又布置另一个任务；或是回到家里，灯一打开，马上被打昏。同样，前一个阶段是正，这里又是负的。

（11）复苏：结果发现，原来还有个大坏蛋，可能就是局长之类，这样的峰回路转在故事下半部，至少要两次，才能满足观众的期待。通常，这一步骤的设计，很依赖前半部设下的伏笔，可能是盟友、女神或父亲的遗物，在此时发挥关键作用，替主角解围。这很奇妙，如果"奖赏"是靠主角自己的实力，"复苏"通常是靠故事的巧思，而且是外来力量解救了主角，就像是王子亲吻了公主一样。

（12）带着仙丹妙药归返：结局，主角实现他的目标。如果他的价值观在结局也有所改变，从开始到结尾的价值观变化，就叫作角色弧线。结局决定了说故事的人的世界观，如果最后你要主角死亡，那即使前面打败所有坏人，这个故事也是悲剧。结局决定了故事的核心价值。好了，我们终于讲完英雄之旅的十二个步骤了，当然，这每个步骤里还有很多细节，你们可以自己去读《作家之路》这本书。

这里我们可以补充一下，这个神话结构跟形式主义大师普罗普的《故事形态学》有共通之处。普罗普的著作，一样试图寻找故事的普遍原则。他分析了一百部童话，发现所有的故事都可以包含在以下三十一个阶段内，而顺序与英雄之旅有重叠之处：

（1）一位家庭成员缺席。

（2）对主角下一道禁令。

（3）违背禁令。

（4）对手试图打探消息。

（5）对手获得受害者消息。

（6）对手试图欺骗受害者或取得财物。

（7）受害者被骗。

（8）对手对一名家庭成员造成伤害或缺少某样东西。

（9）灾难未被告知或向主角提出。

（10）主角同意反抗。

（11）主角离家。

（12）主角受到考验，因此获得魔法或帮手的协助。

（13）主角对帮手的行动做出反应。

（14）宝物落入主角手中。

（15）主角受引导去寻找对手。

（16）主角与对手对决。

（17）主角蒙受污名。

（18）对手被打败。

（19）最初的灾难与不幸被消灭。

（20）主角归来。

（21）主角遭受追捕。

（22）主角在追捕中获救。

（23）主角掩盖身份回到家乡或另一国度。

（24）假冒的主角提出无理的要求。

（25）给主角出难题。

（26）难题得到解决。

（27）主角被认出。

（28）假冒的主角或对手被揭露。

（29）主角获得新形象。

（30）坏人受到惩罚。

（31）主角结婚，登上王位。

讨论作业：

两到三人为一组，时间十五分钟。请问英雄之旅的十二个历程，可对应到普罗普三十一个阶段的哪几个？

不过，我建议你们在写故事的时候，还是以英雄之旅出发，然后把普罗普的三十一个阶段当作是参考，不然你们会陷在这些烦琐的步骤当中，毕竟这是比较复杂的体系。当然，普罗普的步骤还是传达了一些英雄之旅没提到的东西，例如第一项"家庭成员的缺席"，其实是许多故事主角的重要背景,从白雪公主、蜘蛛人、哈利·波特、张无忌到《海角七号》的阿嘉,这些主角都是父母不详或没有完整家庭的人物。

如果你们真的对普罗普体系有兴趣,可以上网用"普罗普"与"金庸"当关键字去查,会找到一篇香港岭南大学用《民间故事形态学》去分析金庸小说的哲学硕士学位论文,我觉得很值得一读。当然,这不是说金庸是用普罗普的理论去写小说,而是说,普罗普的体系对所有通俗故事都有效,所以金庸的作品既然能取悦大众,普及世界,自然也会符合这些标准。

第四节 关于结局

所谓电影结局,往往是把电影中所有的坑填好,把需要解释的因素解释清楚,将需要收尾的事件收尾,让观众心满意足地回家,不过克里斯托弗·诺兰喜欢在他的电影里运用不同的方法处理结局。

他的电影结局往往不清晰,看起来似乎尘埃落定,却突然放出新信息,让观众惊疑的同时,还将故事带向一个新方向,鼓励观众重新发掘电影的深意,让电影在放完之后,观众会继续在脑海中回想剧情,这种处理结局的方式让观众意犹未尽。看看诺兰是怎么做的。

要知道没有人会用一成本不变的方式结束影片,传统的电影叙事包含三幕,简单来说,第一幕是铺陈,第二幕是对抗,第三幕是解决。

重要事件(即所谓的情节点)往往出现在第二幕的结尾,用以改变剧情的走向,将剧情推动到下一幕,但是没有人喜欢到了第三幕的结尾还做出改变。

当诺兰的电影结尾出现时,那种随之而来的歧义性便弥漫开来。诺兰的电影往往喜欢在职员表滚动字幕很久后才结束,有时候他会只用一个简单的镜头,如他在《蝙蝠侠:黑暗骑士崛起》中设计的结局,在持续五分钟的蒙太奇里,集结了故事中的各种重要线索,在电影结束的同时放出新的信息。诺兰常常变着花样使用这个方法,避免给观众一个确定性的结局,有时候他会使用很简单的方式,甚至只需要一个镜头,但有时候他也会借此将故事带向新方向。

比如《致命魔术》看起来是给出了一个完美而明确的结局。填好了许多剧情的"坑",但是没有人会选择用这样的镜头结尾,它不是一个清晰的结尾,它逼迫我们去回看和挖掘影片。

《敦刻尔克》看起来在它最后一个镜头之前就有结局了。这里倒数第二个镜头看起来是结局,老实说,感觉它就是用来结尾的完美镜头,然后影片渐隐成黑色直到最后出现这个简短的镜头,诺兰为什么要这样做?当然除了要制造歧义性,这最后一镜,赋予了影片一种人道主义,如果结局没有使用最后一镜,那么看起来不仅很传统也会显得很冷酷。

《星际穿越》看起来有一个温和的结局,此时一个新的转折事件引入并发挥了类似第三个情节点的功能,情节也由此走向新的方向,马修·麦康纳扮演的角色,必须去找安妮·海瑟薇扮演的角色。这个新的探索过程,从根本上来说,就是三幕剧中的第四幕,因此我们看到了黑屏,不知道最后的结果。

但诺兰的电影结尾中最具挑战性和歧义性的是《蝙蝠侠:黑暗骑士》,它有效地使用了最后一镜的概念并让故事产生新走向,蝙蝠侠最后决定去承担职责。不会有人用此法增加第三个情节点,当蝙蝠侠变成韦恩时,故事逐渐被推向了新的方向,然而,这是故事结束的地方。

这很像《星际穿越》,当情节朝新的方向发展,我们看到了黑屏,但是《蝙蝠侠:黑暗骑士》中诺兰是这样让结尾镜头产生歧义的,最后一镜是如此的有力,事已至此,我们知道发生了什么,无须专门展示给我们。在他标志性的镜头来回切换间,他展示了过去、现在和未来,戈登确实背负了谎言,蝙蝠侠事实上受到了惩罚,没有人选择去用这种独特的镜头结束电影,这创造了一种未了结的感觉。

电影在我们的脑海中依然在继续,并重新按时间顺序剪辑后的结尾带来的是结束和战胜的感觉,而不像诺兰的结尾那样带有歧义性和意犹未尽。

这种处理手法显得很弱,我们并不确定现在有没有任何电影制作者,能比诺兰有着对叙事更好地把握。他有方法让我们迷上他的整部电影,将我们带入电影体验,只为了在最后一秒,带给观众直达心灵的意外一击。

这也正是为什么我们这么喜爱他的电影。因为你想要——"被骗"。

练习作业:
练习A:请选择一部你熟悉的影片,分析出它的叙事结构。
练习B:请试着用本章节中讲到的一种结构模式,讲述一个你耳熟能详的故事。

附：剧本诊断实例

某互联网平台曾经针对300个剧本做了一个调查问卷，调查创作它们的编剧在创作完毕后，将其推向市场的时候，业界的认可度和大众的喜爱程度是怎样的，从最终的调查数据中我们可以发现几个关键的数据点。

300个剧本中只有8个获得了"推荐"，这意味着只有2.67%的剧本最终被阅读。因此，在写剧本时请记住这一点，并问问自己"你的剧本是否优于其他97%的剧本"，然后努力让你的剧本比另外99%的剧本都好。

此外，在这300个作品中，女性编剧仅占10%，其中还包括男性编剧和女性编剧合作的情况。目前这一数字令人有些沮丧，希望能看到更多女性创作剧本，因为由男性主导剧本，使得300个剧本中多达三分之二的主角是男性英雄。

然而，比这些统计数据更有趣的是，在这300个剧本中发现了38个反复出现的问题，这些问题使得剧本没有获得推荐。

下面是在剧本中发现的38个反复出现的问题，按出现频率排列。

（1）69个剧本因故事开始得太晚而未通过审核。这些作品通常进行到第二幕中间的时候，人们才知道这是一个怎样的故事，但读者希望从一开始就能够参与到故事中来，他们不想在故事开始前先读完50页，那样在故事真正开始的时候就会很容易产生厌倦的心理。

（2）57个剧本因故事中的场景缺乏有意义的冲突而未能通过审核。场景来来去去，但故事情节和人物却没有因此发生改变。如果一个场景没有冲突，在这个故事的特定时刻，角色会受到怎样的挑战或改变？没有冲突，场景很可能是说明性的，这样一个故事就无法前进。

（3）由于剧本公式过于明显，53个剧本未通过审核。这是剧本公式的成功，而不是故事的成功。这种做法就好比编剧只需要在剧本公式里填词就可以了。

（4）53个剧本因故事太单薄而未通过最终审核。20页的故事分散在100多页的剧本中，故事中充满角色的情绪，但情节却很松散，没有集中的爆发点。

（5）反派脸谱化，为了邪恶而邪恶（51个剧本因此未通过）。职业杀手、连环杀手、匪徒、马屁精、阴险的反派，进行着装腔作势的对白和自命不凡的独白。然而，最好的反派是那些认为自己是自己故事中的英雄的人（比如小丑、汉斯·兰达、安东·齐格），但这些未通过的剧本中的反派往往明显是想成为反派。

（6）人物逻辑混乱（47个剧本因此未通过）。人物的前后行为缺乏逻辑上的一致性。每个角色的行为都需要一个理由：他/她为什么要这样做？

（7）对女性的描写部分不足（46个剧本因此未通过）。很多女性角色经常在第二幕结束时被杀。男主角几乎没有为她的死而哀悼，就迅速下定了决心。

（8）叙述陷入重复的模式（45个剧本因此未通过）。故事建立在了一个缓慢的节奏上，而不是逐渐增强。

（9）冲突昙花一现，甚至无关紧要（44个剧本因此未通过）。冲突来了，马上就解决了，故事继续，不受任何影响。

（10）主角是一个典型的"问题"英雄（39个剧本因此未通过）。在动作片中，他是说话强硬的坏蛋；在喜剧中，他是温顺的笨蛋；在恐怖片中，他是厌世的侦探。主角需要立即展现出人物必要的特征，如果不能的话，他/她的特点只能在剧本结束前被硬塞进去了。

（11）剧本的风格重于内容（35个剧本因此未通过）。动作电影的炫酷规则，喜剧的搞笑规则，恐怖电影的恐怖规则，只是重视这些规则，电影在内容上没有任何深度。

（12）结局完全反高潮（35个剧本因此未通过）。感觉最后10页好像被剪掉了。模棱两可的结尾是可以的，前提是它首先是一个结尾，这与影片没有结尾是两回事。

（13）剧木人物都是模式化的（34个剧本因此未通过）。没有电影人物，有的只是角色原型。

（14）剧本杂乱无章（31个剧本因此未通过）。记住，杂乱和复杂不是同义词。

（15）剧本在第三幕脱轨了（30个剧本因此未通过）。要么切换到一个完全不同的故事，要么失去所有的叙事线索。

（16）剧本中的问题没有得到解答（29个剧本因此未通过）。太多的"为什么"和"如何做"，叙事线索仍然悬而未决。

（17）剧本由一连串无关的小插曲组成（29个剧本因此未通过）。并不是一个流畅的故事，而是从一个独立的小插曲跳到另一个小插曲。

（18）情节因过于巧合而被拆穿（28个剧本因此未通过）。故事需要巧合，一切都那么巧，在对的时间、对的地点，产生冲突的巧合是伟大的，解决冲突的巧合则是在取巧。

（19）剧本的节奏混乱（28个剧本因此未通过）。即，剧本进行到最紧张的时刻被喜剧情节打断。不确定它想讲述什么样的故事,所以它讲述了很多个类型的故事。

(20)剧本过于"禁欲"(27个剧本因此未通过)。没有什么能扰乱角色和剧本。角色不会对戏剧性的时刻做出反应,或者剧本不能成功地传达情感/戏剧节奏。戏剧性的节奏平淡无奇,即使人物濒临死亡。

(21)主人公没有必要那么坚强(24个剧本因此未通过)。不是所有的任务英雄都能完成。

(22)采取行动的理由是站不住脚的(22个剧本因此未通过)。剧本中有明确的目标,但是采取行动的理由却站不住脚。

(23)人物的背景故事无关紧要(21个剧本因此未通过)。有很多关于过去的信息,但对故事情节或角色的发展轨迹影响不大。

(24)超自然因素太模糊了(21个剧本因此未通过)。超自然的规则需要非常清楚。通常,超自然的元素都遵循一个规则:任何事情都有可能发生。

(25)故事情节太过平淡(19个剧本因此未通过)。在故事中,没有任何事情发生,情节发展失去了动力。

(26)故事的结局安排了一个扭转乾坤的力量(19个剧本因此未通过)。这通常意味着角色不能解决他们自己的问题了。故事的结束仅仅是因为它需要结束。这一点电影《蝇王》运用得很好,但人们很容易把这种扭转乾坤的力量当成一种欺骗,而不是叙事技巧。

(27)人物角色彼此难以区分(19个剧本因此未通过)。他们说话一样,走路一样,行动一样,态度一样。人物名字可以互换,甚至互换后没有一行对白看起来不符合人物特点。

(28)故事仅仅是一个故事而已(17个剧本因此未通过)。故事来来去去,感觉好像什么重要的事情都没有发生过。一个重要的问题被忽视了:我们应该被什么样的故事内容所吸引。

(29)对白低俗、冗长,还夹杂些陈词滥调(16个剧本因此未通过)。这些剧本中充满狡猾的史泰龙式的俏皮话或黑帮电影中的辛辣情节。

(30)剧本是粗制滥造的(15个剧本因此未通过)。没什么不好的,但也没什么特别的。

(31)剧本中讲述了戏剧冲突,但没有淋漓尽致地展现出来(14个剧本因此未通过)。两个角色谈论第三个角色做的事情很无聊。这也产生了一个蹩脚的捷径:让一个角色看起来像坏蛋,让其他角色叫他坏蛋。

(32)宏大的环境没有被充分利用(13个剧本因此未通过)。如果你把你的故事设定在纳米技术大灾难时期,或者是在遭受地震破坏后的伦敦废墟中,为什么不充分利用这个场景呢?如果改变这个环境设定,故事是否会保持不变?

(33)纯粹的情节机制(13个剧本因此未通过)。不重视人物在剧情上的成长与变化,只有一系列动作与行动。

(34)人物对白过于生硬,过于冗长(12个剧本因此未通过)。情节关键点隐藏在冗长的文字之下,导致情节不流畅。

(35)情感因素被忽略了(11个剧本因此未通过)。过于重视情节,而忽略了情感。

(36)编剧在剧本中过于自我满足(10个剧本因此未通过)。剧本中涉及了过多的摄影机方向、配乐选择、演员建议等。

(37)剧本可以引用,但不能开玩笑(7个剧本因此未通过)。流行文化可以引用,但要慎用。

(38)思想给故事蒙上了阴影(5个剧本因此未通过)。只重视要传达的思想但是忽略了故事性,这就有问题了。

正如你所看到的,在这里所提到的300个剧本中,经常出现这些问题,相信编剧们在写剧本时一定都遇到过。

参考书目:

1. 巴拉兹,《电影美学》,何力译,北京:中国电影出版社,1958。

2. 克拉考尔,《电影的本性》,邵牧君译,南京:江苏教育出版社,2006。

3. 芦苇、王天兵,《电影编剧有没有秘密》,北京:北京科学技术出版社,2022。

4. 巴赞,《电影是什么?》,崔君衍译,北京:文化艺术出版社,2008。

5. 托马斯·沙兹,《旧好莱坞/新好莱坞:仪式、艺术与工业》,周传基、周欢译,北京:中国广播电视出版社,1992。

6. 汤普森,《好莱坞怎样讲故事:新好莱坞叙事技巧探索》,李燕、李慧译,北京:新星出版社,2009。

7. 阿契尔,《剧作法》,吴钧燮、聂文杞译,北京:中国戏剧出版社,2004。

一

剧本实例

微电影《木吉他之恋》

人物简介：
陈浩瀚：男，20岁左右，快递员，酷爱音乐。
艾琴：女，18岁左右，清纯美丽，笑容可人。
老人：女，60岁左右，和蔼慈祥，行动不便。
齐乐：男，45岁左右，衣衫不整，沧桑落魄。

故事梗概：
酷爱音乐的陈浩瀚是名快递员，送快递的过程中，邂逅了一个让他心动的女孩艾琴。青春懵懂的陈浩瀚用无意中得来的一把木吉他练习弹奏，想用优美的音乐打动女孩。陈浩瀚通过各种方法让女孩注意自己。当陈浩瀚想尽办法，终于鼓起勇气向女孩表白的时候，女孩却突然神秘地离开了……这把老旧的木吉他能否成就这个酷爱音乐的痴心少年？这把木吉他里究竟有怎样的故事？陈浩瀚是否能通过这把木吉他得到女孩的芳心？答案就在这段美丽懵懂的"木吉他之恋"中……

（淡入）

1. 室内 演播室 夜里
主持人：下面就让我们掌声有请著名吉他演奏家陈浩瀚。
掌声……
音乐起，追光灯下，陈浩瀚弹着吉他。
主持人：浩瀚，看你走到哪儿都带着它，你这么珍惜它，这里面有什么故事吗？能给我们讲讲吗？
陈浩瀚：嗯……（低头看着怀里的这把木吉他）那得从我和它认识说起。
通过吉他转场，齐乐家的一角，摆着这把老旧的木吉他，齐乐在收拾垃圾，门铃响。
齐乐开门，陈浩瀚站在门口。
陈浩瀚：您好，送快递的。
陈浩瀚：您好，请问您是齐乐吗？
齐乐：（低沉的）嗯，是我。
陈浩瀚：您的快递，请您签收一下。
齐乐接过快递单，低头签收。
陈浩瀚不经意间向屋里张望，一把木吉他吸引了他，一时忘了收快递单。
齐乐：喂，喂！小伙子（齐乐回头看了一眼那把落满灰尘的木吉他）。
陈浩瀚：哦，哦，不好意思，打扰您了，再见。
陈浩瀚转身离开，下楼。
齐乐把刚要下楼的陈浩瀚叫住。
齐乐：小伙子，你等等。

2. 室内 陈浩瀚家 夜里
陈浩瀚仔细地擦拭着这把偶然得来的木吉他，轻轻抚摸，爱不释手。

3. 室内 陈浩瀚家 早晨
陈浩瀚把吉他背好，照照镜子，看了一眼贴在镜子边的美国加州大学音乐学院的录取通知书。摸了摸背后的吉他，把快递包背在前面，出门。

4. 室内 演播室 夜里
陈浩瀚：（摸着吉他）从那一天开始，它就与我朝夕相伴。
主持人：我听说你练习吉他还有一番曲折传奇的经历？是吗？
陈浩瀚：嗯，确实非同寻常，记得那是一个夏天（歪头回忆，后面的光打过来）。
刺眼阳光，逆光转场。

5. 室外 公园一角 白天
陈浩瀚坐在石凳上，开始弹奏吉他。
不远处，一女孩推着老太太乘凉。
陈浩瀚一边弹奏着吉他，一边注意着女孩和老人。

6. 室外 公园一角 白天
陈浩瀚把电动车停好，把背在背后的吉他拿下，转身坐好。
同样的时间，同样的地点，女孩在树荫下给老人整理衣服，按摩肩和脖子。
陈浩瀚想走近女孩和老人。
女孩朝陈浩瀚看了一眼，推着老人走开了。
陈浩瀚心花怒放。
兴高采烈地背好吉他，上车回家。

7. 室外 商业街 白天
陈浩瀚路过一家吉他商店，被店里的吉他吸引。
店里走出一对情侣，男孩背着一把刚刚买的木吉他，女孩挽着男孩，两人亲密地从陈浩瀚面前经过。
陈浩瀚看着店里的木吉他，默默地许下了心愿。

8. 室内 陈浩瀚家 夜里
陈浩瀚兴高采烈地推开家门，摆上谱子，全身心地投入吉他练习中。
伴着琴声，闪回，白天遇见女孩的场景。

9. 室外 公园一角 白天
陈浩瀚坐在女孩和老人出现的地方，弹着吉他等候。
女孩推着老人如期而至。
陈浩瀚紧张地低头继续弹奏。
女孩走近，看了一眼陈浩瀚的木吉他，然后与陈浩瀚对视一眼，并轻轻鼓掌，眼神中流露出赞许与认可。
陈浩瀚激动不已。

10. 室外 公园一角 白天
陈浩瀚早早等在老地方，边弹边等，（摇镜头）身边还放着一朵玫瑰花。
女孩推着老人出现。
陈浩瀚拿着玫瑰花上前，送给女孩。
女孩微微一笑，推着老人转身离开。
陈浩瀚拿着玫瑰，僵在原地。

11. 室外 公园一角 白天
镜头从树上摇下。
陈浩瀚再去公园老地方等候，女孩和老人却一直没有出现。
（背景音乐，骄阳似火，夕阳西下）穿插时间的变换，同一场景，陈浩瀚焦急等待的身影。

12. 室外 某小区 白天
陈浩瀚到处寻找女孩和老人。
陈浩瀚逢人便问有没有见过推着一位老人的女孩。
路人有的摇头，有的有所指点。
问了一天还没结果，恍惚间，（闪回）公园一角又出现了女孩和老人的身影。

13. 室内 演播室 夜里
主持人：那女孩就再也没出现吗？
陈浩瀚：我再也没见过她。
主持人：真可惜！哪怕最后再见一面也好。

陈浩瀚:那段时光,对我来说真的很煎熬。
陈浩瀚(眼神特写)眼神忧伤。

14.室外 马路上 白天
喧闹的大街,熙来攘往的人群。
失魂落魄的陈浩瀚背着吉他骑着电动车。
街边的吉他弹唱,(唱的正是那首他原来唱给女孩的歌)陈浩瀚惊讶地驻足观看。

15.室外 马路上 白天
路人甲:哎哎,快看!送快递的还背着个吉他。
路人乙:哈哈,这小伙,也不嫌碍事。
陈浩瀚一边欣赏,一边不由自主地跟着节拍(泪水特写)。
一辆车停在身后,直按喇叭,才让陈浩瀚从陶醉中惊醒,发现自己挡路了,赶紧往边靠。
伸手从口袋掏出一把钱,拿出一张最大的,10元,放进吉他面前空空的琴盒里。
骑上车,伴着歌声消失在人群中。
(音乐)忙忙碌碌,偶尔犯错,失魂落魄。

16.室内 演播室 夜里
主持人:那为什么又走上出国深造这条道路了呢?
陈浩瀚摸着吉他,低头弹了一下,(转场)陈浩瀚在公园树下,弹奏着那首歌……突然,(特写)一只手拍在陈浩瀚的背上,音乐戛然而止。
陈浩瀚:(转身,激动)婆婆?
老人:(拿出一张卡片并用手语说)小伙子,你终于出现了。
陈浩瀚有些诧异。
陈浩瀚:(边比画边说)婆婆(欲言又止)。
老人忽然反应过来,也有些尴尬有些低落。
老人:哦!不好意思,把你当成聋哑人了。唉……习惯了。
陈浩瀚:(惊讶)习惯?难道那个女孩是……聋哑人?
老人:嗯,是的,自从艾琴走后,我也找了你好多次,可你都不在。
陈浩瀚:您也找我?
老人:嗯,你能跟我来一趟家里吗,我有话跟你讲。

17.室内 老人家里 白天
桌子上老人和女孩的合影特写(转场)。
老人:你说的女孩叫艾琴,是我的保姆。
陈浩瀚:保姆?
老人:是的,保姆!(穿插艾琴与老人一起相依为命的场景,艾琴收拾家务,老人在轮椅上帮着叠衣服)艾琴是我在这个世界上唯一的亲人,五年前我从家政公司把她请来的。小琴什么都会干,却是先天聋哑。唉,老天真是不公平啊!
陈浩瀚:(有点着急)哦,那么说……我在弹琴……她是听不到的?
穿插艾琴推着老人在公园与陈浩瀚相遇时的场景。
老人:嗯,是的,她听不见。但是,她能看见!
陈浩瀚:那……她的意思是?
老人:我想是在鼓励你吧。
陈浩瀚:鼓励我?
老人:嗯,是的,自从她来到我这以后,我就经常鼓励她,让她勇敢地面对生活,这也给了她生活下去的信心。
陈浩瀚:那……现在小琴她人呢?
陈浩瀚朝屋里看了看。
老人:走了!

陈浩瀚:走了?去哪儿了?
老人:这是她留给你的。
老人边说边拿出一封快递。
陈浩瀚接过快递,打开,是一个优盘。

18.室内 陈浩瀚家 白天
优盘插入电脑,转场。
陈浩瀚打开电脑,照片,信件。
艾琴:你好,我也不知道你能不能看到这封信,如果看不到就当是我的一篇日记吧,也不知道如何跟你说,当我看到你的那把吉他的时候,就好像看到了我的爸爸,谢谢你,也希望你能帮助爸爸完成他的心愿。
陈浩瀚发现了一张艾琴和爸爸的照片。

19.室内 老人的家里 白天
陈浩瀚服侍老人,做饭洗衣,推着老人下楼乘凉,给老人弹吉他听。

20.室内 老人的家里 白天
陈浩瀚进门,收拾屋子,看到了桌子上艾琴的照片,陷入沉思。
老人拿过一个信封。
老人:孩子!
陈浩瀚回神。
老人:如果可以,我希望你能帮助艾琴实现她生前的愿望,也算是帮助你实现自己的梦想。
陈浩瀚:我的梦想……
闪回陈浩瀚在给齐乐送快递的场景。

21.室内 齐乐楼道里 白天
齐乐:那些年,一天到晚只想着赢得比赛,我的世界里已经容不下别人了……拿去吧……人都走了,我留着它也没什么用了,希望它能帮你实现你自己的梦想。

22.室内 陈浩瀚家 白天
陈浩瀚在镜子前看着穿上新衣服的自己,背起吉他,拿下镜子边的录取通知书。

23.室外 机场 白天
陈浩瀚走进机场。
飞机起飞。

24.室内 演播室 夜里
陈浩瀚深情演唱着当年的那首歌……
伴着歌声。

25.室外 墓地 白天
陈浩瀚走到墓碑前,把木吉他取下,摆在墓碑前。
镜头从木吉他开始上升,出现艾琴之墓,陈浩瀚深深鞠了一躬,转身,升全景。

——剧终——

微电影《微光》

人物简介
秋懿:15岁,女,刻苦努力,敏感懂事。
王老师:38岁,女,温柔体贴,认真严格。
小茹:14岁,女,争强好胜,直爽率真。
妈妈:37岁,女,秋懿的妈妈,温柔勤劳。
爸爸:40岁,男,秋懿的爸爸,勤劳朴实。

剧情梗概

盲人秋懿自幼喜欢钢琴,在自己的争取下,父母终于支持她报考艺术学院,而在考场上,考官们都不愿接收她。此时,王老师力排众议,收下秋懿为徒。然而,身边的各种世俗眼光和嘈杂声音让秋懿渐渐失去了信心,在与王老师的女儿小茹一起参加全国钢琴比赛的时候,秋懿选择了放弃,跟自己的盲人朋友回到了盲人按摩店。然而,比赛前夕,小茹故意摔伤了胳膊,导致无法参加比赛,就在大家都不知道如何是好的时候,小茹找到了秋懿,并把参赛乐谱交给了她,请秋懿为她圆梦,也为秋懿找回自信,找回那个热爱音乐的女孩。

字幕"我能看见,只不过你们用的是眼睛,而我是用心……"

【黑屏】闹钟响起,一只小手按下闹钟,秋懿起身下床,拉开窗帘,搬起椅子,站在上面打开房间里所有的窗。她探着身体仰着脑袋等在那里。

一个声音倒计时数着:三、二、一。

1. 日 内 房间

楼上的钢琴声缓缓响起,秋懿笑起来,闭着眼睛沉醉其中,随着钢琴声摇晃着身体。

妈妈推门:宝贝,吃饭啦。

秋懿:哎!来啦。

妈妈走进屋,看到秋懿站在椅子上有点着急,赶快跑过去。

妈妈:妈妈不是跟你说过不要自己乱跑吗?很危险的。

秋懿摇摇头:妈,我自己可以的。

妈妈心疼地抱住秋懿。

秋懿歪着头侧耳倾听:妈妈,这是什么声音?我每天都能听到,真好听。

妈妈:这是一种乐器,叫钢琴。

秋懿:它一定是乐器里最厉害的!

秋懿跳下椅子,拉着妈妈的手:妈,我能学吗?

妈妈沉默了一会,这时爸爸走进卧室,看到秋懿期盼的表情,于心不忍。

爸爸搂着秋懿的肩膀:能!当然能!走,穿上衣服,爸爸带你去学琴。

秋懿开心地蹦蹦跳跳。

2. 日 内 少年宫

老师摇摇头:我们没教过盲童,我建议您还是带孩子去盲校,那里更适合您家孩子的情况。

爸爸央求老师:老师,求您让秋懿在这学吧,我们不想让孩子跟别人不一样!

老师叹了口气:可是事实就是这样,我们这真的没法教。

爸爸连连鞠躬:学费高一点也没关系,哪怕在这听听也行。

老师:不是钱的问题,您走吧。

爸爸推门走了出去,秋懿正在门外静静听着其他老师给孩子们的讲授,陶醉地摇晃着小脑袋,嘴里哼唱着。爸爸看着秋懿的样子,十分难过。

爸爸:秋懿。

秋懿回头,期待又惊喜:爸爸,我可以学钢琴了吗?

爸爸欲言又止,安慰道:秋懿,咱们先回家。

秋懿点点头,拉起爸爸的手,转身面对琴房的方向依依不舍。

3. 日 内 客厅

爸爸愁眉苦脸地坐在沙发上,妈妈走过来。

妈妈:怎么了?

爸爸:秋懿要过生日了,我想给她买架钢琴,我看中了一个二手的,可是钱不够。

妈妈沉默了一会,从角落里拿出一个盒子,把里面的钱全都摊在了桌子上,零钱撒了一地。

爸爸惊讶:你怎么把这些钱拿出来了?

妈妈:这些钱本来就是给秋懿攒的,她第一次这么喜欢一样东西,咱们得满足她。

爸爸看着桌子上的钱,冲着妈妈点了点头。

4. 日 内 客厅

这天,爸爸领着秋懿回到家,扶着秋懿坐到饭桌边。

爸爸:今天是我们秋懿的生日,为了庆祝,爸爸买了三个鸡腿,大家一人一个!

秋懿晃着腿开心极了。

一阵电话铃声响起,爸爸过去接电话的时候,秋懿往边上摸了一摸,发现是个咸菜疙瘩,原本笑着的脸僵住了,听到爸爸回来,秋懿赶紧收起手坐好。

妈妈从屋里出来:宝贝,爸爸妈妈的礼物准备好了,快过来。

秋懿迫不及待地起身,爸爸拉着秋懿的手进屋。

5. 日 内 房间

秋懿走进屋,爸爸将秋懿的手搭在一架二手钢琴上,秋懿摸着钢琴,有些疑惑,她的手按到了琴键上,发出了声音。

秋懿惊喜:是钢琴!

妈妈:喜欢吗?

秋懿用力点点头:喜欢。

秋懿坐到钢琴椅子上,不停地抚摸着琴键。

秋懿:妈妈,可是我不会弹。

妈妈翻看了一下钢琴谱:妈妈明天就去学习五线谱,回来教你,好吗?

秋懿笑着说:好!妈妈真厉害。

6. 日 外 小路

爸爸走在路上,遇到了朋友,和朋友打招呼。

爸爸:好久没见面了,最近怎么样?

朋友:挺好的,就是忙着给我家孩子找工作呢。你说这时间过得可真快,一转眼孩子都该上班了。你家秋懿怎么样,也该工作了吧。

爸爸摇头:没有,她还在学钢琴呢。

朋友发愁:那怎么行,学音乐多没出路,更别提你家秋懿这种情况了,还是得多学习一下养活自己的营生,我家旁边的盲人按摩机构选走了好多没毕业的孩子,在那能挣不少钱呢!秋懿也不小了,你可得为了她的以后多上上心啊。

爸爸若有所思地点点头。

7. 日 内 房间

爸爸和妈妈站在钢琴面前,犹豫了一会,爸爸还是把钢琴锁了起来。

秋懿走进来,疑惑地问:爸妈,你们在干什么?

爸爸犹豫了一会:秋懿,你长大了,要学点本事了,爸妈没法跟着你一辈子,你得养活你自己!

秋懿皱着眉头,焦急地说:可是爸,我想弹钢琴。

爸爸虽然也不情愿,但还是下定决心:以后别弹琴了,学点实用的,我给你报了按摩推拿班,明天就去!

秋懿摸到了钢琴上的锁,质问父母:你们……把我的钢琴锁起来了?

两人没有回答。

秋懿生气地把父母推出门:你们走!

爸爸无奈:秋懿,爸妈是为了你好。

秋懿用力地把门关上:我不要你们为我好!

8.日 内 父母房间

妈妈:(担心)秋懿都两天没吃饭了,一直不说话,这可怎么办啊。

爸爸:看来是铁了心要弹琴了。

妈妈愁眉苦脸:可是她以后怎么办,她得能自己生存啊。

爸爸哽咽:我只希望她开开心心地活着,可是你看,她现在被我们逼成什么样子了。就让她继续弹琴吧,大不了咱们拼命挣钱,让她一辈子都不用愁……

妈妈没有说话。

9.日 内 房间

父母坐在秋懿旁边,秋懿低着头面无表情。

妈妈:宝贝,爸爸妈妈同意你继续学钢琴了,你可以通过钢琴来考大学。

秋懿很惊喜:真的?

妈妈:嗯嗯,今天我们去咨询了,不过你只可以去两所大学,因为只有这两所学校可以接收盲人。

秋懿摇摇头:我不去,我就要读普通的艺术学院!我要和正常人一样,我只是看不见而已,但我不比别的孩子差。

妈妈:可是……你想考,人家可不一定能要啊。

秋懿哽咽:为什么不要?他们能弹的,我也能弹。

妈妈:可你是……

秋懿:钢琴是我的生命,是我生活下去的勇气,它能给我力量,让我看到希望,我只有在弹钢琴的时候,才能感受到自己存在的意义。

爸爸和妈妈忍不住哭了起来。

秋懿坚定地说:我一定会努力的,只要有希望我就一定会去争取。爸、妈,你们就相信我一次,好吗?

爸爸和妈妈对视一眼。

爸爸:好。

10.日 内 考场

考场上,妈妈扶着秋懿,慢慢走上舞台,来到钢琴边。台下的考官们纷纷议论起来。

考官1:盲人?这是什么情况啊?不知道考场规则吗?

考官2:谁在外面监考呢?这怎么弄的?

秋懿深吸了一口气,自信地弹奏了起来,刚刚还议论纷纷的考官们都被她的演奏吸引了。

11.日 内 办公室

考官1:(为难地)盲人孩子……咱们学校从来没招收过吧?

考官2:反正我是不同意录取这样的孩子,咱们建校这么多年,从没有过这个先例。

考官3:这孩子弹得确实还不错……可招进来谁教啊?

此时,只听"啪"的一声,王老师拍案而起。

王老师义愤填膺:我教!这个孩子我要了!你们都听到了,论技巧,论乐感,她不比其他孩子差,甚至要好很多,难道就因为孩子看不见就剥夺她学习音乐接触钢琴的机会吗?

考官们面面相觑。

考官1:可是你也不会教盲人弹琴啊。

王老师沉思了一下,坚定地说:那我就学!学生看不见都能弹,做老师的怎么就不行了?

考官们左右为难。

12.日 内 琴房

王老师坐在钢琴面前给秋懿演示了一遍:秋懿,你听,应该是这样,能感受到吗?

秋懿学着王老师的样子弹奏了一遍。

王老师耐心地说:秋懿,最后一段应该是热烈的、奔放的,火红的!懂吗?

秋懿有些疑惑,又弹奏一遍。

王老师:秋懿,前面应该缓慢一些,感觉应该像月亮一样。

秋懿抱歉地说:王老师对不起,我不知道火红是什么样子的,也没见过月亮,但是您放心,我一定勤加练习,努力弹好。

王老师有些怜悯地看着秋懿,拍了拍秋懿的肩。

13.日 内 琴房外

王老师站在秋懿爸爸面前,心情焦虑。

王老师:我很后悔,不该拿秋懿当正常孩子,我的确没教过秋懿这样的孩子,所以我很怕我教得不好、不对,伤害到她。

秋懿爸爸却很释然:没关系的,王老师,您不用自责,秋懿从小就看不见,您说的那些她确实没经历过,但我们也引导她从小要正视这个问题,勇于面对现实。她现在也接受了这个事实。

王老师:秋懿这个孩子很好,我再想想办法,看能不能找到适合她的教学方法。

秋懿爸爸感激地鞠躬:谢谢,谢谢您,王老师,秋懿就麻烦您了。

14.夜 内 琴房

王老师用一块黑色布条蒙上眼睛,摸索着坐在钢琴面前,她先抬头感受着,用耳朵仔细听着外面的声音,然后,一遍一遍尝试着在钢琴上弹奏。

15.日 内 琴房

王老师:来,秋懿,你摸着我的手,摸着我的腕,摸着我的胳膊,感受一下,老师是这样弹的。

秋懿摸着王老师的手,仔细地感受,然后重复弹奏了一遍。

王老师很惊喜:对!就是这样。来,秋懿,你把手放在我腿上,我再弹一下结尾,你感受一下老师踩踏板的力度。

秋懿听完王老师的演奏,很激动:老师,我知道是什么感觉了!

王老师欣慰地笑了起来。

16.日 内 王老师家

王老师给秋懿准备了一桌饭菜。

秋懿:王老师,每次我来您和叔叔都准备这么多菜,我真的很不好意思。

王老师给秋懿夹菜:和我们客气什么啊,我啊不仅学习好还这么懂事,我们喜欢你还来不及呢,早就把你当成自己的女儿了,小茹,你在学校的时候也要多和秋懿学习。

秋懿受宠若惊:没有没有,小茹比我优秀多了!

看着父母和秋懿相处融洽的样子,王老师的女儿小茹嫉妒地盯着秋懿。

17.日 内 琴房

小茹偷偷摸摸地走进琴房,把秋懿的琴调了音,一副把气撒在了钢琴上的样子。

小茹:我爸妈不是喜欢你吗,都快忘了我才是他们的女儿了,这下看你还怎么弹!

18.日 内 琴房

王老师生气地教训秋懿:秋懿,这都多少次了,每次我布置的作业你都不好好完成,连音都弹不准,你再这样不用功我就不教你了。

秋懿又着急又抱歉:王老师,我不知道这是怎么回事,我知道是我不够好,我一定再用功一点,您千万别放弃我。

王老师生气地走出门,坐在另一架钢琴边的小茹冷笑了一下。

19.夜 内 琴房外

小茹和朋友穿着精致,站在走廊里。

朋友打了个哈欠：就晚了半小时宿舍就不让进了，早知道就不回来了。

小茹：还好我妈办公室有个小床，今晚咱俩凑合凑合吧。

走廊里传来一阵钢琴声。

朋友惊讶：这么晚了居然还有人在练琴，不用回宿舍睡觉的吗？

两人站到琴房门口，看着秋懿一边抽泣一边练琴，小茹有些惊讶，又有点后悔。

20. 日 外 小摊

早上，小茹到学校附近的小摊买早餐，发现是秋懿的父母在忙前忙后，小茹有些惊讶，赶紧想要离开，秋懿的父母看到了小茹，赶快跑过来。

秋懿爸爸：小茹来了啊！吃早饭了吗？来，（递给她早饭）多吃点。

小茹不好意思：叔叔不用。

秋懿妈妈走过来：小茹你快收下，就是一顿早饭而已。我俩为了离秋懿近点好照顾她，也能多挣一点钱供她上学，才来这里开早餐店，以后你吃饭就来这，想吃什么叔叔阿姨给你做。

秋懿爸爸：是啊，秋懿总说你一直很照顾她，我们都不知道该怎么感谢你。

又来了好多客人，店里开始忙碌起来。

秋懿妈妈：小茹我们先去忙了，你多来啊。

小茹点点头，她待在原地看着两人忙碌的样子，捏紧了手中的早餐袋。

21. 夜 内 琴房外

王老师朝着琴房走去：包又忘了拿了，现在这脑子。

王老师打开门，看到小茹正在调音，小茹看到王老师，吓得一下子坐在了地上。

王老师走上前：小茹？你在这干什么？

小茹赶紧把工具藏在身后，王老师看到了，把工具从她的身后抢了过来。

王老师：你把秋懿的钢琴音调了？

小茹连忙辩解：妈，我没有，我就是……我就是后悔了，想把音调回来。

王老师把小茹推开，弹了一下琴，愤怒地看着小茹。

王老师：我说怎么秋懿最近总是连音都弹错，原来是你搞的鬼，小茹，你怎么能这样做，太让我失望了。

小茹哭了出来：秋懿秋懿，您的眼里只有秋懿，还有没有我这个女儿了！

小茹哭着跑了出去，王老师看着钢琴，悔恨交加。

22. 日 内 比赛现场

主持人：我宣布，在雅马哈钢琴大赛中，获得第一名的同学是秋懿，奖品是一架钢琴！

台下的人纷纷鼓掌。

秋懿很开心，悄悄地拉了拉王老师：老师，我把这架钢琴送给学校吧，学校为我付出太多太多，我无以为报。

王老师开导她：秋懿，你现在的任务就是好好练琴，争取考上研究生，别多想了，学校会因为你优异的成绩而骄傲的！

23. 日 内 洗手间

秋懿在洗手间里无意中听到别的同学在议论。

同学甲提着包在外面：你不觉得吗？王秋懿总是能得高分，就因为她是个盲人，老师们都同情她。

同学乙洗着手：我听她弹得也就一般吧，也不知道那些老师为什么总表扬她。估计就是因为她看不见，老师对她的要求低吧，真是不公平。

同学甲不屑：就是，要是我也看不见，我能弹得比她还好！

小茹从一边的隔间出来：别说这话，要不你瞎一个试试？你能看见都弹得这么烂，还好意思说这些。

同学甲有些心虚：你！

小茹瞪了她一眼，转身离开。恰好在另一间厕所间里的秋懿也听到了，心里很不是滋味。

24. 日 内 琴房

王老师：秋懿，你怎么愁眉苦脸的，怎么了？

秋懿垂头丧气：王老师，我知道我和正常人不一样，不如其他的同学，你们是不是可怜我才每次都给我那么高的分数。

王老师着急：你怎么能这么想！（安慰秋懿）你的努力和能力是大家有目共睹的。

秋懿依旧心情低落。

王老师：你知不知道中央音乐学院有个毕业生叫孙岩，她和你一样也是盲人，但是她毕业后在家为盲人朋友翻译乐谱，还出版了自己的盲文乐谱，多厉害啊！

秋懿点点头：王老师，我能像她一样厉害吗？

王老师：当然，只要你不放弃。老师帮你联系了她，我相信在她的帮助下，你一定可以提高弹琴的水平。

秋懿很感激：王老师，谢谢您！

25. 日 内 王老师家

王老师将菜端到桌子上：今天见到孙岩了吧！怎么样，是不是学到了很多？

秋懿没说话，起身向王老师深深地鞠躬。

王老师吓了一跳扶起她：快起来，你这是干什么？

秋懿：王老师，我不想学钢琴了。

王老师诧异：你怎么能说出这种话？发生什么事了吗？

小茹：这么轻易就放弃，亏我还把你当成对手！

秋懿低下头，忍不住哭出来。

王老师拉着秋懿的胳膊：你跟老师说，到底怎么了，老师帮你解决。

秋懿流着眼泪说：今天听了孙岩姐的话，我很迷茫，她告诉我盲人就不要为了一个小小的梦想执着，做不出成就还会拖累父母。我想我是不是真的不适合再继续下去，还是早点进入社会学习一个能养活自己的本领好了。

小茹很激动：你听她的干什么！你每天练习到那么晚，因为她的几句话就要放弃了？你自己的人生你想怎么样就怎么样，你就说你想不想继续弹琴？

秋懿小声说：想。

小茹：那不就好了。再说了，我还要靠我自己的努力打败你得第一名呢，我可不想因为你放弃而得第一名。

王老师有些惊讶地看着自己女儿。

王老师点点头，安慰秋懿：秋懿，你弹得很好，比很多同学做得都好，谁说盲人就没法做出成就？只要你肯付出就一定有回报的，你回去好好想想吧，老师尊重你的决定。

秋懿哽咽地点点头：好。

26. 日 内 教室

同学1：你们听到教务处宣布的公告了吗？四年一次的全国青少年钢琴下月就要开始，咱们年级的推荐名额只有一个。

同学2激动地说：谁要是代表学校参加了这次比赛，明年研究生保送也就十拿八九了。

同学3：你高兴什么，目前来看，够资格的只有小茹和秋懿，也就是她俩其中之一了。

小茹在身后听到这个消息,握紧了拳头:这次我一定加倍努力,赢过秋懿,我要让妈妈刮目相看。

27.日 内 琴房

秋懿心不在焉地弹琴,脑海里又浮现出了那些曾经嘲讽她的话语,她停下了弹奏。

秋懿自嘲地笑了笑:我就是个瞎子,没办法有什么成就的。可是小茹……她弹琴弹得那么好,如果能参加这次比赛并获奖,前途将会一片光明。王老师帮助我那么多,我必要回报她的,我不能让老师为难。我不该奢求太多的,或许我真的选错了路。

28.夜 内 王老师家

这晚,小茹做了一桌子饭菜,仿佛从秋懿的离开中找回了些许安慰和自信,原先消失的轻松笑容又回到了她的脸上。

小茹很开心:我终于赢过秋懿了,等我赢了比赛,妈妈的眼里就只有我了。

王老师进门,看到小茹做的一桌饭菜,有些惊讶。

小茹:妈,快来尝尝我做的菜,庆祝一下。

王老师又想起了伤心事,变得抑郁起来:庆祝?庆祝什么?

小茹:庆祝我能去参加比赛啊。

王老师生气:你这下高兴了?没人跟你抢名额了!

小茹:我,我不是为了这个比赛,妈,你还不明白吗?

王老师:我不明白!我是你的妈妈,怎么会不知道你的想法。可是你真糊涂,你知道秋懿为什么退出吗?她是想把机会让给你!她已经决定休学了。

小茹愣住了:是她退出了……不是因为我终于赢过她了吗?

王老师难过:你想和她争,可是她怎么会跟你争。

王老师把筷子一扔,独自回到自己房间。一时间,小茹愣在原地。

29.日 外 按摩店门口

小茹失落地走在街上,路过一家盲人按摩店,透过玻璃,她看见秋懿正在里面忙碌地给人按摩。

小茹感觉到了胳膊的疼痛,惊讶地想:难道她一个假期都在按摩吗。她的手……还能弹琴吗?

过了一会,秋懿按完摩后,揉着肩膀走出来。

前台:秋懿,有人在外面等你。

秋懿有些疑惑,走了出去。

小茹事先从柜台借了一块长布,把自己的胳膊吊了起来,见秋懿出来很是兴奋:秋懿,是我。

秋懿惊讶:你怎么来了?(摸到小茹的胳膊)你的胳膊怎么了?

小茹拉起秋懿的手:没什么,跟我来。

秋懿没反应过来,疑惑:去哪儿?

小茹:一会儿你就知道了。

30.夜 内 教室

小茹和秋懿气喘吁吁。

小茹:给你的生日礼物。

秋懿打开信封,摸到了里面的东西。

秋懿惊讶:是比赛的琴谱? 小茹,你……

小茹看了一眼自己的胳膊,洒脱地说:你觉得我这样还能去比赛吗? 去吧,看你的!

秋懿想要把琴谱还给小茹:这怎么行。

小茹:秋懿,我知道你有多热爱钢琴,我们大家都相信你一定可以获得好成绩。你要努力哦,否则下次比赛我肯定会超过你的。

秋懿忍不住破涕为笑。

31.日 内 琴房

一个假期的按摩下来,秋懿的手已经不那么灵活,秋懿揉了揉自己的手,上面都是按摩后留下的茧子。

秋懿:王老师,好久没练习,手没以前灵活了。

王老师心疼地看着秋懿:按摩对手的损伤是很大的,不过以你的基础,应该还来得及,我陪你一起练习,很快就能恢复手力。

秋懿点点头:我会努力的。

接下来,秋懿发疯似的练习。

32.日 内 比赛现场

台上宣布秋懿获得了第一名,王老师和小茹兴奋地跳了起来。

比赛结束小茹抱着一捧花送到秋懿怀里。

秋懿一把抱住小茹,激动地说:小茹,谢谢你。

小茹:不,应该谢谢你,秋懿,有你这么好的对手才能让我更努力地练琴,咱们以后比赛见!

秋懿:嗯,咱们都加油!

秋懿眼含热泪,激动不已,两人拥抱在一起,周围充满了鲜花和掌声。

33.日 内 琴房

秋懿穿着毕业服装,站在王老师的面前,抱住了她。

秋懿:老师,我要毕业了,我真舍不得离开您。

王老师:学生的好成绩就是老师最大的荣耀。秋懿,你的愿望是什么?老师努力为你实现。

秋懿:我最大的愿望就是能看见老师的样子,您为我付出太多了!一日为师,终身为父!老师谢谢您!

王老师摸着秋懿的肩膀:你也是老师最骄傲的学生,老师也要感谢你。

秋懿擦了擦眼泪:老师我为您弹首歌吧,送给您!

秋懿坐在钢琴边,随即教室里响起钢琴声(《你是我的眼》)。

王老师欣慰地擦干眼角的泪水。

教室里,温热的阳光洒在两个人的身上。

——剧终——

院线电影《你在我的世界里》[①]

1.外景 沙滩(日)

人物:秦雨娟、秦毛毛、救护人员数名、游玩男女数名。

俯瞰美丽蔚蓝的大海,渐显金色的沙滩。

浪花拍打岸边的礁石。

(音乐起,陆续出主要演职员名单。)

沙滩上,躺满享受太阳浴的游泳者,浅滩挤满戏水的男人、女人和孩童,几位青年男女劈波斩浪向深海游去。

(镜头由上而下)一艘救生艇在海上划出一道白色水花,一名男救护人员警惕地站在救生艇上,手持望远镜瞭望着。

天空,海鸥展翅飞翔,帆船迎风破浪。

一双手缓慢翻着书页,色彩随着字幕的变换而虚幻。

几名穿比基尼的美丽少女在沙滩上打排球,不时传来银铃般的笑声。

沙滩一太阳伞下,一名漂亮的中年妇人(中年秦雨娟)躺在气垫床上,她慢慢摘下太阳镜,一双忧郁的眼睛凝视大海。

海水中五颜六色的泳衣像竞开的花朵。

[①] 本文作者为牟善刚。

沙滩上跑来身穿泳裤的儿子秦毛毛,帅气的秦毛毛在少女们注视下跑到秦雨娟面前,撒娇地伸手拽母亲起身。

秦雨娟拗不过秦毛毛只好脱去沙滩防晒披肩露出比基尼泳装。

突然秦毛毛满脸疑惑,不由自主抚摸自己腰部一处明显伤痕。

音乐随着最后的字幕的虚幻而消失……

画面上只有海鸥鸣叫着顶风飞翔和波涛汹涌的海浪。

2. 别墅 秦毛毛卧室(日)

人物:秦毛毛、秦雨娟。

秦毛毛默默地收拾行李,秦雨娟悄然走近。

秦雨娟:怎么你要走?

秦毛毛默默点头。

秦雨娟过来摸摸秦毛毛的头:假期不是还没结束吗?

秦毛毛:我还有事。

秦雨娟:妈妈舍不得你,再陪妈妈待几天好不好?

秦毛毛把秦雨娟的手掰开,眼睛直盯着她。

秦雨娟有点异样:你这孩子怎么啦?

秦毛毛控制着情绪:我有些事想……问问你。我记得很小的时候,是生活在乡下对吗?

秦雨娟有些警觉:毛毛,怎么想起问这些?你是听到些什么吗?

秦毛毛咄咄逼人:我听说当年是妈妈给我换的肾!

秦雨娟下意识地摸了摸自己的腰。

秦毛毛似乎有了答案,抓起行李转身出门。

秦雨娟急忙追去:毛毛,你要去哪里?

远处传来秦毛毛的声音:找我妈。

秦雨娟看着远去的秦毛毛歇斯底里:我就是你妈,毛毛……妈妈不能没有你,毛毛……

3. 内景 秦雪娟寝室(日)

人物:秦毛毛、魏金贵。

门被推开,秦毛毛一步迈进房间。

门外的阳光射进阴暗的老屋,仿佛打开了尘封的记忆。屋子里的景象陌生又熟悉,黑白影像和彩色影像交替出现,秦毛毛憟憟地触摸屋里的家具,一些儿时物件点燃了他的记忆。

门口的魏金贵看着屋里的秦毛毛。

秦毛毛走近墙上挂着的相框,那是他和秦雪娟的合影,他的眼睛湿润了。

4. 内景 秦家厅房(夜)

人物:秦雪娟、秦茂良。

昏暗灯光下。

愤怒的秦茂良蹲在门口,抽着烟锅。

秦茂良:(生气)你捡啥不行,捡个孩子回家!

抱着一个摇褓踱步的秦雪娟低头不语。

秦茂良:你赶紧把这孩子送走,你一个姑娘家带着个孩子,外面不知说你多少闲话!

传来婴儿哭啼声,秦雪娟瞅了秦茂良一眼:你小点儿声,好不容易哄睡了。

秦茂良一脸怒气,将烟袋锅在鞋上磕了几下,气愤地走出家门,顺着村庄的小道走向林场。

5. 外景 村庄(夜)

人物:秦雪娟、毛毛。

皎洁的月光洒向大地,一轮圆月挂在空中。秦毛毛的哭闹声传遍整个村庄的上空,秦雪娟焦急无奈地抱着毛毛在院中来回踱步,而秦毛毛一直哭个不停。

6. 外景 农户家(夜)

人物:秦雪娟。

伴随着急促的敲门声和秦雪娟焦急地喊叫声。

漆黑寂静的山村陆续点燃灯光。

大门慢慢打开,露出眼含着泪水的秦雪娟,她的眼中充满了期盼和哀求。

秦雪娟:(哀求)三嫂,您帮帮忙,毛毛饿得直哭……

(画面随之虚化。)

7. 外景 魏记店铺(日)

人物:魏金贵、魏婶、来往行人。

沿街简易的小商铺。

魏金贵把电动载货车停在门口。

魏金贵:妈!

魏婶从商铺出来,递给魏金贵一条毛巾,接着从车上搬运货物。

魏金贵边擦脸边说:哎,妈,您不用动手,一会儿我搬就行。

魏婶:你歇歇吧,一会儿把柜上的那些奶粉给雪娟送去。

魏金贵:雪娟!(惊喜)雪娟回来了?(疑惑)奶粉?送奶粉干吗?

魏婶:你先送去,回来再给你说。

8. 外景 秦家庭院门口(日)

人物:魏金贵。

魏金贵带着奶粉正要敲门,听到里面传出吵闹声。

秦茂良:你要还认我是你爹,就把孩子送走!

"啪"的一声里面传出摔东西的声音。

魏金贵听到院里争吵,停住了脚步,摸了摸头,一头雾水,未敢进门。看看手中的奶粉,转身离去。

9. 内景 魏家店铺(日)

人物:魏金贵。

魏金贵回到店铺,把奶粉放到桌子上。

魏金贵:妈?

屋中无人回应。

魏金贵开车去向河边。

10. 外景 村庄(日)

人物:秦茂良。

"啪"秦茂良夺门而出。

秦茂良:造孽啊。

秦茂良背着手向着林场方向走去。

11. 外景 河边(日)

人物:魏金贵、洗衣妇女数名。

河边,几个年轻妇女嬉闹洗衣服。

魏金贵开车来到河边停下,从车厢内拿出水桶和抹布,一声不吭地刷车。

女甲:哎,昨晚雪娟抱着孩子去你家了?

三嫂:唉,孩子饿得不行了,让我给孩子喂口奶。

女乙:雪娟走了两三个月,一露面竟然抱回个孩子,一个姑娘家带个孩子,这像话吗,谁知道是怎么一回事。

女甲:你是说,这是雪娟生的野孩子……

魏金贵把水桶"扑通"扔进水里,溅了妇女们一身水。

妇女们七嘴八舌谴责魏金贵。

魏金贵略带怒气地刷着水桶,未理会七嘴八舌的妇女们。

妇女甲:这小子唱的哪一出?

魏金贵离去。

12. 外景 店铺门口（日）

人物：魏金贵、秦雪娟。

魏金贵看到雪娟，连忙过去。

魏金贵：雪娟。

秦雪娟：金贵哥。

魏金贵：雪娟，那孩子咋回事？

秦雪娟：孩子……孩子是我捡的。

孩子的哭声传来，秦雪娟连忙回家。

13. 外景 秦家庭院（日）

人物：魏金贵、秦雪娟、秦毛毛。

秦雪娟怀里抱着毛毛，嘴里哼着歌，哄着哭闹的毛毛。

魏金贵提着奶粉进门。

秦雪娟怀里抱着毛毛，魏金贵低着头坐在秦雪娟对面。

魏金贵：雪娟，这孩子你打算怎么办。

秦雪娟：那还能咋办，我养着呗。

魏金贵：（惊讶）你养着？

秦雪娟：咋了，金贵哥？

魏金贵：哦，没咋……没咋。

秦雪娟抬头看了魏金贵一眼。

14. 外景 林场（日）

人物：秦茂良、媒婆。

寂静的林场空地，空地周围没有人家，有一座小屋，秦茂良坐在屋前编着柳筐，屋旁有些森林防火的标语。

"严防森林火灾，防患未然"。

媒婆：他大叔，就这样定了，明天我就带他过来。

秦茂良脸上露出一丝喜悦。

15. 外景 村庄空镜（清晨）

村庄清晨日出，桃红色朝霞，袅袅的炊烟，起伏的鸡鸣声。

16. 外景 魏记店铺（日）

人物：秦茂良、魏婶、魏金贵。

店铺前一条山路蜿蜒起伏。

戴着草帽的秦茂良背着手进了店铺。

店铺里的魏婶看见秦茂良急忙打招呼。

魏婶：哎，他大叔，买点啥？

秦茂良：哦，买点瓜子和糖果。

魏婶：家里来客人了，是来向雪娟提亲的吧？

秦茂良乐呵呵地点点头。

秦茂良：是个城里人。

魏婶：呦，城里人好啊，这雪娟心善人美，准能嫁个好人家。

秦茂良：他魏婶啊就是会说话（乐呵）。

魏婶：……哎，毛毛呢？

秦茂良脸色突然一变，拿起瓜子和糖果，把钱扔在柜台上就走，装作没听见。

魏婶：（嗔怪）这老家伙，还城里人，你看不上我们家金贵，我还看不上你们家闺女呢，还带个"拖油瓶"。

魏金贵从店铺出来：（埋怨）妈你也是，哪壶不开提哪壶。

魏婶：怎么了？

魏金贵：这毛毛就是茂良叔的一块心病，你别有事没事老挂在嘴边。

魏婶：你说这雪娟也是的，捡什么不行，非要捡一个孩子回家。

魏金贵：妈，你别这么说雪娟。

魏婶：（埋怨）哎哎，你别整天雪娟雪娟，你惦记人家，人家惦记你吗？

魏金贵：妈，我就是觉着雪娟不易。

魏婶：不易怨谁？一个大姑娘养着个孩子，正儿八经的人家谁敢来提亲？

魏金贵：又不是雪娟生的，你别跟着一起嚼舌头根子。

魏婶：这不是明摆着吗？谁要娶她哪家老的不好好掂量掂量。

魏金贵没有吭声。

17. 内景 秦家厅房（日）

人物：媒婆、相亲男青年、秦雪娟、秦茂良、三嫂、秦毛毛。

墙壁上挂着秦雪娟美丽的相片。

一个上身穿蓝西服下身穿浅裤子的小伙子，正出神地看着墙上雪娟的相片。

做媒的中年妇女站在小伙子的身后。

媒婆：怎么样，大侄子？

小伙子：（羞涩）嗯。

媒婆：待会见了真人，那才更叫一个好看呢，保准合你的意。

小伙子脸上露出满意的笑容，媒婆也露出得意的神情。

庭院小桌上摆满了丰厚的礼品。

秦茂良提着一个瓷茶壶和两个茶杯进来，放在小木桌上。

媒婆向小伙子使眼色，小伙子赶紧把礼品放在秦茂良面前。

秦雪娟进房间。

媒婆：哎呀！雪娟回来了！

小伙子看着雪娟，眼神直勾勾地。

秦雪娟敷衍地打招呼：婶。

径直要进里屋。

秦茂良叫住她：雪娟，陪你婶坐会儿。

秦雪娟：我先看看毛毛……

秦茂良打断她：别整天毛毛的，毛毛在你三嫂家。

媒婆：雪娟，这是小李，在城里工作，长得是一表人才。家庭条件也不错，父母也没多大岁数，身体硬朗，将来能帮你们拉扯几个孩子。没啥负担，多好的条件……

小伙子一脸得意。

"雪娟雪娟，你看这孩子一直在哭。"三嫂抱着孩子，边喊边进来。

雪娟：孩子怎么了，是不是饿了。

三嫂：我刚喂完他。

雪娟赶忙把孩子接到怀里。

在场的人都呆滞片刻。

小伙子非常惊诧，转头恶狠狠瞪了媒婆一眼：这是咋回事！这么大的事不给俺提前说，你们这是坑钱的吧！

小伙子夺门而去。

媒婆：（难堪）哎哎……这话咋说的。

媒婆尴尬紧追几步后停下，急忙转身拿起桌上礼品追赶。

媒婆：哎，大侄子……

秦茂良狠狠地瞅了眼秦雪娟。

秦雪娟轻轻拍着孩子，孩子停止了哭泣，看着雪娟发出"咯咯"的笑声。

18. 外景 秦家庭院（夜）

人物：秦茂良、秦雪娟。

秦茂良：你别怪爹狠心，必须得把孩子送走，爹这么做都是为了你好。

秦雪娟：爹，我知道你是为我好。

秦茂良：知道爹为你好，你还不听爹的。村里和你差不多大的女娃都嫁了人，人家的孩子都快会走路了。

秦雪娟：爹，你怎么说个没完了。

秦茂良:爹不是个唠叨人,你说就你现在这样,别说条件好的,就连金贵那傻小子都不一定能娶你。

秦雪娟:爹,金贵哥咋了!

秦茂良叹了口气:闺女,从小你就最听话最孝顺,从来没惹爹生过气。你娘走得早,爹没啥大本事,靠着编筐把你们姐妹俩养大,你姐本事大,飞得远,几年也见不到人。爹现在唯一牵挂的就是你,爹也不图你啥,只盼着你能找个好人家,安安稳稳地过日子。也算我对得起你娘的在天之灵了。

秦雪娟的眼泪慢慢流了出来。

秦雪娟:爹,你别说了。

秦茂良:再说咱给毛毛寻个好人家,不是更好吗?

秦雪娟看着熟睡的毛毛陷入沉思。

19.内景 孤儿院(日)

人物:秦雪娟、工作人员、孩子数名。

孤儿院里传出孩子的嬉笑声,秦雪娟透过栅栏向里面打量。

"您好,您找谁?"孤儿院里的一位工作人员出来。

秦雪娟支支吾吾:我……我想……我想来你们这里做义工可以吗?

工作人员:哦,那你进来吧。

(一组镜头:孤儿院里各年龄段、各种举动的孩子,孩子们显得可爱又可怜。)

秦雪娟:这些孩子都是被遗弃的吗?

工作人员:对,都是,我们这最小的孩子只有几个月大,这些狠心的父母一生下孩子就把他们抛弃了。

工作人员指着一位孩子:看,这是我们院里大一点的姐姐,正哄着小一点的弟弟睡觉呢。

秦雪娟一转头,看见旁边的一个婴儿车里,有一个和毛毛一样大小的孩子,在吃着手指头。秦雪娟恍惚了一下,出现了毛毛的样子。

秦雪娟眼中的泪水闪烁。

20.外景 山路(日)

人物:秦雪娟。

山路上,秦雪娟飞快地往家跑着。

21.内景 三嫂家(日)

人物:秦雪娟、毛毛、三嫂。

秦雪娟推开门:三嫂,毛毛呢?

三嫂:毛毛在屋里呢。

秦雪娟跑到屋里,一把把孩子抱在怀里,眼泪抑制不住流了下来。

22.外景 大榕树(傍晚)

人物:秦雪娟、魏金贵。

夕阳之下,云霞折射出金黄色的光芒,二人近距离地坐在大榕树下。金贵手里提着一兜东西。

魏金贵:这是给毛毛带的奶粉。

秦雪娟:谢谢你,金贵哥。

魏金贵:听说前几天有人去你家给你提亲了。

秦雪娟:嗯。

魏金贵:你答应了?

秦雪娟摇摇头。

魏金贵:听说还是个城里人。

秦雪娟:城里人咋了,我从来没想嫁到城里去。

魏金贵听到这憨厚地笑了。

魏金贵悄悄拿出来一个手镯。

23.外景 秦家庭院(日)

人物:秦茂良、中年男子。

一盒点心和两瓶酒放在小木桌上,一中年男子坐在小板凳上。

中年男子:大哥,一收到你来信,我马上就赶过来了。

秦茂良低头不语。

中年男子看着秦茂良低头不语,心里有些忐忑,把桌上的礼物往前推了推。

秦茂良瞟了一眼桌上的东西:你这是啥意思,东西你拿走,只希望你把孩子当亲生的养就行了。

中年男子:大哥你误会了,我们一定会当亲生的养。

秦茂良沉默着,眼中也闪烁着泪光。

24.外景 魏记店铺(日)

人物:秦雪娟、魏婶、魏金贵。

魏金贵和魏婶正在搬运货物,秦雪娟慌慌张张跑来。

秦雪娟:(焦急)金贵哥?

魏金贵:怎么了,雪娟?

秦雪娟:(哭泣)毛毛不见了,找了半天也找不到人!

魏金贵一愣:毛毛不见了?那赶紧找去啊!

魏金贵和秦雪娟分头向不同的方向赶去。

魏婶:(诧异)哎哎……毛毛怎么不见了?

25.内景 秦家厅房(夜)

人物:秦雪娟、秦茂良。

雪娟推门进屋,神情失落,眼神无光。秦茂良坐在堂屋的桌子旁边。

秦茂良:吃饭吧,饭都凉了。

秦雪娟:爹!孩子到底去哪了?

秦茂良:孩子我给送走了!

秦茂良站起身准备回屋,秦雪娟一下子跪在地上,抱住秦茂良的腿:爹,你咋就这么狠心呢,我求求你告诉我,孩子到底送哪了?

秦茂良:不是爹狠心,爹这是为你着想。

秦雪娟:你要是真为女儿着想,就把孩子还给我!

秦茂良:还给你?你给爹说实话,这孩子到底是从哪来的?

秦雪娟:(掩饰)我……我捡的。

秦茂良:(意识到什么)都这时候了,你还不给我说实话?去年你非要说要到你姐那卖柳编……难道……

秦雪娟哭得更厉害,扑倒在秦茂良怀里。

秦茂良懊悔地拍了下脑袋,泪水簌簌地往下掉。

26.外景 村庄(夜)

人物:秦茂良、秦雪娟。

两道闪电划破漆黑的夜晚,村庄的狗叫作一团,父女俩相互搀扶着向村外走去。

27.外景 山麓(日)

人物:秦雪娟、秦茂良。

深山中的羊肠小道蔓延崎岖,秦雪娟搀扶着气喘吁吁的秦茂良。

汗水浸透了他们的衣衫,酷日下秦茂良眯起眼指着远山村落的炊烟,秦雪娟擦擦汗,眼中透露着兴奋和喜悦。

28.外景 山村(日)

人物:秦雪娟、秦茂良、山民。

远山一片朝霞,满山翠绿。

秦雪娟和秦茂良疲惫地走进一个小院落,秦茂良一屁股坐在院落里一块木墩上,秦雨娟兴奋地跑向木屋。

秦雪娟:毛毛、毛毛……毛毛!

零落破旧的木屋门掩着,一阵风吹来发出"吱吱"的响声。

秦雪娟和秦茂良焦急地推门,室内凌乱不堪,两人惊呆地站在那里。

一山民站在不远的山梁处向院落探头。

秦茂良:他大哥!这家人去哪了?

山民:到城里打工去了!

秦茂良:打工了?

秦雪娟:家里没人了?

山民:都走了。

秦雪娟:他们有没有抱着一个孩子?

山民:好像抱着一个孩子

秦茂良听后一头歪倒在地上。

秦雪娟:爸!爸!

秦雪娟急忙掐秦茂良的人中,秦茂良慢慢地睁开眼,喘了一口大气。

秦茂良:毛毛……我的好外孙啊,姥爷糊涂!姥爷对不住你啊!

秦雪娟:爸!爸!

29. 外景 深山(夜)

人物:秦雪娟、秦茂良。

蒙蒙细雨。

秦雪娟和秦茂良在树下躲雨。

一阵山风吹来,秦雪娟把外衣披在秦茂良身上。

30. 外景 城市街道(夜)

人物:秦雪娟、秦茂良、青年男女数名。

城市繁荣的夜景中,秦雪娟搀扶秦茂良疲惫地坐在马路的石沿上,来往车辆的灯光照得他们睁不开眼。

繁华街道人来人往,车水马龙。

树下人行道的连椅上,青年男女一对一对依偎在一起。

秦茂良一声叹息,心疼地抚摸依偎在他腿上打瞌睡的秦雪娟的头发。

霓虹灯闪烁、热闹的街道、旋转的灯光、动态的路边广告牌。

31. 外景 城市/建设工地(日)

人物:秦雪娟、秦茂良、行人数名。

车辆如流水,自行车和行人绞在一起互不让路。秦茂良和秦雪娟躲着来往的汽车和行人。

工地上繁忙的景象,机器发出各种嘈杂的声音。

秦雪娟和秦茂良向一位建筑工人打听,工人摇头,秦雪娟和秦茂良脸上出现失望的表情。(赶往不同的工地,工人们都摇头。)

另一工地冷冷清清,秦茂良坐在门口歇息,秦雪娟在询问一守门的老头,老头给秦雪娟指着一名中年男子,秦雪娟回头突然看见秦茂良倒在地上,急忙向秦茂良奔跑过去。

32. 外景 工地门口(日)

人物:秦茂良、秦雪娟、中年男子。

秦茂良醒来,秦雪娟和那名中年男子都围在秦茂良身旁,秦茂良一把抓住那名中年男子。

秦茂良:给我孩子……把孩子还给我。

33. 内景 星级酒店(日)

人物:秦雨娟、宋卫国。

轻柔的音乐渐渐传来,餐桌上摆放着香槟和精致西餐。

宋卫国:雨娟,咱们什么时候把婚事给办了?

秦雨娟:等我把公司的事安排一下,结婚这么重要的事,还是回家和我父亲商量一下。

宋卫国:好,听你的,过两天咱们就去见见叔叔。

举起高脚杯,轻轻碰了一下。

34. 外景 集市(日)

人物:秦雪娟、秦毛毛。

熙熙攘攘的集市上,叫卖声此起彼伏,热闹非凡。

"小毛毛,真俏俏,你是一个好宝宝……"秦雪娟手里拿着一个小泥人逗秦毛毛开心。

秦雪娟:小毛毛,叫妈妈。

秦毛毛嘟着小嘴努力发出声音。

秦雪娟:叫妈妈。

秦毛毛:妈……妈……妈妈。

母子二人幸福欢乐场面。

35. 外景 山路(日)

(远景)一辆轿车疾驰在乡间的山路上。

36. 外景 村口(日)

人物:秦雨娟、宋卫国、魏婶、司机、孩子数名。

(近景)司机下来打开轿车的车门。

戴墨镜的秦雨娟和宋卫国下车,一群孩子围上去,引起了村民的围观和议论。

妇女乙:(惊讶)哎呀,雨娟!

妇女甲:什么?

妇女丙:是秦茂良家的大闺女!

妇女乙:(惊骇)哎呀真是她!乖乖……

众人露出羡慕的表情,秦雨娟摘下墨镜。

魏婶从铺子里出来。

魏婶:(欣喜)哎呀,原来是雨娟啊,好几年没回来了吧,你爹可想你了。

秦雨娟:哦,是魏婶啊。

秦雨娟打量了魏婶一下。

魏婶:雨娟,这位是……

秦雨娟:哦,这是我未婚夫宋卫国……这是魏婶(对卫国)。

宋卫国敷衍地向魏婶点头。

魏婶:哦,雨娟这是找了个大老板吧……

秦雨娟看丈夫有些不高兴,连忙打断:婶,改日有空再聊,我和卫国先回家。

37. 外景 秦家庭院(日)

人物:秦雨娟、宋卫国、秦雪娟、秦毛毛、秦茂良。

秦茂良正在院子里编织柳条筐,技法娴熟,条理分明。

雨娟:爸,爸!

秦茂良:雨娟!

秦茂良刚刚露出欣喜,便又立刻黯淡下来。

秦茂良:你心里还有这个家啊。

秦雨娟:哦,卫国这是我爸。

宋卫国:叔叔好。

秦茂良:进屋坐吧。

几人往屋里走。

秦雨娟:爸,雪娟呢?

秦茂良:赶集去了。

秦茂良话音刚落。

"爸。"秦雪娟背着毛毛迈进家门。

秦雨娟:雪娟。

秦雨娟满脸笑容,看到雪娟背着的孩子,脸上的笑容顿时僵住了。

秦雪娟:姐。

秦雪娟慢慢地向前走,身后的毛毛对着秦雨娟突然叫了一声:妈妈。

秦雨娟惊得张大嘴巴,眼睛直盯着毛毛。

"妈……妈妈。"毛毛对着雨娟又冒出一句。

宋卫国:这是谁的孩子?

秦雪娟连忙打圆场:哦,隔壁三嫂家的孩子。

秦雪娟抱着毛毛赶紧进屋。

38.外景 榕树下(夜)

人物:秦雪娟、秦雨娟。

秦雨娟:雪娟,你想害死我啊!你到底想干什么?

秦雪娟低着头不吭声。

秦雨娟:我这么相信你,把我的前途和名声都系在你身上!你就这么对待我吗?

秦雪娟:姐,对不起,我不舍得把孩子送人。

秦雨娟:你不舍得把孩子送人,你就舍得葬送我的前途,当初让你把孩子送得远远的,你为什么把他留下,你为什么这么做!

秦雪娟:姐,人心都是肉长的,你也太心狠了,你能下这狠心,我可下不了。

秦雨娟:我心狠,你这么做难道对我就不狠吗,这事要是卫国知道了,你知道后果有多严重吗!

秦雪娟:严重?再严重也没有你抛弃自己的亲生骨肉严重吧!

秦雨娟:好啊,雪娟,长本事了,教育起姐来了。

秦雪娟:我没有教育你的意思,我只是觉得毛毛是无辜的,你这样做对他太残忍了!

秦雨娟:(惊愕)毛毛?你……你还给他取名叫毛毛,雪娟你可真是会往伤口上撒盐啊!

秦雪娟:(疑惑)姐,怎么了?

秦雨娟气愤地指着秦雪娟:(歇斯底里)这就是我的妹妹,啊,我的亲妹妹,你不知道害我的那个混蛋姓毛啊?啊,你怎么这么狠心,就这样戳我的痛处,你就这么记恨我。

秦雪娟:(解释)姐,我真的不知道,我真不是故意这样做的。

秦雨娟一句句紧逼秦雪娟。

秦雨娟:(不依不饶)雪娟我告诉你!当初我让你把他送得远远的,你非不听非要自作主张,既然你现在已经留下了他,也别怪我无情无义,记住了,我不想和这个孩子再有任何关系。

秦雪娟:你放心吧,毛毛不会拖累你的,我养。

秦雪娟转身离开,秦雨娟站在原地!

39.外景 村庄(清晨)

轿车驶出村子。

40.外景 集市(日)

人物:秦毛毛(由小到大)。

集市、曲艺等。

秦毛毛四岁了,看着泥塑艺人在捏泥人(时间:四年后)。

泥塑艺人递给秦毛毛一个捏好的泥人。

秦毛毛:(愉悦)谢谢爷爷。

41.内景 公司(日)

人物:秦雨娟、宋卫国、其他人物数名。

豪华办公室内一片狼藉,秦雨娟颓废地坐在椅子上,用手撑着头,宋卫国坐在她的对面,表情冷酷。

秦雨娟:宋卫国,我没想到你会这样做(语气悲凉)。

宋卫国:秦雨娟,我也没想到你会这样!孩子都四岁了,我才知道你他妈的生过孩子,老子的"绿帽子"戴了好几年,直到今天才知道!

秦雨娟:你是不是早就调查我了?

宋卫国不语。

秦雨娟:我和你结婚这几年,为公司费了多少心血,要不是有我能有公司的今天?你却在背后调查我,弄这些勾当!

宋卫国:够了!你以为我不知道你当初为什么嫁给我,你就是图钱。你说你爸是做大生意的,其实你爸就是一个编筐的!

秦雨娟:混蛋!滚出去!

宋卫国:好,骂得好!我滚出去,从今天起,你别想再得到我一分一厘的资助!我要把我的资金全撤出去!

"啪",宋卫国把离婚协议书扔在办公桌上。

秦雨娟:宋卫国,你可真无耻!

宋卫国:公司的负债不用我给你说,你自己也清楚吧,这也算对你给我戴了几年"绿帽子"的一点"感谢"吧。

42.内景 魏记店铺(夜)

人物:魏金贵、魏婶、秦毛毛。

魏婶:金贵,明天你二姨过来帮你提亲。

魏金贵:我不用她给我提亲。

魏婶:你这孩子,你看看你都多大了,和你一样大的人家孩子都满街跑了,你什么时候让娘抱孙子?

魏金贵:娘,你别催我,我心里有喜欢的人。

魏婶:哈喜欢的人,你和雪娟在一块我可不同意!

秦毛毛此时已经来到了店铺门口,一手拿着一个空瓶子,一手捏着5元钱。

魏婶:咱家条件比上不足比下有余吧,不是娘嘴毒,雪娟有啥好的,还带着毛毛那个"拖油瓶",你看看这几年谁还上她家提亲去。

魏金贵:反正我心里只有雪娟一个人,除了她我谁都不娶!

魏婶:你是想气死我!你要是娶了雪娟,你就是给人家养孩子,你以为毛毛真能把你当爹,我还得抱自己的孙子呢,反正我是不同意!

魏金贵起身出去,正好看到毛毛站在门口。

魏金贵:毛毛!

毛毛:金贵叔,魏奶奶,我来给妈妈买洗衣粉。

43.内景 秦雪娟卧室(夜)

人物:秦雪娟、秦毛毛。

秦雪娟哄毛毛睡觉。

毛毛闭上的眼又睁开。

秦雪娟:毛毛怎么不乖了,快睡觉。

毛毛闭上眼,忍不住又睁开。

秦毛毛:妈妈,我可以问你一个问题吗?

秦雪娟:问完就睡觉啊!

秦毛毛:你会嫁给金贵叔吗?

秦雪娟一愣,随即反问:你喜欢金贵叔吗?

秦毛毛:喜欢,我愿意让他当爸爸。

秦雪娟欣慰的:那妈就听你的。

秦毛毛忽然:你以后会要小弟弟吗?

秦雪娟又一愣:你想要吗?

秦毛毛:也想,也不想。

秦雪娟:为什么啊?

秦毛毛:我喜欢有小弟弟陪我玩,我又怕有了小弟弟你们就不喜欢我了。

秦雪娟一把搂住毛毛:妈妈永远不会不喜欢你的。

秦毛毛:可是魏奶奶说我是"拖油瓶",她说她不同意金贵叔和妈妈在一起。

秦雪娟紧紧搂着毛毛:妈只喜欢毛毛,别的谁也不要。

毛毛安心地闭上了眼睛,秦雪娟的泪水滑落。

44. 内景 秦氏企业（日）

人物：秦雨娟、要账人员数名、员工数名。

身穿职业装的秦雨娟坐在老板椅上，面前的办公桌上摞着高高的文件，她匆匆地翻着一个又一个，像是寻找着什么，最后她失望地依在了靠背上，闭上了眼睛。桌上的电话铃响起，秦雨娟睁开眼，然后"啪"的一声挂掉了电话。

走廊里传出争吵声。

甲：秦雨娟呢？让她出来！

乙：我们要找你们老板！现在连个人都见不到，电话也不接，不会是卷着钱跑路了吧！

几个员工阻挡不住气势汹汹的要账人员，要账人员闯进了办公室。秦雨娟示意员工们出去。

秦雨娟：几位老板别冒那么大火，咱们都是老朋友了不是。

甲：秦老板，这次可不能再打"马虎眼"了，我们哥几个见你一面也不容易，这次就把你所有的账都给清了吧，省得下次又找不到你人。

乙：秦雨娟，现在我公司连工资都快发不出来了，今儿个我给你明说了吧，要是今天你还不上钱，可别怪我翻脸不认人！

秦雨娟微笑着看着他们，按了下电话的一个按钮。

秦雨娟：把咖啡送进来。

秦雨娟恭敬地把咖啡放到他们面前。

秦雨娟：各位老板先喝杯咖啡，消消火。也都怪我经营不善，给几位大哥添了这么大的麻烦（悲伤）。

要账的人员火气顿时小了一些。

秦雨娟：我知道最近各位大哥的日子也不好过，为了筹钱也是东奔西跑的，雨娟也知道你们的苦处和难处，我在心里都记着各位的好，念着各位的恩情，也知道各位大哥都是仗义之人。

甲：秦总，你别这么给我们戴高帽，我们也不是有意为难你。

乙：秦总，弟兄们也是无奈之举，都得吃饭不是。

秦雨娟：各位大哥也看到了公司现在是什么状况，说句不好听的，你们要是这么紧逼着向我要钱，我秦雨娟要是倒下了，那你们的钱可就永远要不回来了。

几名要账的人相互对视。

秦雨娟：不如各位大哥再宽我几天，让我想想办法，到时候我要是真拿不出来钱，不是还有我这个人在这吗。再说咱们都合作这么多年了，这点面子各位大哥还是能给的吧。

要账的几个人看了看坐在中间的那个人。

甲：那好，既然秦总都这么说了，这点面子还是要给的，咱们不给面也太不仗义了，那秦总你说个时间吧。

秦雨娟：再给我一个月的时间。

甲起身：好！那就一个月的时间，秦总也是个讲信誉的人，一月之后要是再看不到钱，就别怪兄弟们不留情面了。

要账人员离开办公室。

秦雨娟立刻停止了笑容，瘫坐在座椅上。

秦雨娟：宋卫国！你这个王八蛋！

45. 外景 小路（傍晚）

人物：秦雪娟、魏金贵。

魏金贵默默走在小路上，秦雪娟跟在后面。

秦雪娟：金贵哥……你到底有啥事？

魏金贵停下了脚步，眼睛朝着竹林不敢看秦雪娟。

魏金贵：雪娟我……

秦雪娟：咋了金贵哥？怎么吞吞吐吐的？

魏金贵：有人给我提亲了。

秦雪娟一愣：提亲……那……那你同意了吗？

魏金贵点点头。

秦雪娟：是哪家姑娘？

魏金贵：宋家屯的。

秦雪娟：哦，离这不远，那你同意了？

魏金贵：雪娟……我……

魏金贵一把抓住秦雪娟的手。

魏金贵：雪娟，我想照顾你和毛毛！

秦雪娟：金贵哥你……

魏金贵：毛毛虽是捡来的，拖累了你，但我不在乎，我不嫌弃！

秦雪娟望着激动的魏金贵，她冷静地从魏金贵手中挣脱出来。

秦雪娟：金贵哥，我从来没觉得毛毛是个累赘在拖累我，也没有因为毛毛感到耻辱……其实我一直把你当哥哥看，你听婶的话赶紧结婚吧，谢谢你了。

秦雪娟转头跑下山，魏金贵看着远去的秦雪娟。

魏金贵：（懊悔）哎，雪娟，雪娟……我……我不是这个意思！

魏金贵给了自己一个耳光：都怪我……

魏金贵懊恼地蹲在地上。

46. 内景 秦雨娟办公室（日）

人物：秦雨娟、秘书。

豪华办公室内，办公桌显得有点凌乱，茶几上有一桶方便面和几份文件。敲门声响起。

秦雨娟：进来。

秘书拿着报纸和文件进来。

秘书：秦总，这是今天的报纸和要签字的文件。对了还有，上次要债的那伙人今天又打来电话了，说期限快到了，要是还不上钱，他们就会……

秦雨娟：知道了！（不耐烦地打断）出去吧！

秦雨娟在房间里来回踱步，随后拿出手机，拨打了宋卫国的电话。

秦雨娟：宋卫国，你占着公司股份，债务当然也有你的份，我告诉你……

话没说完，对方挂掉电话。秦雨娟继续拨打，传来忙音（嘟……嘟……嘟）。

"宋卫国你这个骗子，你这个王八蛋。""哗啦"把桌上的文件和报纸弄到地上。

秘书进来：秦总刚才的文件都急等着您签字呢。

秦雨娟：知道了！出去！

秦雨娟弯腰捡起桌上的报纸和文件，突然看到桌上报纸题目《美籍华裔企业家毛晓伟受到市长接见》，她急忙摊开报纸，眼睛睁大，一副吃惊的表情。

47. 外景 魏记店铺（日）

人物：魏金贵、魏婶、新娘子、娶亲人员数名、孩子数名。

鞭炮齐鸣，迎新娘子的轿车停在魏记店铺门口。

喜气洋洋的魏婶和身穿西装的魏金贵给轿车开门，新娘子下车，孩子们上前抢糖果。

在人们的喝彩下，魏金贵抱着新娘子跳火盆。

魏金贵虽然脸上带着微笑，但眼睛却在人群中搜寻着雪娟的身影。

48. 外景 大榕树（日）

人物：秦雪娟、秦毛毛。

秦毛毛在大榕树周围玩耍，秦雪娟落魄地坐在大榕树下，盯着魏金贵送他的手镯出神，然后慢慢摘下了手镯。

秦毛毛过来依偎在秦雪娟身上,秦雪娟的泪水滴落在他的头上,秦毛毛懂事地用小手给秦雪娟擦眼泪。

秦毛毛:妈妈你怎么哭了?

秦雪娟:妈妈没哭,是沙子迷了眼。

秦毛毛:哦,今天魏叔叔结婚,我想去玩。

秦雪娟:今天不能去,今天魏叔叔忙不能陪你玩,听妈妈的话。

不远处,戏台上鼓声大作,演着戏曲。

49. 外景 村庄清晨（空镜）

缕缕炊烟升起。

50. 内景 秦家庭院（日）

屋里传出秦雪娟的咳嗽声。

秦家厨房。

人物:秦毛毛、秦雪娟。

灶膛的柴火冒出浓烟,呛得毛毛直咳嗽,四岁的毛毛脸上汗涔涔的,还有几道"锅底黑",毛毛的小嘴拼命地往锅里吹气,想让火燃得旺一些。秦毛毛拿了一个小板凳摆正了,放在了锅灶旁边。然后走向水缸,用瓢盛满了水,颤颤巍巍地踩上小板凳,想把水倒进锅里。小板凳来回摇晃,毛毛一下子从凳子上摔下来,"扑通"一声。

秦雪娟听到厨房有声响,慢慢地从床上起身。秦雪娟神情憔悴,脸色略显苍白,头发有些许凌乱,走进厨房,看到摔倒在地的秦毛毛。

秦雪娟:毛毛! 你怎么了这是,怎么摔在地上了!

摔在地上的毛毛咬着小嘴唇不让自己哭出来,模样让人怜惜。

秦雪娟:摔到哪了? 快让妈妈看看!

秦毛毛:妈……妈……妈妈病了,毛毛想……想给妈妈做饭吃,让妈妈快快好起来(抽泣)。

秦雪娟的眼中突然涌出了泪水。

秦雪娟:毛毛你真是妈妈的好儿子,妈妈没事,过两天就好了。

51. 内景 咖啡厅（夜）

人物:秦雨娟、毛晓伟。

咖啡厅暖暖的灯光洒在二人的脸上,毛晓伟精神干练,秦雨娟冷艳。

毛晓伟:雨娟,你没怎么变。

秦雨娟没有说话,低头搅拌咖啡。

毛晓伟:雨娟,当年是我对不起你,我也不是故意不辞而别,家里安排得很急,非要让我出国……

秦雨娟:不要提以前的事!

毛晓伟:好,那你现在怎么样?

秦雨娟:不怎么样。

毛晓伟:对不起雨娟,我知道当年对你伤害挺大的,可我也是身不由己。

秦雨娟:哼(冷笑),你很无辜?

毛晓伟:不,娟儿,我不是这个意思。

秦雨娟:别喊那么亲了,结婚了吧?

毛晓伟:结了,不过还没有孩子,你呢?

秦雨娟:离了。

毛晓伟:对不起,我不该问这个。

秦雨娟:没事,习惯了,遇到的男人都是骗子。

毛晓伟:其实,我没有欺骗你的想法。

秦雨娟:不辞而别,一走了之,连个信儿没有,是死是活都不知道。哼,也不怪你,要怪就怪我当年瞎了眼,爱上了一个混蛋!

毛晓伟沉默着没有吭声,秦雨娟眼中泛出泪花。

毛晓伟:我希望你不要恨我,我不知道怎么做才能弥补我对你的伤害。

秦雨娟:想弥补吗? 现在你就可以弥补。

毛晓伟:怎么弥补?

秦雨娟:我需要钱!

毛晓伟:多少钱?

秦雨娟:五百万!

毛晓伟:五……五百万,这么多!

秦雨娟:怎么了? 你不是要弥补吗?

毛晓伟:什么时候要?

秦雨娟:现在,现在就要!

毛晓伟迟疑,秦雨娟等待毛晓伟答复。

毛晓伟:这……这可不是小数目。

秦雨娟:你和以前还是一个样子,遇事就往后躲!

毛晓伟:你怎么这样说我,我虽然是董事长,但是这么一大笔钱是要经过董事们开会研究的……

秦雨娟:哼,其实我早就知道你会这么说,你可以不帮我,但如果是你儿子呢?

毛晓伟:我儿子(惊讶)? 什么儿子?

秦雨娟:怎么了,这你都想赖账,没事,你可以带孩子去做亲子鉴定。

52. 外景 村口（日）

人物:秦雨娟、秦雪娟。

秦雨娟的车停在村外,姐妹二人站在车旁。打扮时尚的秦雨娟和朴素的秦雪娟形成鲜明对比。

秦雨娟:雪娟,你把毛毛还给我吧? 我求求你了,求求你了。

秦雪娟:你忘记当年你是怎么说的了!

秦雨娟:姐知道以前对不起你,不该说那话,可毛毛毕竟是我身上掉下来的肉……姐求求你,毛毛对我太重要了。

秦雪娟:重要? 当年你怎么没感觉到毛毛的重要呢?

秦雨娟:雪娟,姐知道以前做得不对,我现在这么做也是为毛毛好。

秦雪娟:为毛毛好? 四年前你怎么不为毛毛着想?

秦雨娟:雪娟你就发发慈悲,为了毛毛的前途,就让他爸带他走,让他接受最好的教育,让他有出息……

秦雪娟:不可能! 说什么我都不会同意!

秦雨娟一下露出恶狠狠的凶光:你难道希望他永远跟你编柳条筐? 你难道希望他永远没有父爱? 你难道愿意他永远在这山沟里待下去! 永远在这里受苦受累,永远守在这里!(嚎叫)知道吗? 他是我的亲生儿子,你没有权力这么对待他! 哼这是在害他,你知道吗!

秦雪娟眼泪止不住地流下来。

53. 内景 秦家屋室（夜）

人物:秦雪娟、秦毛毛。

秦雪娟哄毛毛睡觉。

秦毛毛:妈妈今天讲什么故事啊?

秦雪娟:今天,就不讲故事了,咱俩聊聊天。

秦毛毛兴奋地点点头。

秦雪娟:毛毛,你想不想去城里住啊?

秦毛毛:(脱口而出)想!(随即)但必须要和妈妈一起去。

秦雪娟一脸欣慰:要是跟爸爸呢?

秦毛毛:(不解)爸爸?

秦雪娟:你不是老问妈妈,爸爸是谁?过几天进城就能见到爸爸了。

秦毛毛一脸懵懂。

秦雪娟:爸爸还会带你去国外,将来你就变成一个特别有出息的孩子了。

秦毛毛:去国外?能坐大飞机吗?

秦雪娟:当然能了,坐大飞机,住小洋楼。

秦毛毛:(兴奋地在床上蹦)我要坐大飞机,我要坐大飞机……

秦茂良在门外说:雪娟,咋还不睡啊?

秦雪娟:没睡呢爹。

秦雪娟说着从屋里走出来,毛毛也跟着跑了出来。

秦毛毛跳起来抱住秦茂良的脖子:姥爷,我要跟爸爸坐大飞机,住小洋楼……

秦茂良看向秦雪娟:雪娟,你答应啦?

秦雪娟擦拭眼泪低头不语。

秦茂良抱着毛毛也流下了眼泪。

54.内景 宾馆(日)

人物:秦雪娟、秦雨娟。

秦雨娟接电话:你答应了!姐一定不会忘了你的,你放心,明天我派人开车去接你和毛毛。

秦雨娟接完电话兴奋不已:(自言自语)这下有救了……这下有救了……(忽然想起,给毛晓伟打电话)喂,毛晓伟,钱你准备好了吗?明天我就可以安排你和孩子做亲子鉴定。

说完挂上了电话。

55.外景 大榕树下(日)

人物:秦雪娟、秦茂良、秦毛毛。

一辆轿车停在路旁。

秦雪娟和秦毛毛都穿着崭新的衣服,秦茂良拿着一个装得满满的提包。

秦茂良把提包装到车后备厢。

秦雪娟打开车门:毛毛,你先上车。

秦毛毛紧紧拉着秦雪娟的衣服,不肯上车。

秦茂良:毛毛,进了城要听爸爸……(哽咽)妈妈……的话啊!将来千万别忘了……

秦雪娟制止他:爹,你别说了。

秦茂良:别忘了咱这个家,看见大榕树就看见家了。

秦雪娟:我们走了。

秦雪娟上车,秦毛毛紧紧跟着她。

秦茂良:(不放心)雪娟……你……唉!走吧!走吧!

车子启动驶离,车里的秦毛毛回头,看着大榕树和树下的姥爷越来越远。

56.内外 车内(日)

人物:秦雪娟、秦毛毛。

车里秦毛毛好奇地看着沿途的风光,秦雪娟沉默不语。

车外是不断变化的风景,逐渐由乡村到城市。

57.外景 宾馆门口(日)

(空镜)汽车驶来,慢慢停在宾馆门口。

58.外景 宾馆房间内(日)

人物:秦雨娟、秦雪娟、秦毛毛。

秦雪娟:毛毛,你别乱跑,在屋里等着妈妈,妈妈去给你买好吃的。

秦毛毛:好!

秦雪娟:好孩子听话,在屋里等着,千万不能乱跑。

秦毛毛:妈妈,我想吃冰激凌!

秦雪娟:好,妈妈给你买冰激凌。

秦雪娟的手机响起,上面显示是姐姐的号码,她看了一眼挂掉了。

秦雪娟:毛毛,亲亲妈妈吧!

秦毛毛抱着妈妈,在脸上轻轻地亲了一下。

秦雪娟一下子抱住毛毛,眼里泪水在打转。

秦雪娟放开毛毛,转身出门,关上门。倚在走廊上,泪流满面,这时电话又响起,秦雪娟看了一眼,挂掉电话,转身走进旁边的房间。

秦雨娟拿着冰激凌和其他零食,走进秦毛毛的房间。

59.内景 宾馆房间(日)

人物:秦雪娟。

秦雪娟透过窗户看着汽车慢慢驶向远处,泪水止不住地往外流。

60.空镜 飞机起飞或划过天空

61.外景 秦家庭院(日)

人物:秦雪娟。

秦雪娟坐在院子里,手中拿着柳条正在编织小动物。

秦雪娟:毛毛快来,看看妈妈给你编了什么,毛……

秦雪娟忽然意识到毛毛已经不在家了,停止了呼唤,神情落寞。

62.外景 大榕树下(日)

人物:秦雪娟。

秦雪娟坐在大榕树下抬头望着天空,慢慢低下头来,呆滞的目光又望向远方那条通往村外的小道。(镜头表现日复一日。)

63.内景 孤儿院(日)

人物:秦雪娟、院长、孩子数名。

秦雪娟:院长,我想来这儿做义工。

院长:你以前照顾过孩子吗?

秦雪娟:照顾过。我还可以教孩子们一些手艺,他们以后到了社会上也算有一技之长。

秦雪娟教孩子们编织和捏泥人,脑中不时浮现出毛毛的可爱模样。

64.外景 大榕树下(日)

人物:秦雪娟、艺人数名、孩童数名、村民数名。

(字幕:十年后……)

秦雪娟依旧坐在大榕树下,痴痴地看着身边玩耍的儿童。

背景是戏台上唱梆子戏的女艺人和拉坠琴的男演奏员。

台下是喝彩的观众。

65.外景 秦家庭院(日)(梦境)

人物:秦雪娟、秦毛毛。

一群小鸡惊恐地四散奔逃,四岁的秦毛毛拿着小木棍驱赶鸡群,不亦乐乎。

秦雪娟笑着嘱咐:毛毛,慢点,别摔着。

秦雪娟回头继续洗衣服,忽然听见"扑通"一声,毛毛摔倒,脑袋磕碰在石头上,鲜血直流。

秦雪娟循声望去,大惊失色:毛毛!毛毛!

66.内景 秦雪娟卧室(夜)

人物:秦雪娟。

"毛毛!"秦雪娟一下子从噩梦中惊醒,额头渗出细汗。秦雪娟下床拉灯,望着墙上秦毛毛的相片发呆。

67.内景 酒店(日)

人物:秦雨娟、女秘书、嘉宾数名。

时髦的秦雨娟在酒桌上举起红酒杯,在座的人举杯庆贺,她向来宾一一敬酒。
手机铃声响起,秦雨娟接听电话,大惊失色:什么?

68.内景 秦雨娟办公室(日)
人物:秦雨娟、毛晓伟。
毛晓伟将一张没有配型成功的检查表递给秦雨娟。
秦雨娟接过来扫了一眼。
毛晓伟:(叹息)没有找到合适的肾源,我也没有配型成功,眼看毛毛的病情越来越重,我只能来找你……因为你是他的亲生母亲。

69.内景 秦雨娟办公室(夜)
人物:秦雨娟。
秦雨娟坐在办公桌前,低头冥思。面前是一张检查报告单,上面显示秦雨娟配型成功。
秦雨娟站起来,在房间里来回踱步。她停住了脚步,望着窗外的霓虹,又看了看象征着她事业的办公桌。
"秦雨娟,这么多年你为孩子做过什么!毛毛可是你的亲生儿子,你是毛毛的亲妈!现在只有你能救他。"(内心独白)
"秦雨娟,如果你把肾捐给了毛毛,你的事业就完了,你每天有那么多事情要做,每天有那么多会要开,每天要参加各种应酬,这些你都应付不过来!"(内心独白)
"秦雨娟,毛毛现在很需要你!你别再犹豫了,赶快做决定吧!"
"秦雨娟,你走到现在太不容易了,捐了肾你的公司你的事业怎么办!"
内心挣扎纠结的声音交织在一起。

70.外景 秦家庭院(日)
人物:秦雨娟、秦雪娟。
秦雨娟:雪娟,你别一直哭了!
秦雪娟:毛毛现在在哪?
秦雨娟:在医院,现在最要紧的是找到合适的肾源,我和他爸爸匹配没有成功,现在只能寄希望于直系亲属了。
秦雪娟:(站起来)我现在就去医院!

71.内景 医生办公室(日)
人物:秦雪娟、医生。
医生查看着检查报告单。
医生:根据检查来看,你的肾源是匹配的。
秦雪娟:(激动)那我现在是不是就可以换?
医生:现在不行,换肾是个大手术,不管是捐肾者和患者,都会有很大的风险,需要住院,进行术前准备。
秦雪娟:那我现在就办理住院,进行术前准备。

72.内景 医院病房(日)
人物:秦雪娟、秦雨娟、毛毛。
秦雨娟和秦雪娟站在病房门口,透过玻璃能够里面熟睡的毛毛。
秦雨娟:毛毛好不容易才睡着,别进去了,就在门口看吧。
秦雪娟慢慢贴近门口上的玻璃,望着躺在病床上的毛毛。

73.内景 病房(日)
人物:秦雪娟。
(几组镜头)
秦雪娟在病房里换上病人服装。

74.内景 医院病房(日)
人物:秦毛毛、秦雨娟、毛晓伟。
秦毛毛躺在病床上,身体虚弱,脸色苍白,闭着眼睛,手上输着液。秦雨娟和毛晓伟坐在毛毛床边。

75.内景 医院手术室(日)
人物:秦毛毛、秦雪娟、医生数名。
(几组镜头)
手术车被推进手术室。
秦雪娟看着秦毛毛,秦毛毛也注视着秦雪娟。
秦毛毛:妈。
秦雪娟:毛毛,妈妈在这(泪水滑过脸庞)。
"啪啪"手术灯亮起。
秦毛毛和秦雨娟脸上都戴着氧气罩。
医生操作沉稳有序。
手术室外的显示屏不断变换着时间(手术中×时×分)。

76.内景 手术室外(日)
人物:秦雨娟。
秦雨娟焦急地在门口等待。
手术结束,两个病人被推出来,秦毛毛被推往重症监护室,秦雪娟被推往病房,秦雨娟紧跟到重症监护室门口。
秦雪娟和秦毛毛的镜头相互交替。

77.内景 医院单间(夜)
人物:秦雨娟、秦雪娟。
(两组镜头)
秦雪娟戴着氧气罩躺在病床上昏睡着,秦雨娟站在秦雪娟病床旁边。
窗外雷声大作,雨点打在玻璃上,斑驳陆离。
秦雨娟冰冷冷地站在窗前,望着远处的霓虹。

78.内景 医院走廊(日)(秦雨娟回忆)
人物:毛晓伟、秦雨娟。
毛晓伟打着电话:我现在实在回不去!我儿子在医院呢!……这样吧,我出一份委托函,让律师代我去处理!
秦雨娟在一旁听到毛晓伟打电话的内容。

79.内景 毛晓伟办公室(夜)(秦雨娟回忆)
人物:毛晓伟、秦雨娟。
毛晓伟签署委托函。
秦雨娟进入毛晓伟办公室,拿走了委托函。

80.内景 医院走廊(日)(秦雨娟回忆)
人物:毛晓伟。
毛晓伟打着电话:什么?没收到委托函……
电话:毛总,根本没收到委托函,时间来不及了,你必须赶快回来一趟!
毛晓伟:好!我知道了(挂掉电话)。
秦雨娟:没事,公司有急事你就先去处理,这儿有我呢。
毛晓伟:处理完我马上回来!

81.内景 病房里(日)
人物:秦雨娟。
秦雨娟换上病患衣服,装扮成秦雪娟的样子。

82.内景 医院病房(日)
人物:秦雨娟、秦毛毛、毛晓伟。
秦毛毛的脸色相比手术前好了很多,眼神中也有了些许光彩,雨娟的病床在毛毛病床的一侧,雨娟装作虚弱的样子。
秦毛毛:妈妈,你还记得"小蝌蚪找妈妈"的故事吗?
秦雨娟:"小蝌蚪找妈妈"?噢……噢……记得。
秦毛毛:我想再听妈妈讲一遍。
秦雨娟:以前有一群小蝌蚪,它们生下来就不知道妈妈在哪里,于是呢,它们就找啊找啊,它们遇见了鲤鱼,鲤鱼说你们的妈妈有四条腿,宽嘴巴。它们又遇见了乌龟,乌龟说你们的妈妈头上有两只大眼睛,于是它们就继续找妈妈,它们找啊找……(雨娟声音有些哽咽)

秦毛毛:妈,疼吗?

秦雨娟:儿……儿子,妈……妈不疼。

83. 内景 医院病房(日)

人物:毛晓伟、秦雨娟。

毛晓伟拿着一大盒玫瑰鲜花放在秦雨娟床头柜上。

毛晓伟:毛毛呢?

秦雨娟:毛毛去做检查了。

毛晓伟:雨娟,谢谢你救了儿子。

秦雨娟:别这么说,他也是我儿子。

毛晓伟:是,为了儿子,你付出了太多了,我都不知道如何去补偿你。

秦雨娟:算了,都过去了。我不需要任何补偿,我只有一个心愿。

毛晓伟:你说。

秦雨娟:我希望每年的假期毛毛能够回来陪陪我。

毛晓伟:好!没问题。

84. 城市夜景(空镜)

85. 内景 秦雪娟病房(夜)

人物:秦雪娟、秦雨娟。

窗外电闪雷鸣,雨滴打在玻璃窗上。

秦雨娟穿着病号服来到秦雪娟的病房。

秦雨娟:雪娟,感觉怎么样了?

秦雪娟:好多了。

秦雪娟突然发现姐姐穿着病号服。

秦雪娟:(惊讶)姐!你怎么了,怎么穿成这样了?

秦雨娟:哦,姐没事,姐姐谢谢你,谢谢你救了毛毛。

秦雪娟:姐,毛毛也是我的孩子。

秦雨娟:雪娟,姐对不起你。

秦雪娟:哎,以前的事情都过去了,还提那些干吗。

秦雨娟:(欲言又止)唉……

秦雪娟:(警觉)姐,你怎么了?

秦雨娟一咬牙:那我就说了吧,这次你给毛毛换肾,我没让毛毛爸爸说是你捐献的肾。

秦雪娟:(惊讶)这是为什么?

秦雨娟:当然是为毛毛。

秦雪娟颇为痛苦:我不明白,你的肾不是不匹配吗?

秦雨娟:那……那……

秦雪娟:姐,你有几句话是真的?

秦雨娟痛苦地低下头。

秦雨娟:我知道你瞧不起我,心里在骂我卑鄙,是不是?好!行……我卑鄙也好,混蛋也罢,这都是为了毛毛。

秦雪娟:(漠然)为了毛毛。

秦雨娟:雪娟,我说白了吧,自从我把毛毛带走后,直到现在他根本就不知道还有你这个姨存在。

秦雪娟:(震动)姨?

秦雨娟:雪娟,我知道我说这话残忍,可我不说出来更残忍。

秦雪娟:姐!你……你的心……

秦雨娟:你心里又骂我卑鄙残忍!

秦雨娟:可我的这些残忍都是被逼的,对不起雪娟,现在说什么也都晚了。到如今我才知道,什么功名利禄都是虚缈的。经历了这番波折,我才知道当个母亲是多么的幸福,我永远不想让毛

毛知道我是个罪恶的母亲!所以姐求你替我保守这个秘密,不要毁了我在毛毛心中的形象。

秦雪娟:我以为你真的悔悟了,没想到你还是这么自私自利。

秦雨娟:我不管你怎么想,反正今后我不想再失去毛毛!

秦雨娟把一个提兜放在秦雪娟床上,倒出一捆现金。

秦雨娟:这是五十万!就算是我对你的补偿吧,我已经在咱们老家那边安排了最好的医院,你去那休养吧,今后就不要再见毛毛了。

秦雪娟:(抽泣)……你……你给我出去!

秦雨娟转身走出病房,只剩秦雪娟一人呆呆地站在那里。

秦雪娟悲愤地把钱撒了一地,走了出去。

86. 内景 医院走廊

人物:秦雪娟、秦雨娟、秦毛毛。

秦雪娟路过毛毛的病房,看到秦雨娟正在照顾毛毛,脑中想起了以前自己给毛毛讲"小蝌蚪找妈妈"的故事。

87. 内景 村秦雪娟卧室(夜)(秦雪娟闪回画面)

人物:秦雪娟、毛毛(小)。

秦雪娟给毛毛讲"小蝌蚪找妈妈"的故事:以前有一群小蝌蚪,它们生下来就不知道妈妈在哪里,于是呢它们就找啊找啊,它们遇见了鲤鱼,鲤鱼说你们的妈妈有四条腿,宽嘴巴。它们又遇见了乌龟,乌龟说你们的妈妈头上有两只大眼睛,于是它们就继续找妈妈,它们找啊找……

88. 外景 街道(夜)

人物:秦雪娟。

电闪雷鸣中。

浑身浸透、打着赤脚,走在飘泼大雨中的秦雪娟。

秦雪娟:(神志恍惚)我的毛毛、我的毛毛……我的毛毛。

"哗"汽车驶过,溅了秦雪娟一身雨水,她竟毫无反应。

秦雪娟慢慢消失在雨幕中。

89. 内景 秦家老宅(日)

人物:秦毛毛、魏金贵。

(闪回)时间转到现在,秦毛毛站在照片墙前,手里拿着医院出具的手术记录单。上面写着捐赠人:秦雪娟,家属签字:秦雨娟。

90. 外景 秦家庭院(日)

人物:秦毛毛(大)、秦毛毛(小)。

(几组镜头闪回)阳光灿烂下,秦雪娟怀里抱着毛毛,哼着歌谣轻轻摇荡。

秦毛毛慢慢学走路,秦雪娟笑容灿烂。

四岁时的秦毛毛在院中愉快玩耍,天真烂漫,手里拿着精致的柳编玩具。

成年的秦毛毛在堂屋门口看着小毛毛,小毛毛的模样和秦雪娟卧室的照片一模一样。

(长镜头跟)玩耍的小毛毛停了下来,扭着头嘻嘻地看着(大)秦毛毛,踏着孩童的步调走出院落,秦毛毛跟着走了出去,沿着小路穿梭上九村。

91. 外景 大榕树、乡间小路、林场边(黄昏)

人物:秦毛毛(大)、秦毛毛(小)。

(继续跟拍)毛毛来到大榕树下,传来唱戏的声音(现在)。

往事又在脑海中涌现。

四岁的小毛毛在戏台前玩耍嬉戏。

(长镜头继续跟拍)四岁的小毛毛领着成年的毛毛穿过山间村路,走向林场。

92. 外景 林场边(日)

人物:秦毛毛(大)。

秦毛毛看到了林场。

93. 外景 林场（日）

人物：秦毛毛（小）。

（闪回到以前）秦雪娟追逐着小毛毛，小毛毛欢乐地跑向秦茂良，秦茂良张开手，小毛毛开心地扑在秦茂良的怀里。

94. 外景 林场（日）

人物：秦毛毛、秦雪娟。

秦毛毛跟随着记忆走进了林场，看到了林场小屋，屋旁有一个人弯着腰正在修葺一座坟墓。秦毛毛慢慢地朝那人走去，一阵微风吹来，掀起了女人腰间的刀疤，秦毛毛看见了刀疤，伸手想去触碰那个刀疤，女人站起身一下摁住了刀疤。秦毛毛"扑通"一声，跪在女人背后：妈，我是毛毛，毛毛回来了！

秦雪娟掩面哭泣。

远处，秦雨娟远远看着林场中的二人，眼泪不由自主地滑过脸庞。

音乐起。

95. 外景 上九村（日）

空镜俯瞰上九村。

茂密的树林。

盛开的玫瑰园。

蜿蜒的青石板路。

石头墙石头房子。

宽阔的柏油路和路标告示牌。

画面朦胧。

（出字幕：生命是一种馈赠，生命是一种回声，缘是天给的，爱是人给的……）

——剧终——

《流浪狗》

编剧：于晓楠。

导演：胡翱奔。

演员：赵天翼、杨小雨、丁明鹏。

时间：周六清晨。

地点：张三家门口。

人物：张三，男，69岁，空巢老人。李四，男，67岁，空巢老人，张三的邻居，也是其曾经的战友。

张三家门外挂满葡萄的架子下，一条长椅边上放着一个垃圾桶。

张三穿好外套，看了一眼墙上的日历，准备出门买菜。

张三：这时间可过得真快啊，又快到中秋节了。

电话铃响起。

张三：喂？谁啊？哦，大江啊，你们今天回来吃饭啊，……好好好，哎……我给你们做，做阳阳最爱吃的红烧肉，不不不，不在饭店吃！太贵，还不干净！咱们自己在家里做，在家吃啊！我去买点菜，给你们做。好，好，就这着。

张三挂了电话，开始收拾东西。

张三：（悠闲自语）正好，今天周六，小美也回来，看我今天露一手！哎，红烧肉，酱猪手，卤肉饭，狮子头……

张三拿上小推车，打开门。

只见一只脏兮兮的流浪狗蹲在门口……

张三：哟？小东西，你是谁啊？

小狗朝着张三叫了两声。

张三：四处望望。

张三：（对小狗）你……你在这干什么啊？

小狗又叫了两声。

张三：你看看你，都脏成什么样了，是不是饿啦？来来来，让爷爷给你擦擦……

张三哄着小狗，回身拿上了一条狗绳。

张三：来……小家伙，这是小卡的，它不在了，就给你用吧。

张三拿狗绳给小狗套上，刚要转身进门，李四赶来。

李四：哎……哎……哎，老张头，你干吗呢？

张三停住脚步，回过身。

张三：干吗？我们家的事，你也管？你这政委也管得也太宽了吧？累不累！哦！你也退了，管不着了，怎么着？有事？李大政委？

李四：当然有事，（颐指气使）你……你手里牵的是什么？

张三看看站在门口的小狗。

张三：这……这是我们家四儿，怎么了？

李四：（疑惑地）你们家四儿？这明明就是我们家三儿。

张三：嘿！我说你这老倔驴，又跟我来劲是吧？说谁三儿，你骂谁呢？这明明就是我们家四儿。

李四：你甭跟我来这套，我刚刚遛狗没拴绳，一不留神就找不着了，哎！倒让你给偷来了，你可真会钻空子。

张三：（不急不慢地）我亲爱的大政委，这狗明明就是我的，我叫它一声，它就答应，你能吗？（低头，朝狗喊）四儿！

小狗汪了两声。

李四：（略显着急）我叫它，它也答应，三儿！来——

小狗也叫了一声。

张三：老李头，你能不能现实点，你这都退了的人了，还整天在这找感觉。在家享享清福不好啊？

李四：找啥感觉？我跟你说，老张头，你一直对我有意见，这我知道，是不是那年的先进没给你，你还记仇呢？那是组织的决定，都过去多长时间了。

张三：啥先进，我才不在乎那个呢，你别扯些没用的，你说，是不是当年没帮你准备党员材料，耽误了升官，还怀恨在心呢？

李四：别来这一套，我可没你么小心眼，当年咱们是一个连队，一个阵营，枪林弹雨都不怕，谁还计较这些，你是觉得我那年的大比武抢了你的风头，你一直妒忌是吧？

李四：我跟你说，老张头，什么先进、比武的，都是浮云！我告诉你，要不是我当年手下留情，王美兰根本就轮不到你！

张三：哎哟，老李啊，你不说我还忘了，我们家美兰早就说了，她的心里只有我！你……你只是个"备胎"！

李四：你别跟我提美兰，要不是当年你那么固执，美兰……美兰她就不会……（注意语气和节奏）

张三：（稍作停顿，音乐起，低头看着小狗，站起身，扭过头，开始哽咽）别说了，都怪我！当初……要是我同意她收留那只小狗，要是我不跟她吵那一架，要是……要是我能理解她，不赌气离家出走，美兰她……她也不会半夜出去找我而被车撞……（哭着）都怪我啊！都怪我，是我对不起她啊。

李四：（上前搀扶）老张！老张！都过去了，过去了……这样也好，这样啊，美兰也就不用再遭那么多罪了……

张三：（停顿片刻，回过神来）你，你说什么，什么意思？我不明白。

李四：（一愣神）看来美兰临走也没告诉你……

张三：你说什么？什么没告诉我？(越说越急)

李四：美兰的肝癌，你知道吗？

张三：(惊愕地)肝癌？不可能，什么时候的事？

李四：当年我老伴还是检验科主任的时候，查出了美兰的病，那已经是晚期了。可美兰不让我们说，尤其不让我们告诉你！

张三：不可能，美兰健康得很！不可能！绝对不可能！美兰她从不跟我隐瞒什么的……不可能，怎么会这样！美兰……美兰她一向很健康的。

李四：我们一开始也不相信。

张三：关键是，美兰她经常跑步啊，打球啊，还经常去跳广场舞。(做出跑步，打球，翩翩起舞的动作，突然被扫帚或者别的东西绊倒，跪在或者半趴在地上，老泪纵横)是我对不起你啊……美兰！不就是一只小狗吗！我同意你养，咱们一起养它，好吗？美兰，你听见了吗？美兰，我养它！我一定养它！

张三抚摸着小狗。

李四上前搀扶。

李四：老张，过去的就让它过去吧，美兰遇了你是她的福气。

张三：嗯？

李四扶张三坐下。

李四：嗯！她确实这么说过，所以她才不想让我们告诉你她的病情啊。

小狗在地上来回跑。

张三：(对跑到身边的小狗)小家伙，见到你的第一眼，我就知道，你跟我们有缘，可是你来得晚了，没能见到你奶奶，你奶奶啊，可漂亮了！

李四：是啊，你奶奶当年可是我们的大众情人呢！

张三：胡说，什么大众情人！你这嘴里还能吐出个象牙来不？(小狗叫了两声)

李四：哎……老张，你又说啥呢。

张三：(语重心长地)当年，老伴想养只小狗，我坚决反对，现如今呐，儿女各忙各的，也只有你能陪我说话了，你说讽刺不讽刺呀？

李四：你自言自语地嘟哝个啥呢，儿女不在身边，这不还有咱吗。

张三：哼，我还不知道你，虽然儿女们在身边，不也是整天拿你当高级宾馆嘛，一年能回来几次？跟我有什么区别？

李四：老了老了，不中用了，也没人管了，就指望这些小狗小猫能陪陪咱，说说话了。(看着小狗)你看这眼神(上前抚摸小狗)。

张三：唉，老李啊，(把小狗转向一边)我有的时候就在想，你说咱们是不是也像这条流浪狗一样？就像废物一样，没人管，没人问，被人抛弃，流浪街头。

李四：(低头看着小狗)咱们啊，还是要靠自己的。

张三：老李，其实，这狗啊……确实是我捡的，一早出门就蹲在我家门口，好像知道今天孩子们不回来陪我似的。可怜巴巴地盯着我，可乖了，你知道吗？那一刻，我突然感觉……好像美兰回来了……真的！好像美兰牵着它，回家来了。现在知道，找到主人了……那……你就拿走吧。

李四：嗯……跟你说实话吧，老张，这狗啊，它也不是我的，我就是看着你比我好，我……我……我心理不平衡，还是让它陪着你吧。

张三：不不不，你比我更需要它，你家孩子们三五年也回不来，平时连个说话的人都没有。

李四：谁说没有，我不是可以来找你吗？你可是我的下属啊，

我命令你陪我聊天！(装作严肃)

张三：哎！老李，别来这一套啊，我告诉你……

李四：哈哈哈哈，开玩笑啦！这样吧——老张，这小家伙啊，一三五跟你，二四六跟我！怎么样？

张三：嗯……你一三五，我二四六吧，咱俩换换，周六小美他们可能回来。

李四：那周日呢？

张三：周日啊，咱哥俩就一起聚聚，一起陪陪四儿……

两人相视而笑。

李四：什么啊，人家叫三儿！

李四下场。

音乐起。

张三：(抱起小狗，转过身)以后啊，你不会流浪，我也不会孤单，咱们一起啊，过中秋(望向远方)。美兰啊，你就放心吧！

张三抱着小狗，在舞台一角，灯光渐灭。

——剧终——

音乐剧《不说再见》
Never say goodbye

(为庆祝中国共产主义青年团成立100周年而作)

剧情简介

《不说再见》是一场用音乐、舞蹈与戏剧来诠释的生命教育和爱的教育，这是一出为庆祝中国共产主义青年团建团百年而创作的音乐剧大戏，是一出具有人文主义关怀并让人笑中带泪的轻喜剧，当然，这同样也是一曲展现新时代年轻人积极向上，充满青春活力的时代颂歌。本剧既诠释着新青年们勇敢追求梦想、勇于承担责任的坚定信念，又力求在整个剧情中浸润欢声笑语，蕴含丝丝感动。

25岁的邱芷沫是一位年轻的入殓师。由于职业习惯，在工作和生活中她"从不说再见"，也从不跟别人握手。

这一天，邱芷沫突然接到一封委托信，竟然是与自己长达5年没有任何联系的母亲方芸寄来的遗书，遗书中母亲真诚地请求女儿为自己入殓。

原来在邱芷沫临近毕业那年，父亲邱大力在与母亲大吵一架后出门不幸意外离世。学习美术的邱芷沫在目睹了车祸现场面目全非的父亲和经过入殓师修复后"起死回生"的父亲后，明白了这份职业的神圣，毅然决然地选择在毕业后成为一名入殓师。同时，也正是因为父亲的离世，邱芷沫将这一切都怪罪在母亲身上，在与母亲大吵一架之后便离家出走，从此与母亲断绝了联系，再不来往。

邱芷沫经历了工作里的一系列波折与坎坷之后，内心几经涤荡与震撼，最终通过亲自为母亲入殓而与其冰释前嫌。这期间，邱芷沫在闺蜜和好友们的劝说和帮助下，收获了真爱，而身边的朋友们也从邱芷沫在工作里遇到的人和事情中，逐渐明白了生命的价值和意义。

其间，有男朋友孟如河对女友职业的改观，也有邱芷沫给几个典型人物修容入殓的故事作为衬托。

孟如河是一名设计师，邱芷沫的男朋友，本科时与邱芷沫是同班同学，两人一直保持恋爱关系。因为自己的父母忌讳邱芷沫的职业，无奈这些年一直想尽各种办法劝女友辞职。

王春蕾是一名化妆师,邱芷沫的大学同学,闺蜜兼舍友,温柔妩媚,积极阳光,一次意外离世后依然认为自己还活着,以鬼魂的形式陪伴在邱芷沫身边。

方淑兰是邱芷沫的表妹,单身,短发,果敢坚毅,有强迫症,是当地消防中队里比男人还男人的女消防队员,一张冷峻清秀的脸上,从未露出过笑容。休假期间,去找表姐试图消除其与其母亲之间的隔阂。

钟代伦是方淑兰的同事,逝者之一,也是邱芷沫入殓的对象之一。沉默寡言,却温柔体贴,衣着讲究,在一次紧急消防任务中,救出了大部分居民之后,失去了几位同事,他自己也葬身火海。方淑兰想请表姐邱芷沫好好送他一程。

满文艺,逝者之一,因车祸去世,由邱芷沫为其入殓。

张立申是一名快递员,逝者之一,孟如河的发小,人称快递行业"拼命三郎",屡屡创下送件纪录,就在一次送快递途中,突遇洪水,为抢救溺水的行人,失去了生命。去世后,孟如河联系到邱芷沫,想拜托她好好送张立申一程,也因此改变了自己对邱芷沫的职业的看法。

卓雅琪,一名15岁的中学生,也是一名逝者,品学兼优,通情达理,但由于父母经常吵架,患上抑郁症,最终,留下一封遗书,跳楼身亡。

方芸,58岁,邱芷沫的母亲。丈夫出意外离世,而女儿始终认为是母亲把父亲给害死的,所以心里一直恨着她,于是断绝了母子关系,而方芸却始终挂念着女儿。此时的方芸罹患乳腺癌,却始终不愿动手术,坚持要给自己留一个完整的身体,延误了最佳治疗时间,她相信"死亡并不是生命的终点,遗忘才是",所以,想让唯一的孩子邱芷沫送自己一程,让她记得自己还有一个母亲,也想借此与女儿和解。

邱大力,邱芷沫的父亲,50岁。一次与妻子方芸吵架后出门不幸因车祸意外离世。而女儿因为目睹了他原本因车祸面目全非的面容经过入殓师的修复变得容光焕发,能够安详离世,毅然决然地选择成为一名入殓师。

当邱芷沫戴上手套的那一刻,逝者便复苏过来,重现逝去前的那个生死时刻。本剧力求在悲剧的底色之上,用喜剧的形式来渲染那个令人刻骨铭心的时刻。最初的入殓仪式营造出庄重严肃的氛围,而逝者的开口,则以轻松喜剧的手法向观众传递出生命的真谛。

剧中的逝者们有的对过往生活心存感激,有的感觉放松释怀,有的还保持着生前乐观的态度,不忘调侃奔波劳碌的生者,有的则对另一个世界寄予希望,心生向往。最终,主人公邱芷沫在亲自为母亲入殓的过程中,放下内心羁绊,说出了那句不愿说出口的"再见"。

本剧用22首情绪各异的歌曲在舞台上串联起女入殓师邱芷沫的成长历程,也串联起她生活的点点滴滴,同时,通过入殓师这一特殊职业,从侧面反映出当下年轻人的人生观、价值观和择业观,用一个个感人的小故事,传递珍爱生命、热爱生活的人生姿态。

人物

邱芷沫:女,25岁,入殓师,文静稳重又不失幽默,由于职业原因,与亲朋好友见面时从不跟对方握手,分别时也从不说再见,对生命有着自己独特的看法。

王春蕾:女,24岁,化妆师,邱芷沫的大学同学,闺蜜兼舍友,温柔妩媚,积极阳光,一次意外离世后依然认为自己还活着,以鬼魂的形式陪伴在邱芷沫身边。

方淑兰:女,23岁,邱芷沫的表妹,单身,短发,干练果敢,是当地消防中队里比男人还男人的女消防队员,有强迫症,一张冷峻清秀的脸上,从未露出过笑容。休假期间,来找表姐试图消除其与其母亲之间的隔阂。

方芸:女,58岁,邱芷沫的母亲,在女儿毕业那年,丈夫意外离世,而在女儿心中,始终认为是母亲把父亲给害死的,所以心里一直恨着方芸,于是,邱芷沫一气之下,断绝了母子关系,而方芸却始终挂念着女儿。此时的方芸罹患乳腺癌,却始终不愿动手术,坚持要给自己留一个完整的身体,延误了最佳治疗时间,她相信"死亡并不是生命的终点,遗忘才是",所以,想让唯一的孩子邱芷沫送自己一程,让她记得自己还有一个母亲,也想借此与女儿和解。

孟如河:男,26岁,设计师,邱芷沫的男朋友,本科时与邱芷沫是同班同学,两人一直保持恋爱关系。因为自己的父母忌讳邱芷沫的职业,无奈这些年一直想尽各种办法劝女友换一份工作。

满文艺:女,28岁,逝者之一,因车祸去世,由邱芷沫为其入殓。

钟代伦:男,30岁,消防员,方淑兰的队长,逝者之二。沉默寡言,温柔体贴,衣着讲究,在一次紧急消防任务中,在救出了大部分居民之后,发生爆炸,失去了几位队友,自己也葬身火海。他内心仍充满悔恨与自责,方淑兰想请表姐邱芷沫好好送他一程。

张立申:男,25岁,快递员,逝者之三,孟如河的发小,人称"拼命三郎",屡屡创下送件纪录,而就在一次送快递的途中,为了救人而失去了生命。去世后,孟如河联系到邱芷沫,想拜托她好好送张立申一程,也因此改变了对邱芷沫的职业看法。

卓雅琪:女,15岁,中学生,逝者之四,品学兼优,通情达理,但由于父母的严厉和压制,在学习上过于苛刻,使其患上抑郁症,最终,跳楼身亡。

邱大力:男,50岁,邱芷沫的父亲,十分疼爱自己的女儿,为了家庭奔波劳碌,车祸夺去了他的生命,而在女儿邱芷沫的心中,是母亲的原因导致父亲的离世,所以,怀念父亲,憎恨母亲。

第一幕　做你自己

时间:当代

地点:城市一角

人物:邱芷沫,王春蕾,方淑兰,孟如河,满文艺,钟代伦,张立申,卓雅琪,邱大力

[幕启

[音乐起,都市生活车水马龙,大家你来我往,穿梭在林立的高楼间,淹没在忙碌的工作中。他们有的看手机,有的打着电话,有的敲着电脑键盘,有的拿着笔写写画画,有的穿着白大褂、戴着白手套……每个人都被嘈杂的生活牵绊着。此时,剧中演员全部上场,在歌声中介绍自己。

[曲目1《生活中的你和我》

众人:(唱)红灯停,绿灯行,

从早到晚忙不停,

飞机高铁地下铁,

不知疲倦来回穿行,

什么时候我们变成了低头一族,

什么时候我们忘记了这是场旅行,

我们时刻把目标锁定,

我们在欲望与梦想中徘徊前行,

你为何来到这个世界,

又如何向后人说明:

我来过,我对这世界有用!
海浪翻滚波涛汹涌,
日升月落花开鸟鸣,
我在这,我要向世界证明!
黑夜过后就是黎明,
冲破黑暗才是永恒,
哦,当我们迷失在茫茫夜空,
功名利禄繁花盛景,
几乎把我们吞噬不剩,
哦,当我们迷失在茫茫夜空,
眼前的一切又一切,
是否能让我们不枉此生。
哦,我来过,
我对这世界有用!
海浪翻滚波涛汹涌,
日升月落花开鸟鸣,
啊,我在这,
我要向世界证明!
黑夜过后就是黎明,
冲破黑暗才是永恒。

方淑兰:我,叫方淑兰,是一名消防员,在我的信条里,安全第一,生命至上。

王春蕾:我,叫王春蕾,是一名化妆师,我能让你美得自己都不认得自己,也能让你丑得谁都认不出你,你,相信吗?

孟如河:我,叫孟如河,是一名设计师,出自我手的作品都拥有神奇的魔力,总能把抽象的想法转化为具象的设计。

钟代伦:我,叫钟代伦,是一名消防队长,那次任务特殊又紧急,是我指挥不力,造成了人员和财产的重大损失,我要对他们说声……对不起。

张立申:我,叫张立申,是一名快递员,当你们谈到我的时候,我已经不在了,但我相信,你们一定会记得我,记得那场大雨中的点点滴滴。

卓雅琪:我,叫卓雅琪,是一名高中生,走过了花季,迎来了雨季,可我讨厌那个雨季,它让我总是哭泣,于是我选择放弃忧郁,把微笑永远留给自己。

邱芷沫:我,叫邱芷沫,是一名入殓师……

众人:啊?……入殓师?

邱芷沫:对!入殓师!

卓雅琪:啥叫入殓师?

王春蕾:就是给逝去的人做美容的化妆师。

其他人:(惊讶地)啊!

邱芷沫:怎么?有什么好惊讶的!就是一个专门为逝去的人化妆整仪,尽可能还原逝者完整面容和身体的职业,嗨!其实我跟春蕾是一个工种……

王春蕾:不!不!不!怎么可能?

邱芷沫:你是给活人化妆,我负责给逝去的人整理容貌。

[场灯灭,舞台另一侧灯光亮起,邱芷沫走过去,戴上白手套开始工作。白色的单人床上,满文艺正无聊地坐在床边,腿上盖着白床单。满文艺见到女主来了,热情地打招呼。邱芷沫一边为其整理装束一边与其交流。

满文艺:小邱老师你可算来了,可气死我了,今天差点被加塞超车的撞到,你说气不气人!

邱芷沫:又遇到路霸了?

满文艺:岂止是路霸,简直就是路狂,也不知道这些人整天在抢些什么!

邱芷沫:嗯,我也经常遇到这样的事。

满文艺:是吧?那看来不是我的问题。

邱芷沫:每次被人拼命按喇叭,猛地从身边超过,我就在想,人生其实就像是一条高速公路,我们每个人都是开着车的司机,甭急着超车,按什么喇叭,下一个红绿灯我们又会再见的。

满文艺:是啊,信号灯就是用来控制车流量,帮助交警维护交通秩序的。

邱芷沫:人生这条路上着急是没用的,甚至会得不偿失,万一一个不留神来个不大不小的交通事故,被你超过的所有车都会一辆一辆地超过你,何必呢?也许从此你就失去了开车的能力,也或许就此告别这个世界。

满文艺:有道理。

[曲目2《人生的意义》
满文艺:(唱)那些有路怒症的人,
　　　　　要好好反思自己。
邱芷沫:(唱)人生就是单向行驶,
　　　　　眨眼之间白驹过隙。
满文艺:(唱)走得快慢,开向哪里去,
　　　　　全都掌握在自己手里。
邱芷沫:(唱)欣赏沿路的美景,
　　　　　才是生命的本质。
满文艺:(唱)体会风雨和颠簸,
　　　　　也是生活的方式。
邱芷沫:(唱)有人一生着急赶路,
　　　　　却不知道追赶些什么。
满文艺:(唱)有人看透生命的本质,
　　　　　却落得一生颠沛流离。
合:(唱)甚至英年早逝。

邱芷沫:这是我的仪式,就像是一场穿越时空的无声交流,在我眼中,这不是一件可怕的事。在我看来,他们并不是逝者,而是一个个生命,一个个值得尊敬的生命。我只是在帮助他们走完人生最后一段旅程,给他们最后的尊严。

满文艺:谢谢你小邱老师,再见。

邱芷沫:再……(鞠躬)

[满文艺的灯灭,王春蕾从另一侧古灵精怪地冒出头来。邱芷沫脱掉白手套,收拾好工具,与王春蕾交流。

王春蕾:我们沫沫告别的时候从不跟人握手,从不说再见。

邱芷沫:不说再见,这是我的职业习惯。

王春蕾:沫沫是怕身边的人对她,或者对她的职业有什么忌讳,所以,特意在肢体上与身边的人保持距离……这句"再见"嘛……我觉得对沫沫的这份职业来说,或许有着特殊的意义。

邱芷沫:嗯,在我工作之后,就再也没参加过亲朋好友的婚礼,与人交流时也从不说"再见",以免引得别人多想。我不想给别人添麻烦,就做好每一天的工作吧。

[邱芷沫换下工作服准备回家,刚走出来就见到孟如河手里拿着一束鲜花,在等她下班。

孟如河:沫沫,今天是我们的纪念日,我定好了你最喜欢的餐厅。

邱芷沫:太好了,那我们早去早回,明天一早我还要出现场。

孟如河:沫沫,你本来也不用那么辛苦的,我们可以一起进一家设计公司,这样我们也能天天见面的。

邱芷沫:你又跟我提这些,你知道我不会辞职的。

孟如河:我们也到了谈婚论嫁的年纪,你知道的,我爸妈不同意。
邱芷沫:不同意什么?不同意我的工作?还是不同意我这个人?
孟如河:沫沫!你这个职业实在是有点……
邱芷沫:有点什么?
孟如河:你知道的,一个女孩子,整天在那种地方工作,冰冰冷冷阴阴森森不说,还整天哭声不断,那工作心情能好吗?
邱芷沫:怎么?你害怕了?
孟如河:谁……谁害怕啦!
邱芷沫:那是为什么?
孟如河:这……这还用问啊?它不吉利啊!
邱芷沫:不吉利?我可没觉得,你认为不吉利,那咱们以后就不要再见面了。
孟如河:可是……
　　[曲目3《不放弃》
孟如河:(唱)可是我不想把你放弃,
　　　　把我们多年的感情抛弃,
　　　　从我们最初的相识,
　　　　到后来的彼此相知,
　　　　纵然风雨相伴苦乐交织,
　　　　那也是我们的回忆,
　　　　怎能就此停止?
邱芷沫:(唱)你只为了自己的利益。
孟如河:(唱)职业不应该是咱们的障碍。
邱芷沫:(唱)那也不该是我们彼此诋毁的武器。
孟如河:(唱)你为何执迷不悟不听劝说?
邱芷沫:(唱)你为何步步紧逼针对工作?
孟如河:(唱)女孩子安安分分有何不可?
邱芷沫:(唱)不明白哪不安分哪有不妥?
孟如河:(唱)三百六十行选它到底是为什么?
邱芷沫:(唱)这是我的路,我要自己选择!
孟如河:你……反正我父母那一关是无论如何也过不去的。
邱芷沫:你别拿你父母当挡箭牌,我受够了你这一套,工作怎么了?就当是我们的一份赚钱养家的工具怎么了?我把它当成我自己的一份事业、崇高的事业,又怎么了?
孟如河:你看,你又钻这牛角尖……
邱芷沫:什么牛角尖,每次提到我的工作你就这副态度……
孟如河:我态度……怎么了?
邱芷沫:孟如河……我们分手吧。
孟如河:分手!沫沫,你为什么不能理解一下我!
邱芷沫:那你为什么就不能理解我呢?
孟如河:咱们在一起这么多年,难道都不过你这个破职业?
邱芷沫:破职业?孟如河!这可是我的生命啊!
孟如河:我……(一时语塞)
　　[两人静默片刻。
邱芷沫:孟如河,我们分手吧,你走吧。
孟如河:沫沫,你……
　　[灯灭,追光,月光下,邱芷沫拿起父亲邱大力生前留给自己的八音盒,仰望星空,想起了小时候的自己和父亲相处的场景。邱大力在高台。
邱芷沫:爸,我真的不该这样吗?是我选错了吗?真的走不下去了吗?难道就要这样放弃吗?爸,如果你还在该多好啊!
　　[邱大力出现在舞台的另一角。

邱大力:孩子,人生难免坎坷崎岖,一点点挫折不要轻易放弃,爸相信这些都打不垮你。
邱芷沫:(惊喜地)爸?
邱大力:孩子,勇敢做你自己,做你自己就好!
　　[曲目4《做你自己》
邱大力:(唱)做你自己。
邱芷沫:(唱)做我自己?
邱大力:(唱)不要轻言放弃。
邱芷沫:(唱)不能放弃!
邱大力:(唱)纵然海角天涯。
　　　　也要有坚持到底的勇气。
邱芷沫:(唱)我要经受住打击。
邱大力:(唱)加油孩子,
　　　　做你自己就好,
　　　　做你自己。
邱芷沫:(唱)做我自己。
　　　　一次次跌倒,
　　　　又一次次爬起。
邱大力:(唱)纵然风雨侵袭,
　　　　也要勇敢地做自己。
　　　　加油孩子。
　　　　不管在哪里,
　　　　风雪再大雨再急,
　　　　有我为你加油为你打气,
　　　　你要在挫折中学会坚强,
　　　　学会在失败中找回自己。
邱芷沫:(唱)在挫折中学会坚强,
　　　　在失败中找回自己。
　　　　谢谢爸!我知道了。

第二幕　平凡之辈

时间:某天下午
地点:邱芷沫租住的房子里
人物:邱芷沫、方淑兰、王春蕾、孟如河、张立申
　　[邱芷沫从黑暗中转身,回到家。
方淑兰:姐,你该回去看看姑妈,她特别想你,尤其是最近。
邱芷沫:(冷漠地)你要是想继续在这,就别跟我提她。
王春蕾:沫沫,你怎么这么绝情啊。
方淑兰:姐,你还恨她啊?你们母女一场为什么要这样啊。姑妈经常提起你,她很想你。
邱芷沫:想我?早干吗呢?!她一个人多自在啊,这不正是她想要的吗?
王春蕾:可她毕竟是生你养你的妈啊!
方淑兰:她可是你亲妈啊!
邱芷沫:我没她这个妈!别跟我提她!
方淑兰:姐,你总是这么爱钻牛角尖。
王春蕾:爱钻牛角尖。
邱芷沫:(气愤)我钻牛角尖?那天如果不是她和爸爸吵架,爸爸也不会出门!爸爸不出门,就不会……就不会离开我!
　　[邱芷沫说着,哽咽起来。
方淑兰:好吧,好吧,咱们不说了,不提她了,不提了。
王春蕾:好了好了沫沫,我们换个话题。
方淑兰:对了,姐,你跟你的那位设计师男朋友怎么样了?
王春蕾:对啊,怎么最近没见他来啊?

邱芷沫:我们分手了,以后别跟我提他!
王春蕾:啊? 分手了?
方淑兰:怎么了? 吵架了?
邱芷沫:他跟我妈一样……他自己不喜欢我的工作,还说他爸妈不同意,借口! 虚伪!
王春蕾:唉,话是这么说,可你不觉得孤独吗? 偶尔有个头疼脑热的,也好有个人照应啊,再说了,一个人久了会得抑郁症的!
[曲目5《一个人生活》
邱芷沫:(唱)有些事,只能一个人做。
王春蕾:(唱)有些关,只能一个人过。
邱芷沫:(唱)有些路,只能一个人走。
王春蕾:(唱)有些话,只能一个人说。
方淑兰:(唱)可是恋爱这东西,
　　　　怎能一个人蹉跎。
王春蕾:(唱)漫漫人生路上,
　　　　有人说话就不会寂寞。
方淑兰:(唱)那是共同面对波折,
　　　　那是相濡以沫的生活。
王春蕾:(唱)所以亲爱的人呐,
　　　　珍惜身边的人吧。
方淑兰:(唱)别让到手的缘分,
　　　　变成遗憾的叹息啊。
王春蕾:其实,我对那个男人的印象还不错……
　　　　([此刻,门铃响起。)
王春蕾:哟! 说曹操曹操就到……
　　　　([方淑兰开门,孟如河一脸严肃地站在门口,见到方淑兰略显尴尬。)
孟如河:你好,我是孟如河,我来找邱芷沫……
邱芷沫:没空!
方淑兰:她说她没空。嗯……请回吧。(说着便往外推孟如河)
孟如河:(推搡着)沫沫,你听我说,我这次来是想求你帮忙的!
王春蕾:帮忙? 帮什么忙?
邱芷沫:帮什么忙? 你们不是忌讳我的职业吗? 别来烦我!
孟如河:沫沫,你听我说,我说完就走。(挤进门来)沫沫,我的发小张立申,他走了。
邱芷沫:(猛地回头)什么?
孟如河:立申,他走了……
　　　　[前景,身穿黄马甲的张立申骑着快递小车。
　　　　[音乐起。
　　　　[曲目6《我要的速度》
张立申:(唱)我是快递员小立,
　　　　送快递是我的谋生工具,
　　　　微笑着把包裹一递,
　　　　那份真诚便一同传递,
　　　　那成千上万的大包小提,
　　　　承载着多少家庭的寄托,
　　　　传递着多少爱人的心意,
　　　　于是,
　　　　我每天加油努力,
　　　　用最快的速度,
　　　　传递爱的信息。
　　　　(白)恍惚间,我好像是现代版的圣诞老人,
　　　　背着麻袋赶着驯鹿,
　　　　把每个人的小小愿望满足传递。
　　　　(唱)一句谢谢就是最大的褒奖和赞许,
　　　　一个微笑就是最好的证明和肯定,
　　　　时刻盯着手机,
　　　　随时看着消息,
　　　　风里跑来雨里去,
　　　　这就是我要的速度,
　　　　风雨之中只为你满意。
　　　　[张立申跑前跑后送着快递。
孟如河:(面对观众)他就是这样,心地善良,积极阳光,我们从小一起长大,情同手足,胜似兄弟,他刚开始干快递那会儿,又黑又瘦,但看得出,他很快乐。他曾经很自豪地跟我说,快递员已经成了整个社会不可缺少的一分子。可是,就在前天的那场暴雨中,他……(痛苦地)张立申! 你就好好地送你的快递,你干吗去管那闲事啊!!!
　　　　[曲目7《那场大雨》
张立申:(唱)那是一个闷热的星期一,
　　　　我骑着小车载着快递,
　　　　穿梭在街头巷尾高楼林立,
　　　　送出本月的快递第一百零一,
　　　　突然间,狂风大作雷声四起,
　　　　我停下车盖上快递穿上雨衣,
　　　　路上的人们有的遮风挡雨,
　　　　有的开车疾驰,
　　　　天上的雨越下越大,
　　　　地上的水越流越急。
　　　　(白)渐渐地,我看到,我看到那场大雨下成了洪水,那场洪水模糊了眼泪,哭喊声夹杂着呼救声,我分不清那是树木的倒塌声还是天上的惊雷,一个个身影像无根的水草东倒西歪,一辆辆汽车失去了动力无助地飘摇。这时,就在我前方,对,就是那个方向,出现了一双手,那是一双挣扎的手!
背景声:救命啊! 救命啊! 谁来救救我!
邱芷沫:有人在喊救命!
张立申:是啊!
　　　　(唱)救命的呼喊让人心里紧张,
　　　　我甚至感觉呼吸在发烫,
　　　　血液在偾张,
　　　　我想不了那么多,
　　　　脱下雨衣跳入水中,
　　　　坚持住! 我拼尽全力朝那个方向,
　　　　逐渐地已经看不清他伸出的手掌,
　　　　只有从声音辨别去向,
　　　　坚持住! 用我仅存的那一点点力量,
　　　　哦! 我抓到他了! 抓到了!
　　　　他抱住我,紧紧地抱住我,
　　　　像是抓到了生的希望。
邱芷沫:你……后悔吗?
张立申:后悔? ……后悔什么?
邱芷沫:后悔那一刻跳入水中,后悔那一刻向他伸出了你的手,后悔当时不顾一切地……去把他营救。
张立申:嗨!(轻松地)当然不后悔!
　　　　(唱)我把他拖出水面,

让他能够呼吸能够看见,
不要放弃,要相信自己!
我在心中不停默念,
慢慢地,我陷入了黑暗,
无尽的黑暗,
就像薄薄树叶一片,
就像双脚离开了地面,
仿佛时间已经停止,
好像一切都消失不见,
我不知道他是否已经获救,
也不知道是否已经上岸。

邱芷沫:(唱)他获救了,他已上岸,
他很感谢你不顾生命把他救援。

张立申:(唱)不用谢,如果再有一次,
我还是会奋勇向前,
绝不迟疑,
也不后悔遗憾。

（[张立申边说边下,消失在黑暗中,邱芷沫对着张立申的背影深深鞠了一躬。邱芷沫转身欲下,孟如河上。)

孟如河:谢谢你,沫沫,立申他走得很安详,我们都去送了他,我代表他谢谢你。

邱芷沫:不用谢,这是逝者应该得到的,他用生命去挽救别人,我们为他做点事情理所应当,更何况这是我的工作,是我分内的事。

孟如河:谢谢你!

[孟如河伸出双手想去握住邱芷沫的手,突然意识到什么,又缩了回来。于是,退后一步,深深鞠了一躬。]

[灯灭,转场。]

第三幕 爱之伤痛

地点:邱芷沫租住的房子
人物:邱芷沫,方淑兰,卓雅琪,卓雅琪的母亲

（[在邱芷沫租住的房间里,方淑兰再次劝邱芷沫回去看看母亲方芸。)

方淑兰:姐,你都多久没回家了?回去看看吧。

邱芷沫:(一边收拾,一边烦闷地回答)不回,没什么好看的。

方淑兰:别怪我多嘴,姐,那可是你的亲妈啊,你就这么狠心,不管不问了吗?

[曲目8《那是母亲那是妈》

邱芷沫:(唱)不要跟我再提起她,
我没有她那样的妈,
自私自利是她,
让我再没有了爸,
生活一团乱麻,
工作从不支持,
对象也搅黄了仨,
只为虚荣地炫耀,
满身透露着浮夸,
我真的很疑惑,
怎么会有这样的妈?

方淑兰:(唱)可你是她养大,
从小喊着妈,
流着她的血,
一天天长大。

邱芷沫:是她养大就要被操控?

方淑兰:那不是操控,那是不想你走弯路。

邱芷沫:(唱)我讨厌她的虚荣,
她的控制欲强大。

方淑兰:(唱)那是看透了人生,
那是爽朗豁达。

邱芷沫:(唱)不管怎么说,
要我原谅她,
先还我一个爸!

方淑兰:你爸的事不能怪她,不信……不信你自己去问她!

邱芷沫:要问你去问,我没有这样的妈!

方淑兰:姐,你离开家已经5年了,这5年来你对姑妈的思念视若无睹,不闻不问,这到底是为什么啊!

邱芷沫:为什么?为什么?我也问自己为什么!还记得那个十四五岁的小女孩,一身洁白的校服,一头乌黑的长发……她叫卓雅琪。

[场景转换到舞台另一边,邱芷沫戴上口罩,穿上隔离服,戴上医用手套。面前一上一下两个长台,卓雅琪躺在一张白色的床上。]

邱芷沫:准备好了吗?

卓雅琪:嗯,会疼吗?

邱芷沫:不会的,相信我。

卓雅琪:哎呀,姐姐,你这里的东西还挺全的,手术刀,针和线,油彩,口红,发胶,哇哦,还有BB霜,简直就是化妆师嘛。

邱芷沫:对啊,其实我们就是化妆师啊。(缓缓起身走向观众)虽然见惯了生命的离去,但说实话,有时还会为那些跨越生死的感情而动容。那几天,雅琪的爸妈每天都来,每次见到我们的工作人员,他俩就会深深鞠躬,说一句"给你们添麻烦了"。

雅琪妈:给你们添麻烦了!

邱芷沫:临近修复时,孩子妈妈提出要加我微信。

雅琪妈:邱老师,能加您个微信吗?

邱芷沫:嗯?(愣住)

雅琪妈:哦,您别误会,我只是想多给您转点钱,请您修复我们家雅琪的时候多费点心,最好能给她梳个可爱的发型。

邱芷沫:哦,那就不必了,这是我们分内的事,我会尽力修复的。(转身面向观众)我还记得那次是我们三人轮换着,从早上七点半一直忙到了晚上九点。出来后,全家人都哭了。

[雅琪爸妈含着泪长跪不起,连声道谢。]

邱芷沫:那一刻,我开始明白了这份工作的意义所在。

雅琪妈:琪琪,我的好琪琪,你睡吧,爸爸妈妈再也不骂你不打你了,是爸爸妈妈不好,是我们不对,你好好睡,好好睡。

[曲目9《好好睡吧》

雅琪妈:(唱)亲爱的孩子啊,
我不知道你会如此的痛苦,
也不知道你会走到这一步,
如此决绝,
不留后路。
亲爱的孩子啊,
你的到来就是上天的恩赐,
你的离去却让我们好无助,
头也不回,
义无反顾。
你就好好地睡吧,
天堂里没有痛苦吧,

那里一定很安静吧,
不再有吵闹和责骂,
你就好好地睡吧,
是我们爱的方式不对啊,
是我们的态度不够好啊,
还是我们的语气太差了。
但我们都是爱你的呀,
我们都是疼你的呀,
是我们关心不够啊,
让你喘不过气啊。
我们给你压力,
我们只顾成绩,
我们要求太多,
我们总不满意。
如果再来一次的话,
咱们会像朋友一样吧,
没有隔阂,
相处融洽。
如果再来一次的话,
我们还是温暖的一家,
欢声笑语,
没有责骂。

雅琪妈:孩子,你好好地睡吧,爸爸妈妈知道错啦,以后不会再骂你了,你好好地睡吧。(从舞台一边下)

邱芷沫:(目送雅琪妈离开后,转身)那时我就在想,我一定要给这个小妹妹好好修整,让她漂漂亮亮地跟这个世界告别。说实话,那是我工作以来第一次控制不住自己,(对身边的卓雅琪)能告诉我,你后悔吗?

[邱芷沫一边修整着躺在床上的卓雅琪,一边问她。

卓雅琪:当然不后悔,再说了,后悔有用吗?难道我还能重来一次?我反正不要。我觉得这样就很好(慢坐起来,下地伸展双臂)啊,现在感觉好轻松啊!

[曲目10《轻松的人生》

卓雅琪:(唱)不用交作业了,
不用再考试了,
不用再挨打了,
不用再害怕了,
你们也不用担心我,
背着你们玩手机了,
更不用再怀疑我,
花钱买我喜欢的东西了。
他们都说我积极阳光,
那只是不愿诉说的表面坚强。
人生一趟,遇见你们,
是我的命运,我无处去躲藏。

邱芷沫:其实,父女母女一场也是前世缘分,你就这么离开,他们会很想你的。

卓雅琪:你不了解我父母,他们说不定还会觉得轻松呢。

邱芷沫:这些都已经过去了,如果还有来生,我想你们会是幸福的一家人。

卓雅琪:如果有来生?(苦笑)若有来生,还是不要再见面了。

邱芷沫:你就那么恨他们吗?即使有来生,也不愿再相见?他们很爱你。

卓雅琪:爱?他们爱的不是我!

邱芷沫:人家都说,没有父母不爱自己孩子的。

卓雅琪:这种爱我受够了,这种爱我宁可不要。他们爱的根本就不是我!

[场景回到卓雅琪的房间。

[曲目11《他们爱的不是我》

卓雅琪:(唱)他们爱的不是我,
他们爱的是前十名的我,
是考到满分的我,
是听话懂事的我,
是没有天性的我,
是不让他们操心的我,
满足他们虚荣心的我。
其实我,早已不是我,
我已经变成那个,
我最讨厌的我,
达不到要求也是我的错,
没有什么好难过,
你们说不会指望我,
也许是我太懦弱,
懦弱到不敢面对那次考试刚刚及格,
也许是我太脆弱,
不敢再把痛苦诉说,
我受够了打骂和折磨,
虽然我只是个孩子,
但我也是个人啊,
我也有尊严,
我也会生气发火,
我也会泪眼婆娑,
面对无休止的斥责我只能承受,
默默挨过。

卓雅琪:我是真的尽力了,就让我消失吧

[邱芷沫走到桌子旁,拿起一个小纸袋。

邱芷沫:这是?

卓雅琪:这是我的压岁钱,一共2535块,他们总说等我长大了再给我,不需要了,再也不需要了,(转身看着远处的父母)全归你们,你们不是还要还房贷吗?少了一个败家子,家里也会宽裕得多吧。

邱芷沫:他们是不是想给你攒着,等你长大了再给你?

卓雅琪:他们眼里的我永远不会长大!不管了,也不知道他们有没有给我买保险,哈哈,有的话最好。对了,我微信里还有一些钱,你们分一下吧,密码是我的生日,如果你们还记得。放心吧,我不会赖在家里,把房子变成凶宅的。

邱芷沫:对不起,我不知道你经历了……如果你爸爸妈妈真心忏悔,你还愿意给他们一次机会吗?

卓雅琪:机会?他们给我机会了吗?没有!一次都没有!(歇斯底里)

[曲目12《我不想》

卓雅琪:(唱)我不想经历那黑夜的漫长,
也不要体会那无尽的哀伤,
他们口中的虚荣骄傲,
对外人的炫耀和夸张,
都是我玩了命地硬扛,
可从来没有谁能知道,
谁能帮我分担或体谅,

我厌倦那些虚伪的假象。

邱芷沫:小妹妹,答应我,咱不说再见好吗?

卓雅琪:再见?……确实好久没说过这两个字了。姐姐,这个蓝色卡片是我在学校的借书卡,我借了学校的三本书,《我们仨》《红岩》《哈利·波特》,麻烦你帮我还掉,谢谢你!

邱芷沫:……好(欲言又止)。

卓雅琪:好了就这样吧,(回过头)窗台我刚用鞋踩过,但已经擦干净了,(抬头向前)反省这件事就留给岁月好了。再见了,不想说再见也要再见了。

[曲目13《再见了》

卓雅琪:(唱)再见了,我的老师,
再见了,我的老同学,
再见了,我的好朋友,
再见了,我的萨摩耶,
再见了,我的大头贴,
再见了,我的蝴蝶结,
再见了,我的那双旱冰鞋,
再见了,我的机器猫,
再见了,我曾爱过的一切。

[卓雅琪下场。场景回到邱芷沫的家中。

邱芷沫:这里就像一个承载着悲伤的人生中转站,聚集再疏散情绪的洪流,为故去之人收集这世上最后一份仅属于他们的不舍和眼泪,也给生者提供了一个回忆和宣泄的地方。

方淑兰:以前觉得你沉默冰冷,不好接近,甚至有点另类,尤其是你的工作,让人退避三舍,现在……

邱芷沫:现在怎么样?改变看法了?

方淑兰:嗯……我开始慢慢觉得,你有一颗真诚的心,火热的心!

邱芷沫:哈哈,火热的心!谁都有一颗火热的心,其实,我的职责很单纯的,就是让故人体面地与大家告别,继续走向下一段人生旅程。

方淑兰:下一段?还有下一段?

邱芷沫:反正我相信有,至少相信故人会记得我们,我们得心存感恩。人的一生,要离去三次,第一次,当你的心跳停止,呼吸消逝,你在生物学上离开了我们;第二次,人们穿着黑衣出席葬礼之后,你在这个社会上已经不复存在;第三次,是这个世界上最后一个记得你的人把你忘记的时候,你就真的不存在了,整个宇宙都将不再和你有关系。但有些人用生命换来了大家的幸福康安,他的离去就会让人永远铭记。

[灯灭,伴随音乐转场。

第四幕　英雄有泪

地点:在邱芷沫的家、工作室和救火现场等几个地点之间切换

人物:邱芷沫、钟代伦、方淑兰

([远山大火弥漫,浓烟滚滚,消防警铃急促地响起。)

画外音:集合!

[曲目14《时刻准备》

众人:(唱)集合!集合!
出发出发出发!
只要一声令下,
我们即刻出发。
集合集合!
出发出发出发!
哪怕是风雨交加,
我们立即到达。

钟代伦:(唱)哪怕是翻山越岭,
我们依旧日夜兼程。
哪怕是刀山火海,
我们时刻牢记使命。
一方有难我们时刻准备,
生死救援牵挂人民安危,
刀山火海哪怕虎穴龙潭,
默默奉献终将无怨无悔。

方淑兰:(唱)你是我心目中的无名英雄,
鼓励我前进路上无比坚定。

邱芷沫:(唱)国泰民安都源自你的守护,
天地铭记你那铁骨铮铮。

众人:(唱)天高海阔振翅飞,
丈夫难掩英雄泪,
磨炼风霜存雄志,
气概江山莫须归。
出发出发出发!
只要一声令下,
我们即刻出发。
集合集合!
出发出发出发!
哪怕是风雨交加,
我们立即到达。

钟代伦:(高喊)出发!

([包括方淑兰在内的一众消防队员们,身穿消防服,跟着钟代伦一起奔赴火场。展开救援。)

([钟代伦面向观众。)

钟代伦:我叫钟代伦,是一名消防员,入伍18年,虽然是个老兵,(自责地)但我是个不称职的兵!

方淑兰:队长!谁说你不称职?我们都觉得你人很好。

队员甲:我们队长为人善良,正直,做事有原则,虽然要求严了点,但咱连续5年的集体一等功可不是闹着玩的。

队员乙:对啊!这些荣誉怎么来的,我们心里最清楚。

钟代伦:嗯,我知道,但那次任务……就不该让你们去……

方淑兰:我们不去谁去?咱们是一个中队的,咱们是兄弟,永远的兄弟,这不都是你说的吗?

钟代伦:其实,当我加入消防队的那一刻,心中便默默签署了生死状。为了保护人民的生命财产,为了守护大家的幸福康安,我时刻准备着牺牲一切。可因为我的失误,让兄弟白白牺牲……我……我真后悔!

[曲目15《不后悔》(前半段缓和,后半段坚毅)

钟代伦:(唱)我真后悔,低估了那次火情的威力,
我真后悔,没有判断好风向控制好火势。

方淑兰:(唱)那不怪你,风雨突变世事难料。

钟代伦:(唱)我不该让你们分散开来,各自为战。

方淑兰:(唱)那天火势太大,我们无法集中。

钟代伦:(唱)我真后悔,后悔没能让大家从南山撤退。

队员甲:(唱)我不后悔,火红战车是我们的战斗堡垒。

钟代伦:(唱)我真后悔,那次任务用完了最后一滴水。

队员乙:(唱)我不后悔,救人民于水火是最大的责任。

队员们:(合)我们不后悔,因为我们是城市的守护神。
我们不后悔,因为我们是平安的指南针。

一片片火海诠释我们的本色,
一声声警笛证明我们的承诺,
一条条水龙喷涌我们的激情,
一份份忠诚夯实我们的执着。
我们是平安的使者,
守护着妈妈的嘱托,
人民需要我时刻准备着,
捍卫幸福美好的生活。

邱芷沫:淑兰,你没事吧?
方淑兰:我没事,可我们队长他……
邱芷沫:他怎么了?
方淑兰:他没能回来,还有我的战友们,他们都……(掩面而泣)
〔回荡起《不后悔》,牺牲的消防战士们共同唱起。
众人:(唱)我们是平安的使者,
守护着妈妈的嘱托,
人民需要我时刻准备着,
捍卫幸福美好的生活。
邱芷沫:这是我工作以来难度最大的一次修复,也是最让我感动的一次经历。烈火几乎摧毁了他的皮肤,而那坚实的臂膀和握紧的双拳,却让人永生难忘。
〔曲目16《感动》(前半段伤感地,后半段柔情地)
邱芷沫:(唱)那是一种难以言表的感动,
如鲠在喉,让人动容,
那是一次刻骨铭心的记忆,
叫人伤痛,无法形容。
多少次,被那种英勇无畏深深打动,
多少次,被那义无反顾感动泪崩。
邱芷沫:后来现场的消防队员们都给我们行礼表示感谢,我也很触动,我觉得我所做的一切都值得了。
〔续前曲
邱芷沫:(唱)为了爱与和平,
他们变成了天上的星星,
为了家和生命,
他们化作了黑夜里的明灯,
当痛苦的人们徘徊前行,
他们在不远的地方守候,
当迷失的人们仰望星空,
他们会伴你等待黎明。

第五幕　不说再见

地点:邱芷沫的家
人物:邱芷沫,方淑兰,王春蕾,孟如河,方芸,邱大力
(〔邱芷沫家中,邱芷沫、方淑兰、王春蕾正在聊着天。〕
方淑兰:姐,听说你和姐夫又和好啦?
王春蕾:和好了吗?和好了吗?
邱芷沫:谁说的?我可没有原谅他!
方淑兰:(取笑)哦?那花瓶里的花是谁买的?两张电影票是和谁去看?是和谁煲电话粥聊到深夜?
王春蕾:我都看到你俩下班一起去吃好吃的了!
邱芷沫:哎呀讨厌,别再说了。
〔方淑兰和王春蕾陶醉地诉说着爱情,把邱芷沫夹在中间又害羞又尴尬。
〔曲目17《男人,女人》

方淑兰:(唱)如果我是男人,你是女人,
为了遇见你,
我始终守着一片森林,
用最初的露水爱你,
用清澈的阳光爱你,
用原始的风爱着你。
王春蕾:(唱)因为我是女人,你是男人,
为了遇见你,
我用尽了所有力气,
就像挣脱地球引力,
用温暖的阳光轻抚,
拍打着湖面激起层层涟漪。
方淑兰:姐,爱情就像保健品,会滋养你的心灵。有了爱情的滋润,你的生活会更有生机,更有活力。
王春蕾:等你们踏入婚姻的殿堂(崇拜状),等有了孩子在膝下打闹,你的人生会更加圆满!
〔续前曲
方淑兰:(唱)我们要有爱的勇气。
王春蕾:(唱)我们不能轻易放弃。
方淑兰:(唱)在无数个寂静的夜里。
王春蕾:(唱)星星不会听到我的哭泣。
方舒兰:(唱)我们彻夜长谈。
王春蕾:(唱)我们彼此倾诉。
方淑兰:(唱)我们闻着丁香的芬芳。
王春蕾:(唱)轻轻诉说着爱和勇气。
〔邱芷沫被夹在两女中间,羞愤不已。正当不知所措之际,门铃声突然响起,邱芷沫像找到救世主一般快步跑过去开门。开门后,孟如河抱着一束花和三个大包裹站在门口。
邱芷沫:如河?……
孟如河:(气喘吁吁)快让我进来,快让我进来,可累死我了……(放下包裹,送花)沫沫,元旦快乐!
邱芷沫:谢谢,元旦快乐……
方淑兰:咳咳。
王春蕾:咳咳!
孟如河:(两人分开,略尴尬)额哈哈哈,你好。
邱芷沫:如河,你怎么拿了这么多东西?
孟如河:沫沫,这是你爱吃的零食大礼包,这个是给你的化妆品……
王春蕾:哇!
方淑兰:这个是什么?
孟如河:这个是你的包裹啊,沫沫,我看收件人写的是你的名字,就顺手给你拿上来了。
(〔众人疑惑,邱芷沫接过包裹打开,里面是一封信和一个匣子。邱芷沫看了一眼寄信人的姓名,就生气地将包裹塞给身边的方淑兰。)
邱芷沫:给我扔掉,我不想见到它!
孟如河:怎么了,沫沫?
方淑兰:姐!(意识到什么)这是姑妈寄来的?
孟如河:沫沫,这是阿姨寄给你的信。
王春蕾:那你应该看看啊。
邱芷沫:我不看!给我扔掉!
孟如河:沫沫!
王春蕾:沫沫,那毕竟是你亲妈啊!
方淑兰:姐,你离开家已经5年了!这5年来你与姑妈断绝了

关系,再不来往。我知道是因为姑父的离世,可到底是因为什么,让你心里这么恨!

孟如河:沫沫,那天夜里到底发生了什么?

王春蕾:到底发生了什么?

众人:(乱)到底发生了什么?

〔突然一声炸雷。邱大力和方芸在舞台高处吵得不可开交。

邱大力:你就不能给我一点空间吗!

方芸:空间?谁给我空间了?孩子是我带,家务是我做,父母是我养,我的空间在哪里?

邱大力:我这不是工作忙嘛!

方芸:忙?谁不忙?难道我就闲着?

邱大力:特殊时期,你就不能理解我一下?

方芸:理解?谁来理解理解我?

邱大力:我拼命赚钱,难道不都是为了咱们这个家,为了沫沫!

方芸:难道我不是为了这个家!

邱大力:你!……你真是不可理喻!

〔邱大力拿起衣服便往外走。

方芸:走!你走!你有本事走了就永远别回来!

邱芷沫:不,爸爸你别走!别走!

邱大力:(冲观众)姑娘,再见了……

邱芷沫:爸爸……不!我不要说再见!

〔又一声雷响。急促的刹车声划破天际。

〔瞬间灯灭,静默片刻。

〔追光缓缓亮起。

邱芷沫:事故现场,他们拼命捂住我的眼睛,不让我看,其实我已经看到了面目全非的父亲。而当葬礼上,在我最后见到爸爸的时候,他却走得安详与平和。他那完好如初的脸庞,让我第一次意识到入殓师这个职业的神圣。后来,家人朋友们不想让我受这份苦,便轮番上阵,想出各式各样的理由,来阻止我走上这条注定孤独的路。但我始终不为所动。因为我知道自己的选择没有错,就算千难万险,也会坚持走下去。大学毕业那一年,我离家出走,毅然决然地递交了入殓师的求职简历。从那时起,我便如愿以偿地走上了自己理想的那条路。

〔曲目18《生命的意义》(可以边唱边说)(中速,舒缓地)

邱芷沫:(唱)还记得高三那年,
老师问生命的意义如何体现,
我把思考都写在了纸上折成了纸鸢,
作为那堂生命教育课的答案,
那时候我认为,
生命的意义就是快乐每天,
然而班主任对我们说:
你所写下的所有答案,
只是暂时的,
就如同过眼云烟,
不同的阶段会有不同的体现,
那天我似懂非懂,
却一个劲地把头点,
但是班主任的话却给我留了一个谜,
为了破解这个谜,
我习惯了时不时去思考生命的意义。

众人:(轮唱)你在或不在,
天地依然清明,

你见或不见,
日月仍旧瑰丽。
生命的来与去,
或许是昙花一现,
亦或许是永恒之间。
什么才是生命的意义?
花朵告诉我,
忍受风吹雨打,
在疼痛中绽放自己,
将美丽与芳香献给大地。
什么才是生命的意义?
蜜蜂告诉我,
用娇小的身体,
去劳动去争取,
用一生的勤劳,
去酝酿最甜的蜂蜜。
什么才是生命的意义?
蝉儿告诉我,
用漫长的希冀,
来到这个世界,
满足对一切的好奇,
为梦想拼尽全力。
什么才是生命的意义?
像花儿一样,
为了绽放一个季节的美丽,
所以我一直努力,
永不言败,
永不放弃。

邱芷沫:虽然在我的生活里依然充斥着各种各样的声音,但我坚信自己没有选错。而我的母亲,我永远也不会原谅她……

〔方淑兰手里拿着打开的信封,显然是读过信了。她双手忍不住地颤抖,眼泪止不住地流淌出来。

方淑兰:(哽咽)姐,姑妈她……她去世了……

众人:(异口同声)什么!

方淑兰:姑妈去世了,这是她的遗书!

〔刹那间,邱芷沫犹如晴天霹雳,猛地从方淑兰手里抢过信。此时,方芸从后场出现。一边唱,一边在舞台一侧表演着:来到老伴邱大力的墓前,手里的竹篮装满老伴生前最爱吃的花生米、二锅头和一碗面,还有当日的报纸。打扫干净,缓缓坐下,脸上没有多余的情绪,只安静地坐着,斟上两杯酒,再盛上两碗汤面,兀自吃得尽兴。

〔曲目19《最后的愿望》

方芸:亲爱的孩子啊,我亲爱的女儿,
(唱)原谅妈妈的不辞而别,
请你在妈妈走后,
给妈妈好好打扮,
看看妈妈最后一眼,
要相信这不是终点,
遗忘才是真正的再见,
只要心中常怀思念,
他就从未离开心田。
孩子,妈对不起你,
没给你一个美好的童年,
没让你爸看到你长大的那天。

（咳嗽了起来）

［邱芷沫穿上工作服，戴上白手套，开始为母亲入殓。

邱芷沫：妈！你都病得这么重了，为什么不去医院？

方芸：没用的，没用的，我不想去医院，自己的身体自己知道，是我自愿放弃治疗，女儿啊……

［续前曲

（唱）希望你不要恨我，
希望你送妈妈最后一程，
我们再见一面，
说一声再见。

邱芷沫：（面向观众独白）她的身体已经只能用"干枯"来形容了，常年的透析，让她身上已经没有血管可以扎了，（转身向方芸）妈！……

方芸：孩子！我的好孩子……

邱芷沫：妈！你怎么不早跟我说啊！

方芸：我不想让你在我身边，看着我这一天天煎熬下去，一天天憔悴下去……

邱芷沫：妈，你怎么能这样想？我是你女儿啊！

方芸：（道歉）可我不是个好妈妈，也不是个好妻子，我对不起你爸，也对不起你，没能给你们一个温暖完整的家……

邱芷沫：妈，你别再说了，别说了。

方芸：我知道自己时日无多，可还是想再看看你一眼。

邱芷沫：妈……（上前拥抱）

方芸：来！让妈妈看看你……（缕缕邱芷沫的头发）

［邱芷沫再次和方芸相拥在一起。王春蕾抱着匣子上场，打开匣子，里面是满满的信封。王春蕾将匣子倾斜，信封如瀑布般倾泻在舞台上。

王春蕾：（冲观众）其实这些年，阿姨一直都在给你写信，可因为你的拒收，信件每次都会原路退回。就这样，信件攒了一封又一封。她的遗愿，就是希望你能亲手为她入殓，送她一程。

［邱芷沫跪在舞台上，缓缓地捧起信封，哽咽着说不出话。

邱芷沫：妈！爸不在了，我不能再没有你啊！……妈！我错了，女儿错了……

［方芸赶忙上去搀扶。

王春蕾：两年前，阿姨查出了癌症。自从确诊的那一天起，她就决定不再拖累你了，你还有自己的人生，还有自己的路要走……

方芸：孩子，好好生活。好好生活，这就是最有意义的事。

［曲目20《好好生活好好地活》

方芸：（唱）好好生活，
好好地活。

邱芷沫：（唱）怎样才算好好地活？

方芸：答案其实很简单，

方芸：（唱）做有意义的事，
就是好好地活，

孟如河：（唱）这世上的你你我我，
不会因停下脚步
而就此蹉跎，
好好生活，
活出最好的自我，

方芸：（唱）做有意义的事，
就是好好地活。

（白）不光是对这个社会有意义，也要对你自己有意义，既然我们来到这个世界，至少得对得起自己！

（唱）孩子啊，
遇见，是为了给彼此留下暖意，
离别，是为了走出一片天地，
时光，可以沧桑你我的容颜，
唯一不变的，
是对生命的感恩与努力。

邱芷沫：（唱）从我懂事的那一天起，
就相信最美的风景在前方，
可人生不如意如同生活日常，
风风雨雨中的遍体鳞伤，
让我独自与困难抗争。

方芸：孩子啊，有苦有乐才是人生，有成有败才叫公平。

邱芷沫：你总说，少一些抱怨，多一些改变，可我总想不通，为什么选了这个职业，人们就不喜欢我？

方芸：孩子，你得接受这样一个事实，不管你活成什么样，都会有人喜欢你，有人不喜欢你，你要知道什么是你想要的，你得知道哪些是你想追求的，即便暂时不被大家认可，但至少可以自得其乐，不是吗？别哭孩子，妈妈要去找你爸爸了，去跟他道个歉，跟他说声对不起。

邱芷沫：妈……妈妈！

（［方芸与邱芷沫分别，邱大力从舞台高处迎接方芸，两人高兴地向女儿挥手告别］。）

（［众人上。音乐起。）

［曲目21《不说再见》

众人：（唱）不说再见，
不代表永不相见。
在那个漫天飞雪的白色冬天，
在那个同窗四年的美丽校园，
在那个人潮汹涌的十字路口，
在那个乐音悠扬的咖啡小店，
我们会偶然遇见，
我们会点头微笑，
却不说再见，
我们会偶尔面对面，
我们会互相说句你好，
却不说再见。
不说再见，
但在心里，
会默默祝福和思念，
虽然你不记得我，
也许你曾经也把我讨厌，
我都会像天上的星星一样，
轻轻眨眼，
微笑着告诉你，
我就在身边，
爱并不遥远，
也希望你奔驰在辽阔的草原，
能在收获的麦田，
抬头看看蓝蓝的天。
不说再见，
因为你有无穷尽的时间，
也许你根本就不去思考，
在两团永恒的黑暗之间，
你生活在明亮的世界里，

期盼着还有明天。
不说再见,
也许会在梦里相见,
简单的拥抱胜过万语千言
挥手告别亲爱的伙伴。
不说再见,
就一定会再见,
无论多久都不会变,
梦想实现后奔向下个终点,
感恩有你,感恩遇见,
感谢曾经的肩并肩,
回忆里保存着最温暖的画面,
是为了有一天能再次相见。
再见,
星星知道我对你的思念,
见惯了生离死别的每一天,
只希望他们都能走得体面,
为了有一天能够再次相见。
〔众人散去,王春蕾和邱芷沫两人留在舞台,分别在舞台两边。

王春蕾:沫沫,每次伤心难过,你总说没事。
邱芷沫:嗯,我没事。我们虽然无话不谈,却也不想总把心事提起。
王春蕾:但我知道,在无数个夜里,你偷偷哭过很多次。
邱芷沫:我想告诉你一个真相,其实,你没能从那次车祸中走出来,我知道你不愿接受这个事实,但我觉得是时候告诉你了。
王春蕾:(不敢相信)不,不可能,我不是在这吗?我不是一直在这吗?
邱芷沫:那次事故也夺去了叔叔阿姨的生命,他们想带你一起走呢,可你就是不肯。
王春蕾:什么?我爸妈他们也……(逐渐崩溃)
邱芷沫:嗯,他们最后嘱咐我,要送你最后一程,让你没有遗憾。
王春蕾:不可能,不可能……
邱芷沫:春蕾,你要接受现实,我们谁都不知道明天和意外哪个先来,有些人昨天还生龙活虎,今天就不在了,有些人刚刚还风光无限,转眼就消失不见了,有时候,我也感觉,人的生命真很脆弱,我们能做的就是过好当下的每一天,让自己不留遗憾。
王春蕾:小邱……其实,不瞒你说,我也已经意识到了……为什么这些天大家都不理我,为什么只有你还把我当朋友……这些天,立申、钟队长、雅琪他们也让我很感动。
邱芷沫:是啊,在这里,我被无数的生死离别,被无数英勇的逝去所触动,这份工作也让我慢慢领悟着人生的意义。
王春蕾:(释然地,逐渐振作)嗯……
邱芷沫:春蕾,过去的就让它过去吧,往前看,咱们还有很长的路要走呢。

王春蕾:谢谢你,沫沫,虽然还是很不舍……(欲抽泣)
〔邱芷沫上前拥抱。
邱芷沫:没事的,我们还是好姐妹,永远的好闺蜜,我每年都会来看你的。
王春蕾:谢谢你,谢谢!
邱芷沫:(肯定)嗯!(二人再次相拥)
〔曲目22《再见》
两人轮唱:(唱)那些生死别离,
　　　　那些英勇的逝去,
　　　　都激励着你我,
　　　　勇敢向前,
　　　　鼓足勇气,
　　　　每每想要放弃,
　　　　我(你)总在身边,
　　　　为你(我)加油,
　　　　为你(我)打气,
　　　　冬天春来,
　　　　斗转星移,
　　　　一直陪着你(我)的,
　　　　是那了不起的自己,
　　　　今生遇见你,
　　　　是我最大的福气,
两人合:(〔两人握手向前,面对观众。)
　　　(唱)勇敢向前吧,
　　　　总会遇到一个人,
　　　　爱你如冬日暖阳,
　　　　成为你追梦的勇气。
〔王春蕾的脸上再次洋溢起灿烂的笑容,缓缓走向舞台后区,走向远方。
〔音乐起。
〔续前曲
众人:(唱)再见,再见,
　　　感恩遇见,
　　　感谢与你曾经的肩并肩,
　　　再见,再见,
　　　感恩遇见,
　　　感谢回忆里的温暖画面,
　　　再见,再见,
　　　是为了有一天再见,
　　　日升月落,斗转星移,
　　　再见,再见,
　　　星星知道我的思念,
　　　再见,再见,
　　　擦干眼泪,勇敢向前!

——剧终——